⑥ 炼药师大会

天蚕土豆 著

图书在版编目（CIP）数据

斗破苍穹. 6 / 天蚕土豆著. -- 杭州：浙江文艺出版社，2025. 3. -- ISBN 978-7-5339-7794-8

Ⅰ. I247.5

中国国家版本馆CIP数据核字第20245GB140号

策划统筹	许龙桃　周海鸣
责任编辑	徐　旼
营销编辑	宋佳音
封面设计	嫁衣工舍
版式设计	吕翡翠
责任印制	吴春娟

斗破苍穹6

天蚕土豆　著

出版发行	浙江文艺出版社
地　　址	杭州市环城北路177号
邮　　编	310003
电　　话	0571-85176953（总编办）
	0571-85152727（市场部）
制　　版	浙江新华图文制作有限公司
印　　刷	浙江新华数码印务有限公司
开　　本	710毫米×1000毫米　1/16
字　　数	198千字
印　　张	14
插　　页	2
版　　次	2025年3月第1版
印　　次	2025年3月第1次印刷
书　　号	ISBN 978-7-5339-7794-8
定　　价	49.00元

版权所有　侵权必究

目录

001　第一章　登门

012　第二章　异火祛毒

022　第三章　淘宝

033　第四章　决定参赛

044　第五章　潜在对手

056　第六章　内部测试

068　第七章　大会黑马

082　第八章　木家来人

094　第九章　宴会风波

107　第十章　麻袍加老

118	第十一章	大会开始
129	第十二章	出师不利
139	第十三章	灰袍少年
148	第十四章	再遇难关
157	第十五章	你追我赶
167	第十六章	夜探
179	第十七章	应对之法
191	第十八章	各显神通
203	第十九章	再度崛起
212	第二十章	变故陡生

第一章
登　门

　　绿荫葱郁的山崖之上，少女缓缓地转过身，凝视着那单膝跪地的绿色人影，半晌，精致淡雅的脸上浮现些许柔和笑意，轻声道："一年多了，萧炎哥哥终于走到那里了啊……"

　　望着少女那柔和的俏脸，绿色人影明智地保持了沉默，待少女视线再度聚焦在自己身上时，他方才缓缓地将这一段时间萧炎的大致经历说了出来。

　　薰儿静静地听着从人影嘴中蹦出来的一件件惊心动魄的事情，听到萧炎与两名斗皇强者战斗受重伤的事时，她那秋水般柔和的眸子中闪过心疼与诧异。

　　"蛇灵者绿蛮、八翼黑蛇皇……天蛇府的人，这些年还真是越来越霸道了呢。"修长如玉的纤手轻飘飘地夹住从头顶上落下的一片树叶，薰儿平淡地道。丝毫没有波澜的语气中，暗藏着些许冷意。不管那绿蛮两人究竟是因何目的而动手，可他们差点儿让萧炎重伤而亡，却是事实。

　　"这事，日后再找他们算账……不过，跟在萧炎哥哥身旁的那位斗皇强者，底细弄清楚了吗？"绿色的树叶悬浮在薰儿掌心上方半寸之处，缓缓翻滚，时而

舒展，时而扭曲，她轻瞥了一眼跪立的人影，微蹙着柳眉道。

"经过调查，那人名叫海波东，加玛帝国曾经的十大强者，号称冰皇，实力在斗皇级别上下，精通冰系斗气，而且似乎和米特尔家族有着颇深的渊源……几十年前他被塔戈尔大沙漠的美杜莎女王封印，然后便隐居在漠城，直到前段时间萧少爷替他破解封印，之后便一直跟在萧少爷身旁，动机……尚不太明确。"绿色人影恭声道。

"动机不明？"柳眉轻皱，少女似是有些不满意这般敷衍的回答。任何事只要与她心中的那人搭上了边，她都会立刻变得犹如护犊的牛儿一般，极为敏感与挑剔，她不容许这般大的莫名危险，犹如一颗炸弹一般，潜伏在萧炎身边。

"抱歉，小姐，您也知道，在萧少爷体内，有一个神秘强者的灵魂，迄今为止，我们没有他的任何情报，可他，却似乎对我们很了解……凌师跟着萧少爷的这段时间，虽然隐匿得极其完美，但是按照凌师传来的信息，他在暗中保护萧少爷时，那位神秘强者好像仍然发现了他的踪迹，只是并未有别的动作而已，想必是瞧出凌师的用意了吧。"绿色人影苦笑道。

"连凌师的行迹都被那人给发现了？"闻言，薰儿明眸间闪过一缕惊诧，轻声喃喃道，"那人究竟是何身份？居然连凌师……唉，若不是萧炎哥哥讨厌别人调查他，我定要把那神秘人的身份搞清楚不可，能够具备这般实力，想必以前也不是无名之辈吧？"

"虽然那神秘人发现了凌师的行迹，但是好在他并未将此事告知萧少爷，因此，萧少爷并不知道从他离开乌坦城后，小姐便派了人在暗中保护他。可这样，他就不能感受到小姐对他的一片……"绿色人影笑道。然而话还未说完，羞恼的薰儿便将掌心的那片树叶弹射出去，截断了他的话。

瞧见薰儿那略显红润的精致脸蛋儿，绿色人影识趣地不再说话。

"记住，一定不能让萧炎哥哥知道这事，我可不想被他说成派人跟踪监视他，他不喜欢这些东西。"俏脸上的娇羞红润缓缓退去，薰儿旋即正色提醒道。

"是。"对于薰儿的这等小儿女心思，绿色人影自然极为清楚，当下恭敬地点头应是，同时心中略有些感叹：别看小姐脸上时刻都带着笑容，可这种含蓄而矜持的微笑，有时候比那种冷脸更加让人难以接近。

来到迦南学院一年多，薰儿以其美貌与惊人的修炼天赋，不知道让多少堪称杰出的男子着迷。这些男子，即使放在天才如云的迦南学院中，也算是数得上的强者，却没有任何一个人能够真正与她交心……呃，似乎忘记了一个人，那个被称为迦南学院百年一遇的家伙，勉强算是能够让小姐放下伪装交谈的男子吧，不过也仅此而已，可怜的家伙，这辈子恐怕都没指望了……

想起那个青年，绿色人影在心中暗暗地摇了摇头，有些怜悯。他为之着迷的这朵出尘的青莲，却仅仅为那个叫作萧炎的男人而绽放。

绿色人影心中清楚，只要一在小姐面前提起萧炎的名字，性子淡雅得近乎冷淡的薰儿，就会撤去那微笑拒人的防护，真正成为一个处于恋爱中的女人，那抹极为罕见的娇羞与嗔态，是那些外人绝对没有眼福瞧见的。

真是个让人羡慕并且嫉妒的家伙啊，真不知道他是如何获得小姐的芳心的，真是难以相信，小姐那般高傲的性子，会看上他……

叹息着摇了摇头，绿色人影有些不解。

"那个叫作云芝的女人，应该便是……云岚宗的宗主云韵吧。"并不清楚面前的人心中正在胡思乱想着什么，薰儿瞥了一眼跪立的人影，忽然轻声道。

"呃……"绿色人影略微一滞。

根据情报，他自然知道那个叫作云芝的女人和萧炎的关系有些不正常，当下苦笑着点了点头，道："的确是云岚宗的宗主云韵。"

虽然心中已经有了答案，但是确认之后，薰儿依然不免轻叹了一口气，表情颇有些复杂。半晌后，她摇着头苦笑道："萧炎哥哥还真是挺糊涂的，这种事，难道还不好猜吗？日后等上了云岚宗，我看你如何处理这复杂的关系。"

"小姐，那女人似乎对萧炎……"绿色人影的话还未说完，便发现对面的少

女俏脸微微板了起来，当即识趣地将到嘴边的话给吞了下去。

"你感觉错了。"少女那平平淡淡的声音中，却隐隐有着一分难以察觉的幽怨。

"是，是……"抹了把冷汗，绿色人影急忙点了点头，再也不敢提起这事。虽然他知道对面的少女身份不凡，但是再如何不凡，她终究也只是一个女人。吃醋的事情，对女人来说，那是抹不去的天赋。

"你传信给凌师吧，让他在萧炎哥哥上云岚宗的时候，暗中保护着。萧炎哥哥杀了墨家的大长老，云岚宗的那些老顽固为了云岚宗的名声，定然不会轻易让他离开的。"薰儿微蹙着黛眉道。

"还有，注意着他身边的海波东。我总觉得那家伙有些难以捉摸，若是有什么变故，让凌师……"说到此处，薰儿纤手轻轻在身前凭空一划，俏脸上噙着些许令人生畏的冰寒。

"是。"见状，绿色人影恭敬地点了点头。

"对了，按照你所说，萧炎哥哥身边的那条七彩吞天蟒，应该便是美杜莎女王吧？"纤手捋开散落在额前的青丝，薰儿道。

"嗯，不过现在的美杜莎女王，似乎被七彩吞天蟒的灵魂给压制了下去，她想要重新掌控，或许还得等待一段时间。不过，一旦美杜莎女王掌控了七彩吞天蟒的身体，她就会跃身成为斗宗强者了。到时候，若是她对萧炎起了杀心，那就有些麻烦了。"绿色人影沉吟道。

"唉，没想到萧炎哥哥身旁净潜伏着这些恐怖的炸弹，真是头疼啊……"无奈地摇了摇头，薰儿揉着光洁的额头，思索半晌，道，"短时间内，那美杜莎女王是不能掌控七彩吞天蟒的身体的，等日后萧炎哥哥来到迦南学院，再想办法将这些问题都解决了吧。"

"是。"

"好了，你先离开吧，别在这里久待了，若是被发现，又得被那脾气蛮横的老院长一通堵截了。"将所有事情吩咐完毕之后，薰儿方才挥了挥手，提醒道。

"呵呵，那老家伙实力很强，若正面交战，恐怕就连凌师也要逊色几分。不过若是论起隐匿，我倒是有信心。"绿色人影笑着点了点头，再度对着薰儿恭敬地躬身行礼，然后纵身一跃，便融进了一旁的树木之中，树身微微摇摆，旋即恢复平静。

见人影消失，薰儿缓缓转过身，凝视着悬崖之下缭绕的云雾，片刻后，温柔微笑，笑容惊艳："萧炎哥哥，一年时间，你的进步，即使是薰儿，也感到惊讶呢……去了云岚宗，你便能来迦南学院了吧？薰儿在这里挺孤单的呢。"

在即将到达纳兰家之时，萧炎与海波东分开，缓缓地朝着不远处的那座庞大府院走去。待走近时，萧炎错愕地瞧见，门口竟然簇拥着不少人，而且这些人全都身着炼药师袍服，胸口上那几缕璀璨的银色波纹，骄傲地显示着他们的身份与等级。在人来人往的街道上，凡是从此处经过的路人，都会将羡慕与敬畏的目光投向那群窃窃私语的炼药师。在他们心中，炼药师是一种宛如贵族的职业。

对于这些势力颇大的炼药师，纳兰家族也明显不敢轻易怠慢。一些下人正毕恭毕敬地与等候在外的炼药师说着什么，待发现对方的确有实力进入后，方才放行，而一些实力不强的炼药师则被他们笑着阻拦了下来。虽然这种举动让那些被阻拦下来的炼药师有些不满，但是想到纳兰家族的势力以及纳兰嫣然与云岚宗的关系，他们也只得带着些许不快，拂袖离开。

在门口盯了一会儿，萧炎发现，那些被放行的炼药师似乎都是三品，而那些被拒的则是二品，甚至还有一些前来凑热闹的一品炼药师……

低下头瞟了一眼胸口上的二品炼药师徽章，萧炎无奈地摇了摇头，抬脚朝着纳兰家族防御颇为森严的大门走去。

挤开人群，萧炎向前一步，一位管家模样的老人赶忙迎了上来。不过当他看到萧炎那年轻的容貌以及胸口上的二品炼药师徽章后，混浊的老眼中闪过些许难

以察觉的失望：虽然对方的年龄让他有些惊讶，但是这等级并未达到要求。不过在纳兰家当了几十年管家的老人可不会傻到将情绪表露在脸上，当下露出温和的笑容，道："这位小兄弟，我是纳兰家族的管家，想必你也是来试试能否医治本家纳兰桀老爷子的吧？"

萧炎点了点头，没有开口说话，那被冰蚕面皮遮掩了容貌的平凡的脸显得有些冰冷，这让老人微微愣了愣：这种态度可与别的炼药师有些不同啊。片刻后，老人无奈地道："抱歉，小兄弟，我们这次的要求是三品或者三品以上的炼药师，你……似乎还没有达到要求。"

"等级可不代表一切。"萧炎的声音被老人压制得有些沙哑，那平静的语气也让老人眉头微微一皱。

瞧得老人无奈的脸，萧炎摇了摇头，从纳戒中取出雅妃的举荐信，将之递给老人，然后双手插在袖间，低声道："不要因为你，将你们老爷子最后的治疗机会给耽误了。等级可不代表一切，丹王古河不也没有将你们老爷子治好吗？"

萧炎的话，让老人脸色微微一变。他接过举荐信，瞧得那举荐人的签名后，不由得有些诧异地抬头看了萧炎一眼。他沉吟半晌，咬了咬牙，闪身让开："先生，您请吧，希望您真的能够治好我们老爷子，那样的话，您将会是我们纳兰家族永远的朋友。"他对着萧炎微微鞠躬，话语中因为萧炎先前的那番表现，竟然带上了敬语。

微微点了点头，萧炎依然是那副面无表情的模样，没有再多说废话，缓缓走进大门，然后消失在众人愕然的视线之中。

进入大门，一名俏丽的侍女赶忙从一旁走出，对着萧炎柔声说了几句，便在前面引路。

不疾不徐地跟在侍女身后，萧炎的目光在这豪华的府邸中扫过，高耸大气的建筑物，让他暗中微微点头。抛开其他不说，这纳兰家族不愧是加玛帝国三大家族之一，这般财势，萧家绝对是望尘莫及。

行走在青色碎石铺就的小道之上，萧炎双眸忽然虚眯了起来。在他的感应中，越进入纳兰家族深处，一道道隐晦的目光以及灵魂感知力，便越是分明地从一些隐蔽的角落中射出，将自己的一举一动收入眼中。

萧炎不经意间抬头，目光随意瞟过一处屋檐之上。那里，一些漆黑的影子隐藏在阴暗之中，遮掩了阳光反射的锋利箭尖正缓缓地在府邸中移动着，任何一点儿风吹草动，都会让他们在瞬间发起攻击。

防御果然森严……萧炎眉头微皱着，无奈地摇了摇头，抬眼望着出现在小道尽头的一座豪华大厅，目光透过虚掩的大门，隐隐看见里面似乎站着不少人。

缓缓行至大厅入口，里面传出一些窃窃私语的声音，一见萧炎进来，大厅中的低语声戛然而止，然后一道道目光投向了大门。当众人瞟见萧炎胸口处的二品炼药师徽章之后，都不由得一愣，旋即眼中闪过诧异。显然，他们都有些奇怪，为什么一名二品炼药师也有资格进入这里。

萧炎的目光缓缓在大厅中扫过。在宽敞的大厅中，坐着十来名身着同色袍服的炼药师，他们的胸口处都佩戴着三品炼药师的徽章。这些三品炼药师大多是中年人，其中有两个已是头发花白。

没有理会那些诧异的目光，萧炎将缓缓移动的视线，停留在了大厅正中的一名中年男子身上。这人并未穿炼药师长袍，大马金刀地坐在椅子上，虎目开合间，颇有些不怒自威的气势。

视线从中年男子身上移开，最后停在了一旁那名美丽女子身上，萧炎眉头微皱，心中缓缓吐了一口气……

在中年男子身旁，身着月色裙袍的纳兰嫣然静静地坐着，美目望着进门的萧炎，俏脸上同样闪过诧异。

在萧炎盯着中年人看时，中年人也将视线停在了他的身上。中年人望着萧炎年轻的容貌，微微一愣，旋即站起身来，对着萧炎拱手笑道："这位小兄弟，在下纳兰肃。"

"纳兰肃?"这名字一入耳,萧炎袍袖中的双手微微一颤,眼角不由自主地跳了跳,目光紧紧地盯着这个颇显豪气的中年人:这人竟然便是纳兰嫣然的父亲,也是差点儿成了自己岳父的男人……

"岩枭。"缓缓压下心中的些许莫名情绪,萧炎嗓音略微噙着嘶哑地低声道,"米特尔家族的雅妃小姐举荐我过来试试能否替纳兰老爷子祛毒。"

"哦,呵呵,原来是雅妃侄女推荐的啊,请坐。"闻言,纳兰肃恍然地点了点头,笑道。

微微点头,萧炎在一道道异样的目光中走到最末的位置,然后安静地坐下。他自然知道那些异样目光代表着什么意思:连丹王古河都未能解决的难题,一名二品炼药师能做什么?

坐在椅子上,萧炎便陷入了沉默,不过他依然能够清晰地感觉到,纳兰嫣然的目光似乎在自己身上停留了不短的时间,当下眉头微皱,心中暗道:难道被认出来了?怎么可能?

这人怎么给我有些眼熟的感觉?美眸瞥着坐在角落的黑衫男子,纳兰嫣然黛眉微蹙,心中低声喃喃道。

"呵呵,想必诸位也清楚我们纳兰家族所遇到的问题,家父以前中了凶名赫赫的烙毒,如今毒性发作,终于支撑不住。丹王古河来过一次,却束手无策。虽然他说过需要使用异火,才能将老爷子体内的毒素祛除,但是拥有异火的炼药师实在是太过稀少,所以只能另试他法。诸位是加玛帝国内排得上数的炼药大师,各自也有着独特的本事,所以在下想请诸位帮帮忙,看看是否有其他的办法。"纳兰肃环顾了一圈,声音有些低沉地笑道。

"废话也不多说,只要诸位能够将老爷子医治好,报酬方面,绝对不会让各位失望!"大手一挥,纳兰肃指向一处偏门,道,"老爷子就在里面,还请诸位一一试试。"

闻言,大厅内的十来名炼药师对视了一眼,片刻后,一个头发花白的老者笑眯眯地起身，率先进了偏房。十几分钟后，老者摇着头走了出来，坐回椅子上，冲着纳兰肃汕笑道："抱歉了，纳兰族长，那烙毒实在是太顽固，我配制的十几味解毒丹，全都没有效果。"

听到老者这话，纳兰肃与一旁的纳兰嫣然皆失望地叹了一口气，对视了一眼，苦笑着摇了摇头。

在老人之后，其他炼药师接连进入偏房，均在十几分钟后尴尬地走了出来。显然，对于连古河都束手无策的剧毒，他们也无能为力。

纳兰肃父女脸上的失望之色越来越浓，当最后一名三品炼药师走出来后，他们的脸色终于缓缓地沉了下去，纳兰嫣然的美眸都略有些泛红。

大厅中，十来名三品炼药师已经没有了先前的那番得意与自傲，老脸尴尬，保持着沉默。半晌，纳兰肃叹了一口气，勉强笑道："多谢诸位了，看来老爷子的确命里有这一劫。虽然失败了，但是待会儿在下还是会让管家给诸位奉上一份丰厚的酬劳。"

听着这变相的撵人话语，众人苦笑着摇了摇头，站起身来就欲离开。这种情况，他们实在没脸收报酬。

"我试试吧。"平淡的话语忽然从角落传来，年轻的二品炼药师脸色淡漠地举步走出，平静的声音让所有目光都转向了他。

大厅内的众人皆愣了愣，先前几名束手无策的三品炼药师脸上顿时浮现些许讥讽：连三品炼药师都没有办法，一个二品炼药师能有何本事？

纳兰肃盯着走出的年轻人，转头与纳兰嫣然对视了一眼，都从对方眼中瞧出了一抹错愕。显然，这名年轻二品炼药师的举动有些出乎他们的意料。先前他们未将之请出去，那是看在雅妃的面子上，说实在的，他们并未对这名年轻的炼药师有什么期盼。虽说人不可貌相，可对方毕竟还只是一名二品炼药师，这种等级仅仅处于炼药术的初级阶段，难道还能够指望一个初学者，将连丹王古河都无可奈何的烙毒祛除吗？

"这位小兄弟,你……"站起身来,纳兰肃虽然心中并不认为面前的年轻人有着隐藏的本事,但是习惯使然,他还是有些小心谨慎地道,"你有把握治疗老爷子?"

缓缓地停在大厅中央,萧炎瞥了一眼纳兰肃,淡漠地道:"那请问,丹王古河可有把握治疗?"

"呃……"闻言,纳兰肃一愣,旋即尴尬地摇了摇头,"若是古大师能够治疗,我们又何必再费这般大的精力来四处求医。"

"既然连丹王都没有绝对的把握,那纳兰族长这话对我来说,是不是有些……"萧炎嘶哑的声音中噙着些许嘲讽,冷声道。

微微张着嘴,纳兰肃的本意只是想探一下面前年轻人的底,却没想到这年轻人竟然这般犀利,当下有些措手不及,一时间竟然不知道该如何回话才好。

"阁下误会家父了,他并非针对你,只是老爷子如今情况越来越不妙,我们已经没有多余的时间去消耗,所以自然需要小心一点儿,还请不要介意。"在纳兰肃错愕的时候,一旁静坐的纳兰嫣然玉手轻轻拉了下纳兰肃的衣袍,旋即对着萧炎从容地微笑道。

"刚才你们浪费的时间,还少吗?"萧炎的声音依然古井无波,不仅未因对方的美貌有所松动,反而多出了一分不难察觉的冰冷。

听得萧炎这话,大厅内的那十来名炼药师的脸色不由得难看了起来,因为萧炎无疑是在说他们浪费了纳兰老爷子仅剩不多的存活时间。当下,那头发花白的老人脸色涨红,忍不住出口训斥道:"哪里来的毛头小子?竟然如此狂妄!你区区一名二品炼药师,有何资格与我们说这种话?"

老人的呵斥一出口,周围的几名炼药师皆义愤填膺地点了点头,旋即目光不善地盯着那背对着他们的年轻人。

看着面前脸色淡漠得犹如寒冰的年轻人,纳兰嫣然也不可察觉地微微皱了皱柳眉。若是真的有本事,她并不介意他狂妄一些,可若是并没什么真正的能力,却偏偏喜欢大话连篇，这种人，她是打心底里厌恶。

"听阁下的语气，似乎是对自己的本事有一些信心……"纳兰肃回过神来，盯着萧炎，沉声道，"不过你应该知道，不管你天赋如何杰出，现在的你，仅仅是二品炼……"

纳兰肃的话并未说完，便戛然而止。此时，大厅内温度骤然升高，那些原本满脸讥讽的三品炼药师也缓缓张开嘴，不可置信地死盯着青年手掌上升腾起来的两团青色火焰。就连纳兰嫣然的那对秋水眸子中，震惊与狂喜也在闪烁着。

"诸位应该认识吧？"没有理会众人的表情，萧炎低头望着在手掌上犹如精灵一般灵活跳跃的两团青色火焰，淡淡地道。

"异火？"深吸一口略有些炽热的空气，成天与火焰打交道的十来名三品炼药师，瞬间便认出了那两团青色火焰的底细，脸上皆是震惊之色，一道道惊羡狂热的目光死死盯着那升腾跳跃的青色火焰。

"小兄弟……你这……这是异火？"震撼逐渐从眼中退去，纳兰肃脸上的狂喜，几乎难以掩饰。

"现在，你们可以停止那些无谓的废话了吗？"脸色平静的青年低头拨弄着青色火焰，语气淡漠。

那些三品炼药师再不敢将不屑与嘲讽表露在脸上。拥有异火的炼药师在炼药界，前途几乎无可限量，就连丹王古河都没有异火，可以想见这东西究竟有多难寻与珍贵。想要得到异火，不仅需要机缘，而且还必须有庞大的后备力量支持，也就是说，在这个看似年轻的二品炼药师身后，一定有一个实力极为强悍的老师。

"阁下，我代家父为先前的怠慢向你说一声抱歉，请！"站起身来，纳兰嫣然对着萧炎微微躬身，礼节做得无可挑剔。

没有回应她的话，萧炎斜瞥了一眼一旁讪笑的纳兰肃，然后便与纳兰嫣然擦身而过，向着那偏房行去。

第二章
异火祛毒

　　望着朝偏房走去的萧炎,纳兰肃对着大厅中的十来名三品炼药师笑着说了些什么,挥手招来管家伺候着,然后与纳兰嫣然赶忙跟了上去。

　　萧炎轻轻推开房门,房间内的空间颇大,一张大床摆放在中央位置,一个形容枯槁的老人躺在床上。在床榻周围,好几名侍女正在忙来忙去,听到房门声,她们扭头看了一眼,便继续细心地照料着陷入昏迷的老人。

　　慢慢走近大床,萧炎目光在床榻之上扫了扫,发现老人的脸上隐隐现出大片灰黑之色,竟然有着一丝死亡的气息。

　　"果然很严重。"瞥见老人那张几乎是半只脚踏入了坟墓的脸,萧炎低声道。

　　"是啊,烙毒这种东西,恐怕就算是斗皇强者,也不敢轻易沾染,老爷子能够熬过这么多年,已经是达到极限了。"身后,紧跟而来的纳兰肃叹息着摇了摇头,旋即小心地问道,"小兄弟,你看,是否有些医治的眉目?"

　　纳兰嫣然的一对明眸也紧紧地盯着身旁那身姿颀长、脸色淡漠的青年。

　　"我并没有其他的办法,所以只能按照丹王古河所说的法子,用异火进入老爷子体内，然后慢慢祛毒。"萧炎摇了摇头，平静地道。

"那样的话，危险性应该很大吧？"闻言，纳兰嫣然有些迟疑地低声道。

"不到百分之五十的把握。"萧炎懒声道。

瞥了一眼一旁俏脸微变的纳兰嫣然，萧炎又冷笑道："看老爷子这般模样，想必撑不过两天了，是让他在毒素的折磨中死去，还是拼一拼，如何选择，你们自己决定。那些是否有绝对把握的笑话，还是别说为好。"

萧炎这番话冷笑中夹枪带棒，让纳兰嫣然柳眉微蹙，俏脸有些不太好看。以她的身份，这些年来，还几乎没人敢这么对她说话。

"抓紧时间吧，我没有多余的时间来消耗。"轻拂了拂袖子，萧炎没有理会纳兰嫣然的神色，淡淡地道。

"唉，既然这样，那便全靠小兄弟了，若是真能将老爷子治好，你将会是我们纳兰家族永远的朋友。"咬着牙沉吟了一会儿，纳兰肃终于狠狠地点了点头，沉声道。

"让开吧，别打扰我。"随意地挥了挥手，萧炎坐在床榻旁，右手微竖，青色火焰缭绕而上，瞬间便使得屋内的温度急速升高。纳兰肃拉着纳兰嫣然赶忙退了几步，同时挥手令屋内的侍女全部退了出去。

一手将床榻之上的纳兰桀撑起来，萧炎随意地瞟了一眼这位据说当初和自己爷爷极为要好的老人。虽然经受毒素侵蚀这么久，老人那本就枯槁的脸更显得有些不成人样，但依然能够从中看出一丝桀骜。

左手轻飘飘地拍拍纳兰桀的肩膀，一股暗劲将他身上的衣袍震成粉末，露出了一具宛如骨头架子般的枯瘦身体。望着这具枯瘦的身体，萧炎忍不住摇了摇头。一旁的纳兰嫣然，眼眶更是泛起些许潮红，平日极为罕见的雾气萦绕在眸子中，让这位身份娇贵的女人显得有些楚楚可怜。

缓缓探出中指，一缕青色火焰在指尖缭绕着，萧炎盯着那缕青色火焰，平静地道："我要开始了。我说过，用异火进入老爷子的身体，是一件极为危险的事

情,所以你们要做好某些极坏的打算。"

闻言,纳兰父女的脸色都是微微一变,不过也只得苦笑着点了点头。

灵魂力量缓缓探出身体,然后将那缕青色火焰包裹进来,努力地压制着它那炽热的高温,然后轻轻地点在纳兰桀后背之上。

手指点上的瞬间,青色火焰噗的一声,便钻进了纳兰桀身体中。本来毫无知觉的纳兰桀,此刻身体猛然颤抖了起来。

萧炎眼睛虚眯着,灵魂力量控制着那缕青色火焰,迅速穿过一些主干经脉,然后逐渐接近了老人体内那些被烙毒覆盖的骨骼,纳兰桀体内的状况也显现在了萧炎的脑海之中。

感应着那些变得近乎乌黑的骨骼,萧炎逐渐皱起了眉头。纳兰桀中毒之深,远远超出了他的意料。

看来想要一次性祛除毒素是不可能了,还是选择慢火祛毒吧……心中喃喃了一声,萧炎的灵魂力量包裹着青色火焰,缓缓地接近那些被毒素包裹的乌黑骨骼,在接近之时,萧炎的灵魂力量逐渐开始放松,青色火焰的温度悄然攀高。随后,本来满脸麻木的纳兰桀,脸上逐渐浮现疼痛之色,干枯的手掌也紧紧地握了起来,青筋在手臂上耸动着。

被灵魂力量包裹的青色火焰,在达到某一个温度之时,便停止上升。萧炎缓缓地吸了一口有些炽热的气,略一迟疑,牙齿一咬,便驱使青色火焰覆盖在一截乌黑的骨骼上。

"啊——"床榻之上,纳兰桀猛然睁开双眼,因剧痛而产生的嘶哑的干吼声从其嘴中传出,带着一股凶悍的气势,他犹如回光返照一般,苏醒过来。

"老爷子!""爷爷!"望着忽然睁眼嘶吼的老人,纳兰肃与纳兰嫣然急忙喊道。

"我在为你祛毒,若是你能忍受这股剧痛,烙毒应该便能祛除,若是不能,那我也无能为力了。"瞥了一眼满脸大汗的纳兰桀,萧炎淡淡地道。

听到背后的声音，纳兰桀微微偏过头，望着那张年轻淡漠的脸，不由得一愣，旋即咬着牙干声笑道："小娃子，你能救我？"

"没说一定能救你，说不定我一个失神，你就会死在我手上。"

"哈哈，我这条命本来就是捡回来的，小娃子尽管放手弄吧，弄死了，也没人敢怪你。"嘴角抽搐着，忍耐着体内的剧痛，纳兰桀豪迈地笑道。

"爷爷，你瞎说什么呢？"望着从昏迷状态中苏醒过来的纳兰桀，纳兰嫣然微微松了一口气，忍不住地嗔道。

"你这个死丫头，还有脸回来？这三年，若非你当初任性前去萧家解除婚约，我能气得修炼不济，被那烙毒搞成这样？"怒瞪着纳兰嫣然，纳兰桀的怒吼声还未落下，又抽搐着嘴角发出一阵干号，偏过头望着身后那忽然皱眉的陌生青年，苦笑道："小娃子，怎么忽然间……"

"安静点。"冰冷中夹杂着些许不可察觉的怒意的声音，让房间内的三人都有些错愕，旋即无奈地安静了下去。

望着脸色冷漠得犹如寒冰的青年，纳兰嫣然悄悄吐了吐舌头，再转头看着纳兰桀那悻悻的脸色，心中有些发笑。这么多年来，敢如此对脾气暴躁的老爷子说话的，似乎就只有这个家伙了。

随着几人的沉默，房间里静了下来。

"唉，没想到啊，这么年轻的人，竟然能够拥有异火这种连丹王古河都垂涎的东西。"安静的气氛持续了许久，纳兰肃拉着纳兰嫣然退后了一些，望着床榻旁那年轻颀长的背影，忍不住偏头对纳兰嫣然低声道。

"嗯，的确很了不起，看他年龄似乎与我相差不多，却拥有传说中的异火……我听古河长老说过，这东西非常恐怖，上次他们去塔戈尔大沙漠寻找异火，可惜那般庞大的阵容，依然空手而回，由此可见那东西究竟如何难得。"微微点了点头，纳兰嫣然美眸中少有地掠过一抹赞赏。她本就是同龄人中的骄子，在云岚宗修炼这么多年，还从未见到过能够超越自己的同龄人，而这个名为岩枭

的青年却让她第一次赞赏同龄人，这或许便是优秀者之间的某种互相认可吧。

"怎么，觉得他很不错？"瞟了一眼自己女儿的神色，纳兰肃戏谑道。

"胡说什么呢？"纳兰嫣然有些无奈地摇了摇头。

"唉，说起来，似乎距离你和萧家那小家伙的三年之约，只有不到半个月的时间了吧？"纳兰肃脸上的笑容忽然收敛起来，叹息道。

纳兰嫣然沉默片刻后，微微点了点头，轻声道："还有十三天。"

"三年时间，你也比以前成熟了许多，现在你应该知道，自己当初的意气用事，给萧家以及萧炎带来了多大的耻辱与麻烦吧？"纳兰肃望着身旁女儿那光洁美丽的侧脸说道。

纳兰嫣然沉默了，纤手捋开额前的青丝，半晌后，低声道："我知道当初我的举动给他们带来了很多麻烦，不过我也知道，我没错……三年之约即将到来，我，等着他来。"

"听说一年之前，萧炎便离开了乌坦城。据我所知，在离开之前，这个曾经被认为是废物的少年，已经恢复了以往的修炼天赋。唉，一年之后，不知道他已经成长到了何种地步。"纳兰肃苦笑着摇了摇头，凝视着身旁沉默的纳兰嫣然，半晌后，方才低沉地说道，"你似乎真的看错了……当初我便说过，不要小看那个变成废物的萧家少爷，十二岁之前，他的修炼速度，曾经让无数人感到震撼。"

纳兰嫣然沉默片刻后，平静地道："三年之约，我会遵守。若是我赢了，以前的事，便一笔勾销；若是输了，我也说过，为奴为婢，随他处置。"

纳兰嫣然轻咬着红润的嘴唇，缓缓抬起俏脸，目光有些迷离。三年之前在萧家大厅，少年铮铮冷语，那画面再度浮现在脑海之中。

"三十年河东，三十年河西，莫欺少年穷！

"这张纸，不是解除婚约的契约，而是本少爷把你逐出萧家的休书！

"从此以后，你，纳兰嫣然，与我萧家，再无半点瓜葛！"

三年之前，背负着废物之名的少年，在云岚宗这尊庞然大物的压迫之下，依然倔着骨，咬着牙，忍着辱，孤独地等待着，破茧化蝶……

安静的房屋之中，纳兰父女低声说着话，偶尔将目光投向床榻之旁的两人。随着时间的推移，望着老人脸上滚滚而下的汗水与手臂上耸动的青筋，纳兰父女的低声谈话也渐渐停止，两人对视了一眼，都从彼此眼中瞧出些许焦急与不安。

萧炎脸色却依然平静，点在纳兰桀后背上的手指微微颤抖着，淡淡的青色火苗不断被灵魂力量包裹，然后小心翼翼地蹿进纳兰桀身体之内，使用高温慢慢祛除那些已经侵入骨头的烙毒。

青色火焰包裹着乌黑的骨骼，虽然两者看似紧贴在一起，但是其中隔着一条极为细微的缝隙。异火的温度实在太过可怕，若是直接与纳兰桀的骨头接触，就算对方是一位斗王强者，那也会在瞬间重伤，甚至死亡！

炽热的温度从火焰中渗透出来，缓缓地熏烤着那些乌黑的骨骼。

随着青色火焰的持续熏烤，一缕缕黑色的雾气悄悄地从骨骼中散发而出，在逃逸之前，被一簇簇青色火苗迅猛扑上，利用其恐怖的高温，逐渐将这些即使是斗皇强者也不得不郑重对待的烙毒雾气，化为虚无……然而，萧炎并未发现，在黑色雾气即将消散的那一霎，些许黑色的莫名物体竟然缓缓地与青色火焰掺杂在了一起，旋即完全沉寂。

随着时间悄然流逝，被青色火焰包裹的那一截乌黑骨骼，竟然逐渐恢复了正常之色。此时的纳兰桀，全身大汗淋漓，苍老的面庞不断地抽搐着，牙缝中咝咝吸着冷气。

"小……小兄弟，好……好了吗？"拳头死死地捏着，条条青筋在手臂上耸动着，宛如小蛇一般，纳兰桀的声音有些嘶哑与颤抖。他身后，萧炎额头上也密布着汗水。这般长时间地操控异火进行如此高精度的祛毒，对萧炎灵魂力量的消耗颇大。听到纳兰桀那颤抖的问话，他微微点了点头，轻声道："既然你不能再坚持下去，那这一次的祛毒便先到这里吧。你中毒之深，远远超出我的预料，想要

一次便将烙毒祛除明显不可能,所以只能慢慢来了。"

"那烙毒,真的能够全部祛除?"闻言,纳兰桀忍不住惊喜地问道。

"按照现在的进展,似乎没什么问题吧。"萧炎淡淡地道。

"呵呵,没想到小兄弟小小年纪便拥有这般本事,真不知道是哪位隐世高人才能培养出这么优秀的弟子……"纳兰桀急忙点点头,声音嘶哑地笑道,"那就全倚仗小兄弟了。"

"对了,小兄弟的名字——"

"岩枭——别说话,我要撤出异火了。"皱了皱眉,萧炎手指微屈,那缭绕在骨骼之上的青色火焰开始缓缓地撤离,最后一丝丝地被萧炎收回体内。

将最后一缕青色火焰收回身体之后,萧炎这才松了一口气,擦去额头上的冷汗,脸色忽然微微变了变,不过马上便恢复过来,佯装无事地瞟了一眼那略微有些发黑的指尖,抿着嘴,不着痕迹地将手掌缩回袍袖之中。

"岩枭小兄弟,如何了?"望着停止了祛毒的萧炎,纳兰肃急忙上前两步,问道。

"今天的治疗便到这里吧。按照这进展,至少需要七天时间才能够将毒素完全祛除。"萧炎瞥了一眼脸色比先前好一些的纳兰桀,沉吟道。

"多谢小兄弟,只要你能够将老爷子医治好,报酬方面,纳兰家族绝对不会让你失望!"望着纳兰桀略微有些光彩的苍老的脸,纳兰肃心头压着的重石终于落了下去。纳兰桀对于纳兰家族的重要性,就犹如墨承对于墨家的重要性一般。失去这根顶梁柱,虽说纳兰家族不会一蹶不振,但与其他两大家族的差距,定然会逐步拉开。

"我明日会继续过来,今天便先告辞了。"萧炎瞟了一眼外面的天色,转头对着床榻上的纳兰桀道。

"小兄弟,我看为了省去一些麻烦,不如就住在纳兰家吧?"闻言,纳兰桀连忙热情地笑道。

"不用了，我有自己的事。"淡淡地摇摇头，萧炎不再理会三人，抬腿便向门外走去。

"呃……既然这样，丫头，你去送送小兄弟吧。"瞧着走得丝毫不拖泥带水的萧炎，纳兰桀一愣，旋即有些无奈地道。

"嗯。"纳兰嫣然望着前面那单薄的背影，缓缓跟了上去。

缓步走在碎石铺就的小道之上，萧炎面无表情地直盯着前方，仿佛身旁跟着的那位纳兰家族的公主并不存在一般。

与萧炎并肩走着，纳兰嫣然的目光偶尔瞥向那无视自己的青年，俏脸虽然平静，但心中实在有些错愕与小小的郁闷。被这般无视，这么多年来还是头一次。她本以为自己性子颇傲，没想到面前这人似乎比她更傲。

然而纳兰嫣然也清楚，面前这个叫作岩枭的青年虽然傲，但的确拥有那种本钱。这般年纪，便掌控了连斗皇强者都忌惮不已的恐怖异火，这足以让他笑傲同龄之辈。因此，即使是纳兰嫣然，也不得不叹服。

"岩枭，虽然我并不太清楚炼药师如何祛除毒素，但是将那种恐怖的异火送进人体之内，定然是极为考验控制力的吧？你的这般控制力，似乎比我见过的很多三品炼药师都要强横许多。"终于有些忍受不住沉闷的气氛，纳兰嫣然开口轻声询问道。

"或许吧。"萧炎目不斜视，声音颇为冷淡。

"那你为什么不去考核三品炼药师？"

"把自己的实力明明白白地摆在胸口处，这种举动……我还没那么蠢。"萧炎懒声低讽道，微微偏头，瞟了一眼纳兰嫣然，旋即快速收回目光，"你不也一样没有把等级徽章佩戴出来？"

"老师说，那所谓的等级徽章，仅仅是个假象而已。而且，我的实力，连我自己都不知道究竟属于什么级别，上下浮动太大。"纳兰嫣然微笑道。

"上下浮动太大？什么意思？"萧炎心头微动，不着痕迹地低声问道。

"抱歉，这是云岚宗的一些机密，不能外露。"纳兰嫣然略带歉意地摇了摇头，并未将具体的原因说出来。

眉头轻皱，旋即舒展开来，萧炎默默地点了点头，不疾不徐地行走着，瞟了一眼身旁步伐颇为优雅的纳兰嫣然，迟疑了一会儿，灵魂力量忽然缓缓地探出体外，然后缭绕在纳兰嫣然身旁，想要试试能否探测出她的真实实力。

虽然当初药老说过，在纳兰嫣然的身上有某些东西能够阻止灵魂力量的探测，但是萧炎依然想亲自确认一下。

半晌后，萧炎心中暗叹了一口气。在他的感知中，她的身体表面似乎覆盖着一层能量薄膜，将探测的灵魂力量完全隔绝开。

缓缓地收回灵魂力量，萧炎眉头忽然轻挑，偏过头来，望着正平静地看着自己的纳兰嫣然，袍袖下的拳头微微紧了紧，淡淡地道："怎么了？"

"岩先生似乎对我的实力很关心啊。"纳兰嫣然盯着萧炎，若有深意地笑道，"虽然我并不是炼药师，但天生对灵魂力量很敏感。"

"早就听说过纳兰家族的大小姐是下一任云岚宗宗主的有力竞争者，所以忍不住想要探测一下。没想到如此小心都被发现了，实在佩服。"无奈地耸了耸肩，萧炎笑道。

"呵呵，是吗？"微微笑了笑，纳兰嫣然的美眸紧紧地盯着那张平凡的脸。不知为何，她心中隐隐有种奇异的感觉，却始终抓不住这缕奇异的感觉究竟是什么，当下柳眉微蹙，有些纠结。

"到了，纳兰小姐还是不用送了，在下自会回去，告辞。"走出大门，萧炎偏头对着柳眉微蹙的纳兰嫣然拱拱手，不等她回话，便自顾自地出了大门，行进在人来人往的道路之上。

"这家伙，真是个心高气傲的怪人。"盯着人流中那个若隐若现的背影，纳兰嫣然微微摇了摇头，无奈地低声道，旋即转身进入纳兰府邸。

缓缓地走过几条街道，萧炎在一间旅馆之外停了下来，然后走进去，上二楼，来到一间安静的房间之外，轻敲了敲门，便径直推门而入。

宽敞的房间之中，海波东正盘坐在椅子上，微闭着眼睛，周身萦绕着淡淡的白色寒气。随着其呼吸吞吐，寒气顺着口鼻钻入身体，充盈的能量让那苍老的脸上隐隐透着一层温玉般的毫光。

不愧是斗皇强者，虽然年龄比纳兰桀大上许多，但是看他这股精神劲儿，若是没有意外的话，至少还能再活蹦乱跳地活个五十年。若是再来个好运，突破到斗宗强者，那恐怕就得步入与那些老妖怪一样的级别了……轻轻地将房门关上，萧炎轻手轻脚地走进屋中，瞧着海波东那容光焕发的脸，再与先前那浑身缭绕着死亡气息的纳兰桀一比，不由得在心中暗自感叹道。

虽然萧炎弄出的声响极为轻微，但是对海波东这种强者来说，犹如在耳边打雷一般响亮。当下体外的冰寒之气迅速被吸进身体之内，海波东睁开双眼，带着些许寒意的目光在房间中迅速巡视一圈，待移到萧炎身上时，寒气方才逐渐收敛，同时那缭绕在身体之外的凌厉气势也悄悄收进体内。瞥见萧炎那满脸的疲倦，他开口问道："搞定了？"

"纳兰桀中毒颇深，今天只是暂时缓解了一下毒性，至少需要七天时间，方才能够将那烙毒完全祛除。"萧炎坐在柔软的床榻上，懒懒地回道。

"哦……"点了点头，海波东略有些惊异地笑道，"看来你对异火的控制度很不错啊，竟然能够完成这般高难度的治疗。这种用异火进入别人体内的方式，即使是一些出名的炼药大师，也不敢轻易动用啊。"身为斗皇强者，海波东自然非常清楚，将异火侵入人体之内来祛毒，这需要冒多大的险。

"侥幸而已。"摇了摇头，萧炎知道自己能够如此熟练地操控青莲地心火，主要是前段时间服用了地火莲子的缘故。

脱去鞋子，在床榻上盘腿坐下，搓了搓疲倦的脸，萧炎手掌伸出袍袖，微皱着眉头瞥着那略微有些发黑的指尖，然后双手缓缓结出修炼手印，闭上眼睛。

第三章
淘　宝

　　进入修炼状态之后，萧炎的心神迅速来到气旋之处，心神微动间，一缕青色火焰从纳灵中喷吐而出，被斗气包裹着，缓缓地盘旋在气旋上空。

　　心神注视着这团不断翻腾的青色火焰，许久，在萧炎的控制之下，青色火焰猛地一阵翻腾，温度骤然升高，一团淡淡的黑色雾气竟然凭空出现在火焰中心。

　　好凶悍的烙毒，不仅能够抵御异火的这般高温，而且还能悄无声息地融合进去。若不是我与青莲地心火的契合度颇高的话，恐怕也不能察觉，不愧是连斗皇强者都忌惮不已的剧毒。

　　凝视着那些黑色雾气，萧炎在心中低声喃喃道。

　　将它们净化吧，不然的话，这些东西留在体内，可是一个不定时的炸弹，指不定什么时候忽然爆炸，那后果……

　　沉吟了一会儿，萧炎心神微动，那包裹着黑色雾气的青色火焰便犹如沸腾一般波动了起来，温度不断地攀升。

　　在替纳兰桀祛毒之时，因为怕一不小心把他给焚烧成灰烬，所以萧炎的异火温度仅仅提升到一个温和的程度，现在在自己体内净化毒雾，因为与异火契合度颇高，自然不需要那般小心翼翼。

随着青色火焰温度的急速攀高，那一团黑色雾气开始荡漾了起来。不过烙毒毕竟不是凡物，即使在这种高温下，也没有立刻消失。

在高温的炙烤下，黑色雾气的体积缓缓地缩小，片刻后，那一缕缕的黑色雾气竟然融合在一起，宛如一颗深邃的黑色珠子一般。珠子内部幽光闪烁，似乎蕴含着澎湃的能量。

烙毒这奇异的变化，让萧炎大为错愕。他愣愣地望着在青色火焰之中滚动的黑色珠子，分明察觉到黑色珠子中居然蕴含着雄浑的能量！

这是怎么回事？烙毒不可能拥有这些能量的啊……心中疑惑地喃喃着，萧炎紧紧地盯着那漆黑的珠子，青色火焰的温度猛然暴涨，那股温度所造成的庞大消耗，让他的灵魂力量有些吃不消。

随着青色火焰的再度炙烤，那黑色珠子终于开始有了动静，表面轻微颤抖着，丝丝黑色雾气从珠体内渗透而出，然后被炽热的火焰净化成一片虚无。

一缕缕黑色雾气不断地从珠体中冒出，而那珠子的颜色也由深黑色逐渐转变为浅黑色。萧炎见状，心中松了一口气，同时加快了净化的速度。

当最后一缕黑色雾气从珠体中升腾而出时，原本漆黑的珠子赫然转变成了一枚闪烁着淡淡白色光芒的小圆球，在那犹如透明一般的薄膜中，能够看到奔腾的醇厚液体能量。

好纯净的能量！愕然地望着那枚小小的透明圆球，半晌，萧炎眉头一皱，在心中自言自语：按理说，烙毒是不可能拥有这般纯净的能量的，难道……这些能量，是别人的？是纳兰桀的？

忽然冒出的念头，让萧炎心头跳了跳，好一会儿后平静下来，沉吟了许久，逐渐感到释然：这些烙毒潜伏在纳兰桀体内那么久，平日侵蚀着他的身体，偶尔也会将一些斗气吞噬，久而久之，便储存了颇为恐怖的能量。这对纳兰桀来说或

许是件不爽的事情,但对于意外地将烙毒带进自己身体的萧炎而言,却不得不说是天降横财,因为这些能量具有较高的纯净度,完全有可能被萧炎提炼并吸收。

萧炎在恍然之后,心中悄然泛起些许窃喜。以他的性子,自然不可能将之交还给纳兰桀,所以这些充沛的能量便权当是利息,被他留了下来。

随着心神的转动,一缕青色火焰凝成细小的火焰针头,然后轻点在透明的珠体之上。顿时,珠体轰然爆裂,一大股淡蓝色的液体能量从中流淌而出,刚欲四面八方乱窜,便被早有准备的萧炎强行控制着,沿着经脉路线开始了运转。一次之后,那些淡蓝色就已经完全被剔除,彻彻底底地化为一股可供任何人吸收的纯净能量。尽管如此,萧炎依然小心谨慎地动用异火再度将之提炼了一番,直到它隐隐呈现些许黏稠状后,方才放心地将之灌注进气旋之中。这股液体能量迅速被同化成同一种颜色,然后开始分离,颤抖着化为一滴滴大小完全相同的液体,抛洒在了气旋之中。

气旋内那越发充盈的感觉,令萧炎忍不住暗自摇了摇头。他计算过,这次的能量灌注,竟然给气旋添加了二十多滴精纯的液体能量。按照这种效率,再来三次,恐怕他就会在不到半个月的时间内,跃到七星斗师的级别。

不愧是斗王强者体内所凝聚的能量啊,仅仅是一小份,便这般庞大!心中暗叹了一声,萧炎这才缓缓地睁开双眸,轻吐了一口气。

房间之中,海波东目光紧紧地注视着萧炎,瞧他睁开眼来,不由得笑道:"似乎忽然间变强了许多啊。"虽然萧炎的变化并不是太过剧烈,但是以海波东的感知能力,自然极为容易地察觉到了。

"嗯。"微微点了点头,萧炎低下头望着手指,脸色不由得变了变。只见那右手掌的中指指尖,依然缭绕着一圈黑色。

"怎么回事?不是已经将烙毒完全祛除了吗?"脸色有些难看地盯着那发黑的指尖,萧炎声音低沉道。

"怎么了?"海波东愣了愣,走上前来,瞧得萧炎那发黑的手指,脸色同样微变，皱眉道，"这是……烙毒？怎么弄到你身上了？"

"不知道，没想到这东西竟然能够抵御住我异火的炙烤。"

"不可能的，普通的烙毒是绝对不可能抵抗异火的。至于现在这样的变化，或许是因为烙毒潜伏在纳兰桀体内太久，而造成的某种异变……"紧皱着眉头，海波东沉吟了半响，缓缓地对萧炎道，"你试试身体有没有什么不适。"

萧炎点了点头，右手平摊伸开，青色斗气猛然升腾而起，翻滚了半响，表面上竟然隐隐出现了些许黑色纹痕。

"啧啧，竟然侵入到你的斗气中去了，不愧是烙毒，可怕。"望着那些黑色纹痕，海波东忍不住摇了摇头，道，"你感觉如何？"

"似乎没什么不适。"萧炎皱着眉，满脸不解，手掌微微翻动，那沾染着黑色纹痕的斗气也随之转动，却并未给萧炎带来任何伤害，反而让他觉得斗气的杀伤力似乎变得更强了。

"呃……我也不知道究竟是怎么回事，不过看现在的情况，似乎这烙毒对你没有什么反噬的举动，或许……它被你炼为己用了？"海波东摇了摇头。

萧炎抿着嘴，目光紧紧注视着那掺杂着些许黑色纹痕的青色斗气。随着意动，青色斗气猛然翻腾，那些漆黑的纹痕全部被他逼着涌进了右掌的中指之中。看他的模样，似乎是想试试能否将之排出。片刻之后，整根手指居然变得漆黑无比，深邃的模样，隐隐透着幽芒，极为诡异。

"好毒！"望着萧炎那变得漆黑的手指，海波东脸色大变，失声道，"你不是说把它给炼化了吗，怎么竟然还拥有这般剧烈的毒性？"

萧炎的脸色也不断地变幻着。他怎能想到，不过是祛个毒而已，居然会把自己搞成这般模样。

"它似乎是在我的控制之中，并没有半点反噬的动静。"半响，没有察觉到不适的萧炎微微摇了摇头，伸出中指，忽然抬头望着海波东。

"你干什么？"瞧得萧炎那诡异的眼神，海波东急忙退了一步。

"帮我试试这东西有什么效果。"萧炎咧嘴笑了笑,不等海波东回过神来,手指便猛地对着他插了过去。

"小子,别乱来,这可是烙毒!"脚步连连退着,海波东望着那迅猛冲来的手指,只得无奈地骂了一声,双手一伸一探,一块玄冰镜面便凭空出现在面前。

萧炎身体带着冲劲,手指对着冰镜不闪不避地插了过去。两者接触之时,丝丝黑气从萧炎手指中渗出,而那足以抵御大斗师强者一击的冰镜,居然被迅速腐蚀出了一个深深的孔洞。手指击穿冰镜,萧炎猛然横移,坚硬的玄冰镜便被生生切割开来。海波东脸色微变,身体闪掠间,跃上横梁,低头对着萧炎无奈地低喝道:"浑蛋,这东西别乱用好不好?这可是烙毒啊,就算是以我的实力,沾染上这东西,也是很麻烦的。"

萧炎冲着海波东笑了笑,低头望着漆黑得诡异的手指,情绪颇为复杂。这烙毒的破坏力远远超出他的意料,而这来得有些莫名其妙的奇怪攻击方式,让萧炎在窃喜之余,心中也有些忌惮:虽说这黑指的破坏力不弱,但它的本体却是那连海波东都忌惮不已的烙毒。虽然现在这烙毒似乎很听自己的指挥,但是谁能知道,日后这恐怖的东西会不会忽然爆发?想起连斗王实力的纳兰桀都被烙毒害成那副凄惨模样,萧炎的嘴唇便微微哆嗦着。

瞧得萧炎的模样,海波东自然也清楚他的忌惮,闪下身来,不过却与萧炎隔着些许距离,安慰道:"你也不用太过担心,你体内的那些烙毒,我想应该是属于某种变异体,不然不会出现这种情况……不过不管它如何变,你有异火防身,基本不会落得纳兰桀那般下场。呵呵,或许你还得庆幸,在误打误撞间,拥有了一种极为诡异的能力,日后,这黑指,恐怕会让很多人栽在你手中。"

"唉,希望吧……"叹了一口气,萧炎只得苦笑着点了点头。随着意动,那手指上的黑色逐渐退去,片刻后,手指完全恢复了正常。

在几条街道交叉的地方,一座极为庞大并且终年被淡淡丹香烟雾缭绕的建筑物矗立着，高耸的大门之上，"炼药师公会"五个龙飞凤舞的古朴大字闪烁着淡银光芒，让来往的路人忍不住投以敬畏的目光。

作为加玛帝国的炼药师总部，即使是帝王来到此处，也要谦礼一分。毕竟，这座建筑之中的居住者从事的是斗气大陆上地位最尊贵的职业，他们的势力足以让整个帝国为之震动。

在巨大的炼药师公会大门外，一个个平日颇难见到的炼药师皆脚步匆匆地会聚于此，身上颜色各不相同的炼药师袍服骄傲地宣示着他们的等级。

站在大门之外，萧炎抬头望着极具磅礴气势的炼药师总部，忍不住赞叹着摇了摇头，这种气势，无愧于加玛帝国炼药师龙头的位置啊。

"你打算参加炼药师大会？"站在萧炎身旁，海波东抬头望着比往日显得更为拥挤与热闹的炼药师公会，偏头问道。

"看看吧，若是有能够打动我的奖励，或许我会参加，若是没有……"说到这里，萧炎摊了摊手。显然，若是没有，他自然不想去惹这遭麻烦事。

"随你吧，这种大会对你们炼药师来说，确实是不可多得的盛会，很多其他国家的炼药师也赶过来了。"海波东点了点头，旋即拍了拍萧炎的肩膀，道，"既然这样，你便自己进去吧，我想去办点事，会一会故人。"

"是去米特尔家族吧？"萧炎瞥了一眼海波东，笑道。

海波东笑了笑，没有正面回答，对着萧炎挥了挥手，便转身向着左边的街道慢悠悠地走去。

望着那缓缓没入人流的苍老背影，萧炎低声喃喃道："看来他和米特尔家族渊源不浅啊……"

略微思虑了一会儿，萧炎微微摇了摇头，将这些问题抛出脑海。不管海波东是否与米特尔家族有旧情，这与他都没多大关系。他再度望了一眼头顶上方那泛着些许古朴气息的匾额，挤进了炼药师公会。

现在的萧炎，脸上有着冰蚕面皮的覆盖，身着二品炼药师职业长袍，平凡的

模样极不惹人注意。

踏进炼药师公会大门，一股浓郁的丹香味道扑面而来，萧炎忍不住轻吸一口气，心旷神怡地举目四望。

炼药师公会院内的面积极为广阔，大致分为东、南、西三个区域。在东面的大厅，整齐搭建着不少用青岗岩制作而成的方台子，台子后面坐着一些身着长袍的炼药师，台子上则摆放着各种各样的药材，以及玉瓶、卷轴等物。看样子，那里似乎是交易的区域。

南面大厅，不少鼎炉正在熊熊燃烧，一些炼药师在鼎炉之后，面色严肃地控制着火候。在他们周围，围满了低级炼药师，互相指指点点，低声交流着炼丹的经验。

西面大厅与其他两厅比起来，无疑要安静许多，在过道处，甚至还有护卫站立，似乎只有达到某种级别的炼药师才有资格进去。一些低级炼药师偶尔路过那里，都会投去敬畏与羡慕的目光。

站在门口，萧炎望着热闹到了极点的大厅，忍不住有些愣神，半晌才逐渐回过神来，苦笑着摇了摇头。

缓缓踱步走进大厅，萧炎向四处望了望，略微迟疑了一下，便抬脚向交易区域行去。有了当初在乌坦城无意间淘到吸掌斗技的经历之后，他便对这种在茫茫废堆中淘取宝物的事情颇感兴趣。

行至东部区域，萧炎缓步行走在各处的方台之间，好奇地打量着很多他从未见过的稀奇药材以及其他物品。

虽然这里名为交易区，但是此处的售卖人，并不像那些在坊市中的商贩一般高声吆喝，而是一个个悠闲地坐在软椅之上，偶尔目光瞟向那些站在台子之外的人，若是觉得对方或许有点底子，才会站起身来与之交谈，不过更多时候，他们还是懒懒地缩在椅子上，很少理会那些观看者。这种悠闲懒散的模样可不像是贩卖东西的商人，而他们需要的也并不是商人所垂涎的金币财物，而是以物易物。

想要从他们手中得到药材或者丹药，就必须拿出让他们看得上眼的奇珍异宝。

一路缓缓走来，各种各样的稀奇药材与丹药让萧炎大饱眼福。在那些药材中，他甚至看见了好几样炼制复灵紫丹的材料。在好奇心的驱使下，他上前去问了问，哪儿想到那贩卖的老人仅仅是斜瞟了他一眼，淡淡地吐出"一颗四品丹药"几个字，于是，萧炎只得无奈败退。虽说那些药材的确很稀奇，不过想要萧炎拿出四品丹药去交换，明显是不可能的事情。反正这事他也不必太过操心，等回去后，告诉海波东，让他去想办法吧。

慢吞吞地行走在交易区，萧炎左右瞧瞧，倒是收获不小。在交易区最火爆的一处，一个脸色有些苍白的老者拿出一种粉红色的火种，火种被一个颇大的透明玉瓶盛装着，微微翻腾着，透出些许桃色气息。

这火种名为"桃花火"，仅仅存在于一种颇为稀少的五阶木系魔兽奎木兽的体内，与那紫晶翼狮王的紫火比起来，等级或许差不多，不过却温顺许多，也容易驯服一些，当然，在火焰的温度以及破坏力方面，也会逊紫火一筹。然而即使是这样，这桃花火的火种也让交易区域的一些炼药师眼红不已，一些有点底子的人都接二连三地上前询问，不过那老人似乎要价很高，所以至今未能有人顺利地将那瓶桃花火火种拿到手。

站在人群之外，萧炎摸着下巴，望着那石台上的桃花火火种，皱着眉头略微沉吟了一下，还是选择了放弃。这种火焰对拥有异火以及紫火的萧炎来说，已经没有太大的作用，所以他也犯不着花费不菲的代价将它弄到手。

在陆续有人交易失败之后，很多人也很有自知之明地选择了放弃，不过并未立即离开，而是依然站在原地，眼巴巴地望着那妖娆绽放的粉红色火焰。

瞧着这些人滑稽的表情，萧炎笑着摇了摇头，刚欲转身离开，一个银色倩影忽然从人群中挤了出来，在众目睽睽下快速来到石台边，美眸放光地盯着那粉红色火焰。

"是她？"望着那个身穿银色裙袍的女人，萧炎愣了愣，低声道，"她也是来

参加炼药师大会的？"

那从人群中挤出来的银袍女人，正是当初萧炎在黑岩城所见到的那个名叫雪魅的女子，也是黑岩城炼药师分会会长弗兰克的亲传弟子。

这平日有些冷冰冰的女人，似乎很喜欢那粉红色的火焰，玉手捧着那透明的玉瓶，爱不释手的模样让萧炎无奈地摇了摇头：这傻瓜，现在就露出这副模样，不是明摆着让别人开口大宰吗？

果然，瞧得雪魅那副模样，老人脸上扯出些许笑意，声音兀自平淡地道："小姐，你想要换取这桃花火火种吗？"

"嗯，你想要什么东西？"雪魅点了点头，随口问道。

"一卷灵魂痕迹清晰的四品丹药药方。"老者笑眯眯地道。

这也太黑了……听得老人这话，萧炎忍不住摇了摇头，在心中暗骂道。仅仅是四品丹药药方便比这桃花火还要珍稀了，更别说他还要求灵魂痕迹必须清晰。要知道，每一种丹药药方都是使用灵魂力量来书写的，每阅读一次，其中的灵魂痕迹便会变得模糊一点儿，一卷药方只要被阅读五次以上，就会变得模糊不清，这时候再阅读，就得凭借自己的能力来揣摩这些模糊的地方了，这样无疑会浪费很多时间与精力。

而制作药方卷轴，必须要四品炼药师的实力，并且失败率极高。所以丹药药方，并非一般人想象中那样拿着纸笔便能随意记载下来的，其中关于火候的温度、材料的提炼浓度、各种材料间互相融合的反应等，都极为复杂，列在纸片上，足以让任何人头晕眼花。这些药方都是使用灵魂力量来书写的，不管谁得到，只需要使用灵魂力量扫描一次，便能够将这药方上的所有信息都深刻地印在脑海之中，犹如烙印一般。

听到老人的要求，雪魅脸色明显变了变，显然，对方的要求让她有些为难。不过她似乎对于讲价这种事情并不擅长，加上对那粉红色火种太过喜爱，所以在沉吟了一会儿之后，竟然在萧炎愕然的目光中点了点头。

这傻瓜，四品药方都舍得拿出来？唉，弗兰克这次恐怕要心疼死了……苦笑着摇了摇头，萧炎对这女子出手的阔绰程度实在是有些咋舌。

见雪魅如此容易便点头，老人也一愣，旋即半信半疑地问道："你答应了？"

雪魅没有过多废话，顺手从纳戒中掏出一卷卷轴，丢向老人，然后捧着那透明的玉瓶，俨然已经将这东西当成了自己的。

手忙脚乱地接过卷轴，老人快速地察看了一下，然后使用灵魂力量飞快地初步探测了一下，苍老的脸上顿时涌现出喜意。

瞧得两人的表情，萧炎叹息着摇了摇头，斜瞥了一眼那抱着桃花火火种爱不释手的雪魅，撇了撇嘴，并没有过去和她打招呼，转身向交易区域之外走去。在即将离开时，萧炎脚步忽然在临近门旁的角落停了下来，偏头望着旁边一处有些破烂的石台，微微皱了皱眉，迟疑了一下，缓步走上前去。

在石台之后，是一个面容颇为猥琐的干瘦男子，由于桌面上摆放的药材并不算太稀有，因此很少有人过来察看，所以他脸上略有些苦意。而瞧得缓缓走过来的萧炎，他先是一愣，待眼睛瞟过其胸口上的二品炼药师徽章后，眼睛方才亮了许多，连忙站起身来，谄媚地望着萧炎。

"大师，您需要点什么？"瞧得萧炎停在石台前，男子急忙问道。

瞥了一眼面前的男子，萧炎微笑道："你还是一名炼药师学徒吧？"

被一眼瞧出了底细，男子尴尬地点了点头，有些羡慕地望着萧炎那年轻的脸，苦笑道："是的，我的炼药天赋并不好，修炼了这么多年，还依然停留在炼药师学徒的等级。"

随意地笑了笑，望着这年龄似乎步入了中年的男子，萧炎心中有些感触。有药老的护持，他在炼药师的道路上走得极为顺畅，几乎没有遇到过太大的挫折。因为有了前人的经验，所以他少走了许多弯路，而如今瞧得面前这人，萧炎方才清楚，原来炼药师的进阶，也并非他想象中的那般容易。

清楚地感应到男子羡慕的目光，萧炎心中庆幸地叹了一口气，低下头，目光

在石台上扫过。那些装在玉瓶中,看上去甚至有些枯萎的药材,自然不可能入得了萧炎的眼,所以都被他自动地忽略了过去。他的目光缓缓地在石台上一样样物品之上移动着,最后在干瘦男子那略有些失望的目光中,停在了角落处一块不太起眼的黑色残破玉片之上,随意地将之握在手中。玉片表面并不光滑,反而布满了细小的颗粒,似乎材质并不太好,并且还隐隐布着些许裂缝,缝隙间居然还沾着沙土。

凭直觉,萧炎觉得这东西有些奇异,可何处奇异,却又说不上来,使用灵魂力量探了一圈,没有任何动静,也没有接收到什么信息。

难道感觉错了?心中疑惑地喃喃了一声,萧炎手指缓缓地在玉片之上划过,想将之放下,手里却总是丢不下。半响,他无奈地摇了摇头,抬头望了一眼那正眼巴巴盯着自己的男子,又随便在石台上挑选了几种勉强能过眼的药材,然后冲着男子扬了扬,笑道:"你是想交换物品,还是想出售?"

"大师,我想换一种三品丹药。"闻言,男子精神一振,旋即讪讪地笑道。他心中也知道,这些药材似乎还不值三品丹药的价。

淡淡地瞟了他一眼,萧炎将手中的东西收进纳戒,顺手掏出一瓶回气丹,将之抛向男子,道:"这是三品丹药回气丹,能够快速恢复消耗的斗气,属于比较常见的消耗型丹药,给你三枚吧。"

手忙脚乱地接过瓶子,男子脸上的喜悦难以掩饰。三枚回气丹,论起价值来,不会低于四万金币,这般算起来,他倒还赚了许多,当下急忙对着萧炎慵懒转身的背影躬身行礼。

离开这处石台,萧炎顺势出了东区,手指在纳戒之上抚摸着,那块黑色的残破玉片便再度出现在掌心。微皱着眉头在手中把玩着,片刻后,却依然没有什么头绪,萧炎只得颓丧地叹了一口气,将之收了起来。

第四章
决定参赛

站在大厅中央,萧炎茫然四顾,沉吟了一会儿,然后扯过一名看似侍女的清秀女子,低声询问了一下黑岩城分会会长所在的位置。

被忽然拉住,这名似乎有急事的侍女有些恼怒,不过当瞧得萧炎胸口处的二品炼药师徽章后,俏脸上顿时流露出些许敬畏,纤指指向人流最为稀少的西区,柔声道:"那里便是加玛帝国各分会会长的区域,不过只有三品以上的炼药师方才有资格进入。"

"呵呵,多谢了。"道了一声谢,萧炎举步走向那安静的西区,在即将进入时,不出意外地被门口的两名护卫拦了下来。

"麻烦帮我向黑岩城的弗兰克大师或者奥托大师通报一声,就说萧炎来见。"望着两名脸色冷漠的守卫,萧炎笑道。

目光瞟过萧炎胸前的二品炼药师徽章,再扫向他那年轻的脸,两名守卫眼中露出些许惊异:如此年轻便是二品炼药师,还真是挺少见的。当下两人脸上的冷漠也融化了一点儿,微微点点头,其中一人在说了一声稍等之后,迅速上楼。

双手缩进袖间,萧炎站在门口,微闭着双眸,安静地等待着。

在那名守卫上楼之后不久,一阵急促的脚步声便快速响了起来,片刻后,一道苍老的身影便出现在萧炎视线之内。老者脸上满是欣喜,快速来到大门处,目光扫了扫,却并未见到想见的人,脸上的笑意微僵,微皱着眉头对着一旁的守卫低斥道:"人呢?你们不会把人撵走了吧?"

"奥大师。"听得老者的呵斥,萧炎笑了笑,出口喊道。

"你……"听得这略有些熟悉的喊声,奥托愣了愣,目光疑惑地望着面前陌生的青年,半晌,方才愕然道,"萧炎?你怎么弄成这模样了?"

萧炎笑着摇了摇头,对着他低声道:"待会儿与你说吧,这里人多眼杂。"

"呃……那跟我进来吧。"闻言,奥托心领神会地点了点头,偏头对着两名守卫凶道:"你们两个什么都没听见,知道吗?"

瞧得奥托那凶神恶煞的模样,两名脸色冷漠的护卫苦笑了一声,旋即聪明地点了点头。当了这么多年的守卫,他们自然知道一些忌讳。

奥托这举动让萧炎微微点了点头。不愧是能够成为黑岩城炼药师分会副会长的人物,做事还真的是滴水不漏。

跟在奥托身后,萧炎缓缓行上楼梯,待周围再无旁人后,奥托方才低声问道:"萧炎啊,你怎么弄成这样子了?难道得罪人了?说出来给我听听,在这加玛圣城,我奥托说话倒还是有几分分量的。"

"呵呵,多谢奥大师了,一点儿私事,不想被认出身份而已。"萧炎笑着摇了摇头,婉拒了奥托的好意。

"这样啊,那就随你吧。"听出萧炎的婉拒之意,奥托也不再坚持,老辣的目光缓缓地扫过萧炎,半晌,声音中有着掩饰不住的惊诧,"好小子啊,一年不见,实力大涨啊。现在的你,恐怕至少是五星斗师实力吧?"

"侥幸而已。"萧炎摇了摇头,微笑道。

"啧啧,真是个不错的小家伙,这等天赋,真是让人目瞪口呆,不知道是哪个老家伙有幸找到这般好的学生。"奥托赞不绝口,满脸羡慕。

萧炎微笑,并未在这个话题上继续。

"到了。"走过几间豪华大屋,最后在一间宽敞的房间外停了下来,听着里面传出来的骂声,奥托对萧炎笑道,"这是弗兰克那老家伙正在训斥雪魅那丫头,那丫头竟然用他的四品药方换了一个桃花火火种,可把他心疼死了。"

闻言,萧炎哑然失笑。他早就知道雪魅回去之后肯定会受到一通大骂,四品药方可不是普通之物啊。

萧炎踏进这间宽敞的房间,目光扫了扫,最后停在房间中央。那里,一身炼药师长袍的弗兰克正唾沫横飞、老脸铁青地怒拍着桌子,而在他面前,雪魅双手紧握着桃花火火种,任由弗兰克如何大怒,都保持着沉默。

在桌子的另外一角,一名身着红色衣衫的女子正幸灾乐祸地望着雪魅,听到开门声,她迅速看过来,视线在奥托身后的萧炎身上扫过,顿时嘴角一撇,嘟囔道:"老师,这就是要您亲自下去接的人?好大的面子啊。"

听得她的声音,弗兰克也暂时停了骂声,目光转向萧炎,诧异道:"老奥,这是……"看他的模样,先前守卫通报时,他并不知晓来者是何人。

瞧得那一道道诧异的目光,萧炎手掌在脖子处摸着,片刻后将一张面皮撕了下来,露出本来清秀的白皙面孔。

"弗大师,一年不见,越发老当益壮了啊。"萧炎将冰蚕面皮收进纳戒,冲着弗兰克笑吟吟地道。

"萧炎?竟然是你这小家伙,我还以为你不会来了呢。"望着那比一年前少了几分稚嫩的脸,弗兰克一愣,旋即大喜道。

萧炎笑了笑,缓步走上前,目光望向那一身银色裙袍,显得冷艳动人的雪魅,正好她也将好奇的目光投了过来,两相对视,礼貌性地彼此一笑。

"弗大师,这种桃花火虽然并不算什么强横火焰,但是比起普通斗气催化的火焰,无疑要强上许多。而且这种火焰比其他火焰少了几分狂躁,多了几分细

腻，用来炼丹，倒也极为合适。虽说那四品药方很是珍贵，不过大师您肯定早已阅读过了吧？凭您的实力，花费些时间，应该能够再备一份的。"看了一眼雪魅手中的粉红色火种，萧炎对着弗兰克笑道。

"唉，也只能这样了。不过没有半年时间，是不可能重新备一份四品药方的，制作那东西太麻烦了。"弗兰克无奈地摇了摇头。

见老师无意再开口训斥，雪魅松了一口气，对萧炎感激地一笑，冷艳的俏脸显得更为动人。

"你竟然给雪魅说情？是不是喜欢上她了？"作为雪魅的冤家，琳菲自然不乐意雪魅这么轻易逃脱，当下急忙跳了出来，双手叉腰，瞪着萧炎那张清秀的脸，心中却嘀咕：这家伙似乎比以前好看了许多……

对于这犹如小母猫一般的琳菲，萧炎并未太在意，目光盯着那娇美的脸，直到她脸上泛起些许绯红后，方才大笑着移开目光，留下琳菲红着俏脸站在原地，愤愤地跺着小脚。

"呵呵，萧炎，你这次来加玛圣城，想必也是奔着炼药师大会来的吧？"将琳菲扯到一旁，奥托坐在椅子上，笑着道。

听得奥托这话，一旁的弗兰克眼睛也亮了起来，赶忙将目光投向萧炎。他自然知道，这个小家伙拥有何等杰出的炼药天赋，他要参加炼药师大会的话，一定会是夺冠的热门人选。

萧炎笑了笑，手指缓缓地点在桌面上，笑道："参加这大会可有什么好处？难道就为了争一个虚名？我对那不太感兴趣。"

"呃……"闻言，奥托与弗兰克一愣，愕然道，"若是你能够在炼药师大会上脱颖而出，那前途可是一片光明啊，到时候不知道有多少强大势力会来邀请你加入，而你的名望与地位，在这加玛帝国内也会迅速提高啊。你要知道，当年丹王古河可就是这么起来的。"

"抱歉，我不喜欢投靠什么势力。"萧炎摇了摇头，伸了一个懒腰，笑道，

"所以还是给我说说，有什么实质的好处吧。"

"喂，你这家伙，也太现实了吧？"听得萧炎如此直接，琳菲蹙着黛眉，嗔道。萧炎摊了摊手，不去理会她。

唉，这小家伙，还真是不见兔子不撒鹰……苦笑着与弗兰克对视了一眼，奥托无奈地摇了摇头，缓缓地道："按照规矩，每一届的炼药师大会冠军，都将成为炼药师公会的荣誉长老，享受与元老同级别的福利与权利。到时候，你就能够在加玛帝国炼药师公会的任何分会得到你权利范围之内的帮助，并且，公会仓库之内的稀有药材，你能优先换取。

"对了，整个加玛帝国，有资格享受这种待遇的人，不会超过十五个。只要成为炼药师公会的荣誉长老，任何势力在动你之前都会掂量三分。记住，这里是指任何势力，包括皇室、云岚宗！只有我炼药师公会，才有资格说这话。"

敲动桌面的手指猛然一顿，萧炎微抿着嘴，眼芒闪烁着。奥托的话让他的心思有些活络了起来，他知道自己迟早会和云岚宗站在对立的位置上，而在这种时候，若背后有着能够让云岚宗也忌惮的势力支持，那自然能够省去很多麻烦。

望着明显有些心动的萧炎，奥托心中微松了一口气，笑着投下了最后的诱惑："另外，这一届的冠军奖励，是一卷六品丹药药方。"

"六品丹药药方？"眼瞳微微一缩，萧炎缓缓地吸了一口冷气。这种级别的药方，其价值甚至不会逊色于地阶的斗技。

"是什么药方？有何作用？"萧炎谨慎地询问道。六品药方虽然罕见，但是也要看丹药的效果，比如上次海波东的那破厄丹便属于偏门药方，价值顶多与五品药方相仿。

"融灵丹，一种能够让灵魂与肉体融合的丹药，药效有些偏门，不过对灵魂体来说，却是一种绝佳圣药，它不仅能够使灵魂力量快速恢复，还能将灵魂曾经所受的创伤完全修复。"

"灵魂体？恢复灵魂力量？"敏感地把握住其中的几个关键词，萧炎的心脏剧

烈地跳动了起来。

"小子，给我把这融灵丹的药方弄到手，日后，我不杀你！"

就在萧炎为这丰厚条件而心动之时，袍袖中的手臂忽然凉了一下，一道带着些许妩媚的微弱灵魂信息，传进了他的脑海之中。他袍袖中的手掌猛然紧握，一口凉气迅速在胸口缭绕。因为他分辨出了这声音的主人，赫然是那隐藏在吞天蟒体内的美杜莎女王！

萧炎缓缓吐了一口气，努力不让惊骇的表情浮现于脸上，微垂着头，半晌，终于平静下来，在心中平静地道："你想要那药方？"

话问出之后，却一片沉默，美杜莎女王没有再做任何回应。

眉头缓缓皱起，萧炎再次在心中呼喊了几声，可依然如石沉大海一般，如此试探了几次，只得选择放弃。手指蜷曲着弹在桌面上，他心中盘算起来。融灵丹的效果是让灵魂与肉体相融，而那美杜莎女王如此在意，自然因为她和吞天蟒之间的关系，这点萧炎倒是极为清楚。

不过……如果真的让美杜莎女王得到了融灵丹，那她岂不是能够掌控吞天蟒的身体了？那到时候……一个斗宗级别的强者，或许只有药老护身，萧炎方才有些许逃生的可能，虽然她嘴上说不会杀自己，但萧炎不太相信。

可若是不答应美杜莎女王的要求，自己与她之间的关系或许会越发恶化。前期，吞天蟒或许还可以压制美杜莎女王，可萧炎并不认为它可以压制她一辈子，而一旦日后美杜莎女王再次强行出现，那自己的处境可就真的极为不妙了……

答应还是不答应？

抿着嘴，萧炎苦恼地用手指揉着额头，沉吟许久之后，手指猛然敲动在桌面之上，抬头望向面前的奥托，叹了一口气，道："好吧，我参加。"

不管如何，先将药方拿到手再说，等有了药方，下一步自然需要炼制丹药，而炼制这一过程，美杜莎只能完全依靠自己，到时自己便有了和她对话的资本，说不定可以在这一点上，与她谈成一些对自己有利的条件。

说实在的，萧炎并不想得罪这位一苏醒便会成为斗宗强者的美杜莎女王，如果有机会与她和解，他自然极为愿意。

听得萧炎答应，奥托与弗兰克皆松了一口气。萧炎是在他们的分会注册的，如果让他代表黑岩城分会参加炼药师大会，黑岩城分会自然会增光不少，那么在下一年的分会业绩排名榜上，黑岩城分会将会大大地前进一步。

"不过我有个条件。"望着满脸笑容的两人，萧炎忽然出声道。

"呃，说来听听。"闻言，奥托两人一愣，旋即笑道。

"出于一些原因，我会以先前你们所见的那个容貌参加大会，而且名字也麻烦两位帮我改改，将以前的萧炎改成岩枭，可以吗？"萧炎摸了摸脸，笑道。

"喂，参加就参加呗，搞得这么见不得人做什么啊？"一旁，琳菲托着香腮，冲着萧炎翻了翻白眼，撇嘴道。

萧炎笑了笑，并未回答她，只是盯着奥托与弗兰克，等待他们的回答。

"修改名字，这倒是小问题。"奥托点了点头，望着萧炎，道，"看来你似乎惹了些麻烦，如果有需要我们帮忙的地方，可以说一说，我们会尽力。"

微笑着摇了摇头，萧炎并不想在这个话题上纠缠，道："你们可别在我身上投注太多的期望，加玛帝国这么大，有能之辈不知几何，我一小辈，能勉强冲出重围，便得说声侥幸了。当年丹王古河参加大会，可是四品炼药师的等级，我这区区二品炼药师，站上去或许有些寒碜。"

听得萧炎这话，奥托笑着摇了摇头，道："当年古河参加炼药师大会时可都快三十岁了，你现在才多大？而且我们也没让你去抢夺第一，那个实在是太过困难，据我所知，这次最有力量的几方，可都对那位置虎视眈眈。到时候，只要你能进入前十，就能让很多人感到惊讶了。"

"大会没有年龄限制？"萧炎有些诧异地问道。如果没有年龄限制的话，那些老家伙只要一参赛，哪个年轻人能够比过他们？

"呵呵，自然有，大会只对三十岁以下的炼药师开启。当年古河差一点儿就参加不了了，所以在经验这一项上，他占了不少便宜。不过那家伙炼药天赋也的确罕见，一手控火之术惊艳全场，当真是那届大会中最耀眼的人物。"弗兰克啧啧赞叹道。想当年，尚是青年的古河意气风发，在加玛帝国所有炼药师面前，演绎了一场堪称完美的控火盛宴。那时候的古河，几乎成为整个加玛圣城少女心中倾慕的对象。

萧炎微微点了点头，微笑着问道："大会何时开始？"

"三天之后。"

"三天后，我会来这里找你们，参加大会的那些手续，便麻烦两位大师了。"萧炎默默记下时间，对着两人笑道。

"嗯，这段时间我们会一直在这里，如果有事，记得来找我们。"弗兰克笑着点了点头，提醒道。

萧炎笑了笑，然后起身，对着房间内的四人躬身行礼，将冰蚕面皮重新戴上，径直缓缓行出了这个宽敞的房间。

望着萧炎的背影逐渐消失在门口，弗兰克叹息道："不知道这个小家伙能不能冲进前十。"

"似乎很难，往届前十的参赛者都是三品炼药师。不过以他的年龄，下一届说不定能够大出风头呢，这一届……那些实力恐怖的家伙，都被他们的老师放出来了呢，还真是龙争虎斗啊。"琳菲摆弄着桌上的酒杯，道。

"的确有困难，不过也不是没有可能……不要小看萧炎，一个不到二十岁的二品炼药师，这种天赋，就是当年的古河也比不上。在萧炎身上发生一些奇迹，我并不认为是什么不可能的事。"奥托淡淡地笑道。

"希望吧，如果真出现了什么奇迹，我们黑岩城炼药师分会自然会名声大振，嘿嘿，明年的经费也能向总部狮子大开口了。"弗兰克嘿嘿笑道。

"还有那些稀有的药材……"奥托阴笑道。

"两个老家伙，就知道惦记自己公会的东西。"瞧得两人阴笑的模样，琳菲与雪魅无奈地摇了摇头，暗自嘀咕道。

一路走出炼药师公会，萧炎站在大街上四处望了望，略微沉吟后，举步朝着纳兰家所在的方向走去，今日的祛毒还没进行呢。昨日发现了那烙毒竟然会残留在自己体内，萧炎今日想再次确认一番，这东西究竟是如何跑过来的。如果每一次祛毒，都让自己体内的烙毒多一些，那这事情似乎有点……叹息着摇了摇头，萧炎抬脚行进人群，然后缓缓消失在人流之中。

米特尔家族总部，会客厅内，一千平日极难瞧见身影的老家伙此时都战战兢兢地坐在椅子上，也不顾下面一些小辈错愕的目光，对着那坐在客厅首座之上的一位花白头发的老者投去恭敬的目光。

"海老，没想到今日还能见到您。当初您一去不回，我几乎动用了所有的力量，却没有找到您的半点踪迹。"在首座之下，一名身着华袍的老者表情略有些激动地说道。

"当初出了些事，所以隐居了这么多年，不过还好，现在已经没事了。"首座的老人，赫然便是先前与萧炎分开的海波东。此时他正捧着温热的茶杯，瞟了一眼激动的老者，淡漠的神色也柔和了许多，开口道。

"腾山，这么多年不见，你也成为斗王强者了啊，米特尔家族这重担，你挑得不错，以后，你继续掌管米特尔家族吧，我现在也不想过多插手。我想，我回来的消息过不了多久，就会被皇宫里的那老妖怪知道。"微微点了点头，海波东轻声道。

"呵呵，海老能回来，自然是米特尔家族最大的喜事。"被称为腾山的老人，自然就是米特尔家族的当家人，同时也是加玛帝国的十大强者之一——米特尔·腾山。

在大厅之中，还站立着不少家族中杰出的年轻之辈，这些新鲜血液望着那平日不苟言笑、对人极为严厉的族长，竟然会露出这般恭敬的表情，皆满脸呆滞，

心中不断猜测着首座老者的身份。海波东几十年未曾回过米特尔家族，足以让这些年轻人忘记他的存在。

"雷欧，滚出来！"

米特尔·腾山忽然转过身，对着人群中厉喝了一声。顿时，一个狼狈的身影赶忙挤了出来，全身颤抖地跪伏在地面上，颤声道："族长。"

"冲撞了海老，本该直接逐你出家族，念在你曾对家族有功，贬去长老之位，分配到边境城市管理分会，三年之内，不许回总部！"米特尔·腾山语气淡漠地道。闻言，雷欧顿时面如土色。大厅内鸦雀无声，所有人都不敢插嘴，唯有首座上的海波东平静地抿着茶水。

"雅妃。"目光转向一旁椅子上有些坐立不安的雅妃，米特尔·腾山的语气逐渐温和起来，微笑道，"这次，你做得很好。以后，你便正式着手管理米特尔总部的拍卖场吧。"

"嗯！多谢族长。"无视周围那忽然间变得炽热起来的视线，雅妃强作平静地微微点了点头，那袖间的玉手却紧紧地握了起来。

"海老，呵呵，我看您还是回家族居住吧，您的房间，可一直打扫着呢。"当着海波东的面赏罚完毕之后，米特尔·腾山转过身来，热切地望着海波东。

微微摇了摇头，海波东笑道："短时间内还不行，按照约定，我还得跟在那小家伙后面当一段时间的护卫。"

"护卫？"闻言，米特尔·腾山脸色微变，有些疑惑地喃喃道，"那叫作萧炎的年轻人，竟然能够让海老屈尊去做他的护卫？他能有这么大的能耐？"

以米特尔家族的情报能力，米特尔·腾山当然知道萧炎的底细，不过也仅限于萧炎在乌坦城之时而已。

"不要小看他，这家伙很不简单，当初就连我，都在他手上吃了好几次亏……这种人，实力隐藏得太深，若是能够做朋友，那就绝对不要与他为敌，不然的话，恐怕就是我，也难以保住米特尔家族。"海波东脸色凝重地道。现在的他，只要一想起当初萧炎所制造出来的佛怒火莲，就一阵心悸，那股力量实在是太过恐怖了。

瞧见海波东那罕见的凝重神色，大厅中的长老们与米特尔·腾山心中皆不由得升起些许骇然。他们自然清楚，整个加玛帝国，有资格让海波东这般对待的人，不会超过五个，可那都是一些老不死的家伙，而那名叫萧炎的年轻人才不到二十岁啊……

"放心吧，海老，我会严厉吩咐家族中的人，不要与他结怨。"重重地点了点头，米特尔·腾山凝重地道。在这种大事面前，他可不敢随意而为。

"嗯。"点了点头，海波东站起身来，道，"若是可能，尽量给予他所需要的帮助，日后，你会为今日的选择感到庆幸。我要先回去了，有事的话，可以让人过来找我，你应该知道我住在哪儿。"语罢，海波东便不再停留，径直走出大厅，然后缓缓消失在众人的视线之中。

呼……米特尔·腾山松了一口气，严厉的目光在大厅中扫视了一圈，沉声道："刚刚海老的话你们也听清楚了，那叫萧炎的年轻人，你们最好不要给我去招惹，否则，雷欧就是前车之鉴！"

大厅内，众人赶紧点头。

望着米特尔·腾山那凝重的脸，雅妃微抿着红唇，苦笑着摇了摇头，喃喃道："谁能知道，三年前那个被称为废物的少年，如今竟然能够让帝国三大家族之一的米特尔家族如此忌惮。纳兰嫣然，你可真的是看错了啊……"

第五章
潜在对手

宽敞的房间之中,萧炎眉头微皱地望着手指与纳兰桀后背相抵之处。在青色火焰收回的刹那,由于有了上次的经验,他清楚地感觉到,一些莫名的东西也掺杂在火焰中,被收进了体内。

变异的烙毒果然可怕,以我现在所操控的异火,竟然都不能彻底将之焚化。唉,恐怕只有老师的骨灵冷火,才能将之完全清除吧……缓缓收回手指,萧炎摇了摇头,在心中低声叹息道。

"这次的祛毒就到这里吧,再有几次,想必你体内的毒素就能彻底清除了。"萧炎将手指缩回袍袖之中,望着脸色比上次好了许多的纳兰桀道。

"多谢岩枭小兄弟了,我能感应到,体内的烙毒正在逐渐减少。"纳兰桀抹去额头上的汗水,转过头来,冲着脸上有着一丝疲倦的萧炎感谢道。每一次祛毒所造成的剧痛,都让他犹如经历了一场与同等级强者的战斗一般,极为辛苦。

"各取所需罢了。"萧炎淡淡地摇了摇头,心神在体内扫描了几次,眉头皱得更深了。他发现,那些烙毒经过这一次的祛毒,似乎更浓了。

唉，这东西，不知是福是祸。如果老师在就好了，以他老人家的经验，这些事也不用我瞎操心了……低低地叹息了一声，萧炎只得在心中苦笑。

"呵呵，岩枭小兄弟，这两天辛苦你了。你若是需要什么炼药材料，可以说出来，这些小事，就让我们纳兰家族去为你办好，你只管休息便是。"瞧得纳兰桀越发红润的脸色，纳兰肃脸上的笑意也越来越多，上前两步，对着萧炎笑道。

闻言，萧炎略微迟疑，随手从纳戒中取出纸与笔，快速地写了一些在市面上颇难寻见的珍贵药材，递给纳兰肃。既然对方是只大肥羊，那么不宰白不宰，反正以纳兰家族的财力，这点东西，还不至于让他们心疼。

接过纸，纳兰肃瞟了一眼，脸上并没有因为这些药材的珍贵而有丝毫变色，招呼一声，便让一名侍女按照纸上所写，去家族仓库将东西取来。整个过程，纳兰肃答应得没有半点迟疑，俨然一副财大气粗的模样。

"呵呵，岩枭小兄弟，我们先到客厅坐一坐吧，你需要的东西马上就能取过来。"望着侍女退出去，穿好衣衫的纳兰桀对萧炎笑道。

"嗯。"微微点了点头，萧炎举步跟上了前面的纳兰父子。

出了门，穿过一条幽静的走廊，三人行进豪华的客厅，刚坐下，一旁的侍女便赶紧奉上香茶，然后躬身而退。

"岩枭小兄弟，我想你这次来帝都，应该是为了参加那炼药师大会吧？"端起茶杯，缓缓地抿着，纳兰桀笑着问道。

"嗯。"

"呵呵，这次的大会可是群雄会聚啊，看来有好戏瞧了。"纳兰肃笑道。

"我只不过是来凑凑热闹而已，没什么本事与人争抢。"萧炎笑了笑，道。

"你倒是客气，拥有异火，这次不想大放异彩都不行了。"纳兰桀摇了摇头，旋即笑道，"大会之前，总是少不了一些练习，岩枭小兄弟若是需要什么材料，尽管和我提，只要纳兰家族有的，就绝对不会吝啬。"

想提前拉拢吗？抿着茶水，萧炎在心中微微摇了摇头。

　　一名拥有异火的炼药师前途如何，纳兰桀这些强者自然最清楚了，所以虽然萧炎现在不过才二品等级，但他依然是不遗余力地拉拢。若是萧炎真的依他所言，随意从纳兰家族拿取材料，那么等日后纳兰家族想聘请萧炎为常驻炼药师，到时候吃人嘴软，萧炎要拒绝的话，就不那么好说了。

　　"等我需要的时候再来找两位吧。"萧炎并未直接拒绝，只不过含糊的话中也没有答应的意思。

　　纳兰桀人老成精，自然能够听出萧炎的言外之意。他笑了笑，面上并未有失望的表情，而是笑眯眯地将谈话从这个话题上转移开去，开始随意地打听着萧炎的一些其他信息。

　　"呵呵，不知道岩枭小兄弟的老师是何人？加玛帝国的著名炼药师我也能认个大半，可还真的没听说过谁的学生如此年纪便拥有异火这种东西。"

　　"老师并不喜欢露面，一直都是隐居，在我出来之前，他老人家便告知过，不能透露他的信息。"萧炎摇了摇头，道。

　　"这样啊，那我也就不强人所难了。"闻言，纳兰桀笑着点了点头，心中却嘀咕：隐世强者吗？以岩枭的年纪，自然不可能单独收服异火，想必其中，他的老师帮了不少忙。能够收服异火的强者，至少也是斗皇强者吧？看来这个小家伙背后的力量不可小觑，这种人，若是能拉拢，好处多多啊……

　　在萧炎漫不经心的回答中，时间缓缓度过。前去取药材的侍女，端着一个银盘，身姿袅娜地行进大厅，将银盘恭敬地放在萧炎身旁的桌上。

　　瞥着银盘中那些保存得极为完好的药材，萧炎微微点了点头：看来这纳兰家族也有着不少懂得如何保养药材的能人啊。

　　谨慎地将这些药材收进纳戒，萧炎不再继续停留，当下便起身告辞。

　　"呵呵，我们送送岩枭小兄弟吧。"见萧炎起身，纳兰桀也赶忙站起身来，和纳兰肃、萧炎并肩走出大厅。

　　行出大厅，走在小路之上，来往的纳兰家族的族人皆赶紧行礼，待三人走过之后，方才面面相觑，随即将好奇与惊诧的目光投向中间的萧炎。在这加玛圣城，有资格让纳兰家族的老爷子与族长同时恭送的人，似乎不超过五个，而这看似不到二十岁的年轻人，居然也有资格享受这般待遇。

在一路惊诧莫名的目光中，三人终于来到大门处，萧炎对着纳兰桀两人微微欠身，刚欲离开，眼角的余光忽然僵在那正缓缓向着纳兰家族行来的两道人影之上。他们一男一女，女子身着一套月白色的宽袖曳地裙袍，优雅的步伐有种让人赏心悦目的美感，略微噙着些许笑容的美丽容颜勾动着周围路过男人的视线。男子身着炼药师长袍，身材挺拔，看上去不过二十几岁，相貌英俊，线条宛如刀削一般，透着些许阴柔的感觉，脸上那柔和的笑意，极易打动女子的心扉。此人这副模样，与萧炎易容后的平凡模样相比，简直两个极端。

当然，最引人注目的还是年轻人胸口处的炼药师徽章，上面的三道银色波纹在阳光的照射下，反射着刺眼的光芒。那些本来还因为这男子有如此美人相伴而心中冒着酸气的路人，在瞧见那三道象征着某种意义的银色波纹之后，先略微呆滞，旋即眼中的不屑自动转换成一种对强者的敬畏。

一旁的纳兰桀与纳兰肃也注意到了行过来的两人，当他们的目光扫到纳兰嫣然身旁的那名男子时，各自表情有些不同。

萧炎眼中倒是看不出什么情绪，他平静地望着缓步走来与纳兰父子打招呼的两人。

"岩先生，今日又麻烦你了。"行至大门处，纳兰嫣然又微笑着对萧炎道。

萧炎并未开口回话，只是摇了摇头，被冰蚕面皮覆盖的脸显得有些冷漠。

与萧炎相处过一天时间，纳兰嫣然知道他那淡漠的性子，也不太介意，指着身旁男子笑道："岩先生，这是我的朋友柳翎，他也是一名炼药师。"又转向柳翎道："这便是我方才与你说的能为祖父祛毒之人，岩枭。"

"你好，岩先生。"那名英俊的男子伸出手来，对着萧炎微笑道，笑容阴柔，看上去颇为真诚。

"你好。"伸出手来,握住对方,萧炎平静地道,眸子注视着柳翎。自从离开乌坦城之后,面前的青年是首次让萧炎重视的年轻人,如此年纪便能够成为三品炼药师,这等天赋不会比萧炎差多少。

"嘿,柳家小子,你不跟着你老师练习炼丹术,怎么又跑过来了?"纳兰桀瞥着这名极其优秀的男子,心中有些叹息。柳翎几乎是他这些年间见过的最优秀的青年,论起天赋与实力,与嫣然倒是极为相配。他知道,自己那极为高傲的孙女,对这位在同龄人中出类拔萃的青年,或许也有一点儿好感。虽然这丝好感还远远谈不上什么感情,但是,柳翎已经是这么多年中少有的能让她有一些好感的异性同龄人了。

柳翎的确很优秀,不过在纳兰桀的心中,始终有着当年与老友的约定,一想起萧家那个被退婚的小家伙,他心中就满是歉意与无奈,所以颇为抗拒柳翎与纳兰嫣然走得太近这件事,他似乎还想尽力挽救一下那已经支离破碎的娃娃亲。

"炼药师大会快要开始了,大会云集了帝国炼药界的无数强者,一山还比一山高,所以老师让我先下山见识一下。另外,老师让我代他老人家向老爷子您问个好。"柳翎微微欠身,微笑着回道。

"岩先生,没想到你如此年龄便能替老爷子祛除烙毒,当真是让人惊诧,当初老师也来瞧过,却没有丝毫办法,呵呵,想必岩先生拥有传说中的异火吧?"柳翎将目光转向一旁的萧炎,含笑道。

眼睛微眯,萧炎望着柳翎,道:"你的老师是……"

"家师古河。"柳翎柔和地笑道,笑容中,那抹自傲虽然掩饰得颇深,但是依然透了出来。

丹王古河吗?心中喃喃了一声,萧炎微微点点头,并未因为这个名动加玛帝国的名字而有所动容。

萧炎平静的模样让柳翎一怔。能够成为丹王古河的亲传弟子,一直是他最引以为傲的事情,可在对面青年的眼中,这似乎并不是什么了不起的事情,当下眉头不可察觉地微微皱了皱，旋即快速舒展开来，对萧炎微笑道："不知岩先生的老师名讳？"

"老师只是山中一闲人而已，没有丹王古河那般大的名声，不提也罢。"萧炎笑了笑，淡淡地道，漫不经心的言语倒是让纳兰家族的几人有些意外。

"岩先生倒是谦虚，即使不提异火，你如此年龄便成为二品炼药师，能够教出这般学生的老师，本事自然不低。"一旁的纳兰嫣然掩嘴轻笑道。

"没办法，这都是被人逼出来的。"萧炎盯着纳兰嫣然美丽的容颜，忽然有些自嘲地低声道。

纳兰嫣然微愣，不知为何，对方的那种眼神让她心中不自觉有些颤动。轻甩了甩头，刚想说点什么，萧炎却对着众人拱了拱手，淡笑道："抱歉，在下还有事，便不陪诸位闲聊了，告辞。"说罢，萧炎便径直向街道之上行去，然后在纳兰嫣然等人的注视下，逐渐消失在人流之中。

"嫣然，他真的拥有异火？"望着萧炎消失的地方，柳翎忍不住再次询问道。

"嗯，岩先生实力很不错，控火术恐怕不会逊色于你，在炼丹这一项上，他还是这么多年中，我见过的唯一一个或许能够超过你的同龄人。"纳兰嫣然点了点头，美眸望着街道尽头，精神略有些恍惚。不知为何，这个冷漠的青年总给她一种极为奇异的感觉，这种感觉是她从未在柳翎身上感受过的。

微皱着眉头望着纳兰嫣然盯着街道有些失神的模样，柳翎不自觉地紧握拳头，心中隐隐泛起些许酸意……

安静的房间之中，盘腿坐于床榻之上的萧炎缓缓睁开了眼睛，漆黑的眸子中，精芒闪掠而过，一口浊气顺着喉咙吐出，萧炎脸上隐隐散发着毫光。显然，经过这次修炼，他体内斗气大涨。

"这些烙毒中所蕴含的能量实在是庞大，即使被我炼化了好几次，也依然剩下这般可观的能量。"感受着体内越加雄浑的斗气，萧炎忍不住低声喃喃道。

"能量虽然可观,但是……也有代价啊。"苦笑了一声,萧炎右手一晃,一团青色火焰升腾而出。在火焰的外围,模糊的黑色印纹微微翻腾,最后被萧炎完全压缩在中指之上,顿时,修长的手指便变得漆黑如墨,看上去颇为诡异。

"唉,烙毒越来越浓了……"望着颜色变得更加深重的中指,萧炎苦笑着摇了摇头,手指对着一旁的床柱点去,坚硬的木柱顿时被腐蚀出了一个空洞。

"算了,只要将七幻青灵涎弄到手,就能把老师唤醒,到时候这个问题应该便有办法解决了。"盯着手指良久,萧炎喃喃道,"虽然这东西很危险,但是这两天从这些烙毒中所吸取的能量也不少了,按照这程度,等到将纳兰桀体内的烙毒完全祛除,恐怕足以让我从六星斗师升级成七星斗师了吧?"

微微摇了摇头,萧炎手指微蜷,漆黑之色迅速褪去,片刻后,便恢复了正常之色。

嘎吱——在萧炎收回手掌时,紧闭的房门也被轻轻推开,海波东懒洋洋地走进来,瞧了一眼房间中的萧炎,望着他那不太好看的脸色,不由得笑道:"怎么,去纳兰家族受气了?要不下次我和你一起去吧。"

无奈地摇了摇头,萧炎从床榻之上跃下,道:"还不是那烙毒的事,我的异火似乎有些奈何它不得,每替纳兰桀祛一次毒,我身体内的烙毒便会浓厚一些。"

"越来越浓厚了?"闻言,海波东一怔,旋即皱眉道,"既然这样,那还给他祛什么毒?我可不相信你是那种滥好人,而且你似乎还和纳兰家族的纳兰嫣然有些过节儿。"

"我想要那七幻青灵涎,难道我们去强抢?"萧炎耸了耸肩,淡淡地道。

"那可不行。纳兰家族因为纳兰嫣然的关系,和云岚宗关系特别好,而且其家族在帝国政府中也极具分量,若是他们出事,想必皇室的那个老妖怪也会出手的,你认为我们有实力抗拒这两大势力吗?"海波东讪讪地笑道。

"那不就得了?现在想要得到七幻青灵涎,就只能将纳兰桀治好。虽然这烙毒很具危险性,但是至少现在还未对我造成什么伤害。"萧炎无奈地摇了摇头。

经过海波东这一分析，他心中倒还真是多了几分沉重，这纳兰家族的确不愧是帝国三大家族之一，背后牵扯的势力太多了。

"随你吧，只要你别把自己给陷进去就行，我还等着你给我炼制复灵紫丹呢。"摊了摊手，海波东道。

"放心吧，只要你将药材收集齐全，我就会替你炼制。虽说因为佛怒火莲，我的灵魂力量有些受创，不过炼制复灵紫丹应该不是什么难事。"萧炎缓缓走到桌旁，将桌上的杂物搬开，然后从纳戒中取出药鼎，随口敷衍道。

"呵呵，我对你自然有信心。"笑着点了点头，海波东望着萧炎的举动，有些愕然地道，"你这是……"

"我看你还是继续出去逛逛吧，我要开始修炼炼药术了。"萧炎从纳戒中取出一样样的药材，冲着海波东笑道。

"呃……我可才回来不久。"闻言，海波东苦笑着摇了摇头，片刻后，瞧得萧炎偏头盯着他，只得无奈地撇了撇嘴，道，"算了算了，你练习吧，我出去走走。"

说着，他转身摇摇晃晃地打开房门，不情愿地走了出去。他也知道，炼药师在炼制丹药时，不喜欢周围有人打扰。

望着房门缓缓关上，萧炎这才将目光投注到面前的药鼎之上，手掌缓缓地摸过桌面上的一些药材，微皱着眉头沉吟着。经过将近一年的大漠苦修，特别是最近因为服用地火莲子，与青莲地心火契合度大增，他很有信心，想要考核三品炼药师，并不是太困难的事。因为三品炼药师最注重的，便是对火焰的操控能力，而在这一点上，萧炎甚至有信心与四品炼药师相比较。

"唉，不过即使是这样，想要顺利地取得炼药师大会的冠军，也不是件容易的事，那些对手可都不是省油的灯啊……"叹息着摇了摇头，萧炎想起今日见到的那位古河的弟子柳翎，虽然并未见过对方出手，但是以古河的本事，他所调教出来的弟子自然不可能是废柴。而且在面对柳翎的时候，萧炎也的确感受到了对方言谈举止间所蕴含的那股信心，那信心不是强行装出来的，而是一个人在的的

确确拥有某些本钱时才能具备的。

手掌摩挲着冰凉的药鼎,萧炎忽然耸了耸肩,轻笑道:"当然,我也不是省油的灯,若是在炼药师大会上输给了柳翎,那岂不是说老师连古河都比不上吗?"

"这可不行啊……"缓缓地吐了一口气,萧炎微抿着嘴,半晌后,淡淡地笑了笑,屈指轻弹药鼎的通火口,一缕青色火焰迅速蹿入,随着一声轻微的闷响,青色火焰在药鼎之中升腾着燃烧了起来。

"先试试炼制三品丹药吧。"手掌在桌面那些药材之上缓缓移动着,最后停在几株药草之上,掌心微屈,细微的吸力将药草扯进掌心,然后随意地投入药鼎之中。

注视着那些被青色火焰分开包裹的药材,萧炎微微点头,脑海之中自动浮现出一张三品丹药的药方。这些药方都是在修炼之时,药老偶尔以灵魂力量灌注给萧炎的,如今想要使用,自然极为简单。

醒神丹,三品丹药,能够使服用之人在修炼状态中对外界天地的能量更加敏感,吸收能量的速度也会相应加快许多。炼制材料:三十年份的清心三叶草、成熟的佛心果、十年份的吸灵树……三阶魔核一颗。

脑海中缓缓地回忆着药方中所记载的药材,半晌,萧炎修长的十指轻轻弹动,顿时,药鼎之中的火焰便汹涌着腾烧起来。

随着萧炎开始炼药,房间之中的温度也逐渐升高,淡淡的烟雾从鼎中弥漫出来,在房间内扩散,房间内变得烟雾缭绕。

由于是第一次炼制这种丹药,所以前两次,萧炎皆不出意外地将药材烧毁了,不过这并未让他失望,就算是药老亲自出手,也是难以避免失败的。

在停火总结了失败的教训之后,萧炎迅速掌握了炼制丹药所需要的火候等要领,在第三次炼制时,一枚浑圆而光润的醒神丹,在折腾了两个多小时后,终于新鲜出炉。

望着那枚安静地躺在玉瓶中的醒神丹,萧炎抹了一把额头上的汗水,满意地笑了笑，然后再度起火，继续炼制。

消耗了一下午的时间，萧炎炼制醒神丹的成功率也以一种喜人的速度稳步提高着。当桌面上的药材即将告竭时，三枚醒神丹已经躺在了玉瓶之中。

将装着三枚醒神丹的玉瓶小心收进纳戒，萧炎脸上的疲倦之色几乎难以掩饰。把桌面清理了一下之后，便踏着有些虚飘飘的脚步，一头栽到床上。

当萧炎从沉睡中醒来时，发现竟然已是翌日清晨。甩着有些昏沉的脑袋从床榻上爬起来，萧炎望着空荡荡的房间，苦笑着摇了摇头。这炼制丹药果然是个累活，对于精神的损耗实在太大了。

萧炎简单洗漱了一番，待完全清醒之后，方才出门向着纳兰家族走去。

虽然有一天时间未见到海波东，但萧炎并未有什么担心。以那老家伙的实力，在这加玛帝国，除了那几个老家伙与云岚宗的宗主，恐怕还没有谁能对他造成太大的麻烦。

今日的祛毒，与上次大致相同，其间并未有什么特殊的事情发生。替纳兰桀祛毒之后，萧炎也受他的邀请在纳兰家中闲坐了一会儿。在闲坐时，纳兰嫣然不知为何，倒是略有兴趣地凑上来询问了一些关于他的事情，不过这些问题全被萧炎那冷漠的脸色与含糊的语句挡了回去。虽然这个女人如今看起来似乎变了许多，但萧炎实在是难以对她产生什么好感。

有纳兰嫣然在的地方，那柳翎自然也紧跟其后。在纳兰嫣然与萧炎谈话期间，萧炎能够感受到这家伙眼角的余光不断地瞟过来，似乎有些淡淡的敌意。对此萧炎只是耸了耸肩，心想：古河看上的异火我都敢抢，你这还未出师的徒弟，能有何让人惧怕之处？在柳翎略有些冷的目光中，萧炎在客厅中坐了将近半小时方才起身告辞，然后便在纳兰桀几人的陪同下，走出纳兰家族，缓缓消失在几人的视线尽头。

微眯着眸子望着萧炎消失的方向，柳翎偏头转向纳兰桀，忽然微笑道："老爷子，不知道这位叫作岩枭的炼药师，你们可知道他的底细？"

"怎么?"闻言,纳兰桀一愣,旋即皱眉道,"岩先生是我们家的贵客,我只管他能否将我的烙毒祛除,至于他究竟是什么身份,我并不在乎。"

"年轻人,心胸要宽一些,不要因为一些小事便心存敌意。你虽然是古河的弟子,但是我敢说,岩枭背后的老师,恐怕不会比古河弱,与这样的人为敌,可不是什么好事……"纳兰桀瞥着含笑的柳翎,意味深长地低声道。以他老辣的目光,自然能够察觉到柳翎对萧炎的一些心思。

"呵呵,老爷子说笑了,我与岩先生素不相识,又怎会对他抱有敌意?"脸色微微变了变,不过柳翎也非常人,迅速收敛好脸上的表情,瞟了一眼黛眉微微蹙起的纳兰嫣然,笑吟吟地道。

"如果真是这样,那自然好啊。这个岩枭,或许现在比不上你,不过他的潜力极大,若有机会,我倒是很想拉他进入纳兰家族。"纳兰桀淡淡笑了笑,不再看脸色微僵的柳翎,转身便向大门之内行去。

纳兰嫣然瞥了一眼正无奈地耸肩的柳翎,轻声道:"你最好别乱来,爷爷也说了,他是纳兰家的贵客。"说完,她纤手捋开飘落额前的青丝,缓缓跟上前面的纳兰桀。

"嫣然,这么多年了,你应该知道我对你的……"

望着那迷人的优雅背影,柳翎忍不住出口道,然而话还未说完,前面背对着他的纳兰嫣然便随意地挥了挥白玉般光洁的纤手,叹息道:"你应该知道,现在的我并不想谈这些事情。你是这么多年来少有的能够成为我朋友的男性,或许日后你能够打动我,不过现在,我还仅仅是把你当成普通朋友。我不否认你很优秀,不过你还未达到我的要求,我纳兰嫣然喜欢的男人,并非庸人。"说罢,她不再停留,莲步微移,走进大门。

"我知道你心高,那么这次,我便用大会的冠军来向你证明,我柳翎,能配得上你。"望着那迷人的背影,柳翎眼中闪过狂热。作为云岚宗未来的掌舵人,纳兰嫣然在加玛帝国的地位几乎比帝国的公主还要高贵,以柳翎心中的傲气,自然需要征服这种女人，方能够证明他的优秀。

"等你取得冠军再说吧。"淡淡的动听的声音，顺着大门，缓缓地传了出来。

"等着吧……"耸了耸肩，柳翎转过身来，盯着先前萧炎消失的方向，阴柔一笑，低声喃喃道，"我会在大会上让他自惭形秽的。丹王的弟子，是加玛帝国最杰出的人。"

第六章
内部测试

　　床榻之上，萧炎盘腿而坐。此时房间中的天地能量波动得有些剧烈，一圈圈能量涟漪正自萧炎的体内滚涌而出，而他的衣袍也无风自动地鼓着，凝重的脸上，淡淡的青芒若隐若现。

　　随着周围天地能量一波波地不断注入萧炎体内，他脸上的青芒也越来越浓，到最后几乎掩盖了整张脸。而他的体内，气势也逐步高涨。

　　当高涨的气势达到某种程度时，周围波动的能量骤然间静止，萧炎身上鼓胀的衣袍，也犹如僵硬了一般，动也不动。

　　这般诡异的静止持续了十来秒，双目紧闭的萧炎猛然睁开眼，青色火焰瞬间翻涌而上，旋即迅速退去，一股凌厉的精芒在那漆黑眸子中乍然暴射。

　　身体保持着修炼姿势，萧炎嘴巴微张，一口略有些黑的浊气被喷吐出来。黑气缭绕而上，凡是它所触碰到的东西，居然被尽数腐蚀。黑气一路上升，将屋顶也腐蚀出了一个洞之后，方才在阳光的照耀下逐渐化为虚无。

　　吐出浊气之后，萧炎眼中凌厉的精芒也悄然退去，僵硬的衣袍再度柔软地贴在了皮肤之上,萦绕在房间之中的那股气势也被收回体内。

"七星斗师了吗?"微微握了握拳头,体内那股力量充盈的感觉让萧炎有些陶醉。虽然他知道按照先前的进度,迟早能够进入七星级别,但是没料到这才仅仅吸收了三次纳兰桀体内的烙毒,便让自己提升了一个等级。

"斗王强者体内的能量,果然是浩瀚澎湃啊!"萧炎的身体古怪地扭了扭,听着从身体中发出的一阵阵噼里啪啦的清脆声响,不由得满意地笑了笑,"这笔买卖,似乎挺划算的。"

双掌撑在床榻之上,微微用力,身体矫健地弹射而出,然后凌空翻滚着轻落在地面,萧炎拍了拍手,环顾了一圈,皱眉嘀咕道:"怎么还没回来?"

皱眉沉吟了一会儿,萧炎只得无奈地摇了摇头,然后打开房门走了出去。明天炼药师大会便开始了,他现在需要去公会打听一下有关比赛的事情。

出了旅馆,萧炎站在街道上四处望了望,然后便举步向那幢即使隔得老远都能看见高耸一角的炼药师公会大楼行去。

一路走来,萧炎有些愕然地发现,街上居然已经有全副武装的骑士部队在巡逻了。显然,这是炼药师大会即将举行的缘故。毕竟规模这么大的盛会,万一出现骚动,对帝都的冲击是很大的,所以皇室自然需要防患于未然。

缓缓走过几条宽敞的街道,那高耸的炼药师公会大楼终于出现在了视线之中。望着比两天前更加拥挤的门口,萧炎无奈地摇了摇头:看来很多炼药师都想在这次大会上崭露头角啊。

双手负在身后,萧炎慢吞吞地踱着步子行近公会,脚步一拐,便挤进了人流之中。他刚欲顺着人流进入公会,身后不远处却忽然骚动起来,周围的一道道目光都投射了过去。

前面的人流停住了脚步,萧炎被堵在了中间,无奈地叹了一口气,微皱着眉头回转过头,望向骚动的源头。那里有一辆极具贵族气息的马车,在马车之前,两匹浑身雪白得没有丝毫杂毛的骏马安静地立着。马车上的一圈金黄色锦帘之

上，绘制着一头浑身升腾着蓝色火焰的异兽，异兽体形不小，整体面貌颇显狰狞，看上去有震慑人心的感觉。

"皇室的徽章……"盯着那不知何名的异兽徽章，萧炎低声喃喃道。作为加玛帝国的人，加玛皇室的徽章，他自然认识。

马车的周围，有十来名全身黑袍的人站立着。目光扫过，萧炎眼瞳微缩，这十来名黑袍人居然给他一种危险的感觉。

不愧是加玛帝国皇族，实力果然不可小觑……心中略微惊叹了一番，萧炎将目光投向车帘处。

一名黑袍人举步上前，恭敬地掀起车帘。与此同时，萧炎清楚地感应到，周围的其他黑袍人在细微的移动中已经快速地结成了小圈，将马车护在中间，同时一道道犹如鹰般锐利的目光从黑袍中射出，来回扫视着周围拥挤的人群。

在众人的注视之下，一道倩影从马车中徐徐走出。她身着一套镶着银色纹路的紫色裙袍，精致的容貌在皇室的熏陶之下，隐隐透着一抹与生俱来的高贵气质。她的年龄不大，看上去和没易容的萧炎相差不多，俏脸上噙着点点微笑，颇显优雅与宁静。不过当她的目光扫视周围的时候，萧炎却发现，这看上去似乎很淑女的少女，水灵灵的眸子中竟会闪过些许古灵精怪的笑意，显然并非一个如其表面一般喜欢安静的主儿。

"啧啧，好漂亮的小女孩！"望着出现的紫裙少女，周围的人群顿时爆发出一阵喝彩声，许多道火热的目光迅速投射了过去。

"嘿嘿，这可是加玛皇室的小公主，听说她的老师就是公会副会长切米尔，这次她竟然会出现在这里，想必也是冲着炼药师大会来的吧。"人群中不乏见多识广之辈，在瞧得少女的容貌之后，便认出了她的身份。

"她的年纪似乎不是很大吧，竟然也能来参加大会？"

"小公主在炼药术上的天赋即使是会长大人也赞叹不已，别看她年纪小，可我听说，早在半年之前，她就已经成为三品炼药师了。"

058

"哇……"闻言，周围的人群顿时哗然，一些年纪稍大的中年炼药师皆有些脸红地竖起手臂，尴尬地遮掩着自己胸口处的等级徽章。

挤在人群中，听着那些人的谈话，萧炎脸上也闪过惊讶，再度将目光投向那在黑袍人的护持下，正向着公会走来的紫裙少女，心中暗道：果然是一山更比一山高啊，没想到这看起来如此柔弱的少女，居然也是三品炼药师！

萧炎虽然心中惊叹，但是倒并未感到太过意外。以加玛皇室的雄厚底蕴，只要这小公主拥有成为炼药师的基本天赋，那么他们就能够使用那些堆积如山的材料，将其轻易地砸成一个高级炼药师。更何况小公主的炼药天赋似乎还极为不错，所以有这等成就，倒是在意料之中。

在那群浑身缭绕着阴冷气息的黑袍人的护持下，那名紫裙少女没有丝毫阻碍地穿过拥挤的人群，然后大摇大摆地走进了炼药师公会大楼。

随着少女优雅的背影消失在视线之中，萧炎耸了耸肩，身体微扭，犹如一条泥鳅一般，不着痕迹地挤开周围的人群，迅速朝着公会大楼内溜去。

挤开最后一堵人墙，周围空间终于宽敞起来。望着宽阔的大厅，萧炎长长地吐了一口气，抹了一把额头上的汗水，然后便轻车熟路地向大厅的西区走去。门口依然是上次的那两名守卫，瞧得萧炎到来，他们并未如以往那样阻拦，躬身行礼之后，便任由他自由进入，想必是奥托特地吩咐过的缘故。

守卫不阻拦，萧炎也乐得省去一些麻烦，行进走廊，然后缓缓地向楼上行去，最后停留在上次奥托带他来的那间房间之外，轻敲了敲房门，待得里面传出奥托的声音后，方才推门而入。

房间内只有奥托一人，他笑眯眯地望着进来的萧炎："小家伙，挺准时的嘛。"

萧炎笑了笑，在奥托身旁的椅子上坐下，端着茶杯抿了一口，笑道："我也不废话了，这次来主要是想问问，这大赛究竟是何种形式？是抽签比赛，还是其他形式？"

"参加的选手那么多，如果靠抽签一个个来，那得弄到什么时候？"奥托笑着

摇了摇头，手指在桌面上画了一个很大的方框，笑道，"所有的炼药师，都会在一个巨大的平台上同时参加比赛，比赛的条件会逐渐变得苛刻，到时候，便会犹如筛子筛沙粒一般，迅速地将一些不合格的剔除出去。能够留下的，都是佼佼者，而从这些佼佼者中脱颖而出的人，便是最后的胜利者。"

"哦。"萧炎微微点了点头，想起成百上千的炼药师在同一个平台上起火炼药，那情景，恐怕是极为壮观的吧！

"呵呵，很想看看那种场景吧？到时候可别被吓着了啊，当年我第一次参加的时候，可是被吓了一跳。"似是知道萧炎心中所想一般，奥托大笑道。

"对了，这里有一份名单，你看看吧，是参加此次大会的一些很有实力的选手，以及他们的基本信息。"奥托从桌子上取过一张纸卷，递给萧炎，旋即补充道，"这是内部文件，按照规矩可是不能外泄的。"

略有些好奇地接过纸卷，萧炎笑着点了点头，缓缓将之摊开。长长的名单上列着二三十位实力不俗的选手，目光扫了扫，萧炎眉头忽然一扬。他发现那柳翎竟然也名列其中，而且排名还极为靠前，看来这丹王传人之名确实不是靠吹嘘得来的。

"原来那小公主叫夭月啊。"萧炎指着第五名的信息道。

"嗯，你见过？"

"刚才在门口瞧见了，没想到她竟然这么靠前。"萧炎笑了笑，对她的排名感到有些意外。

"别小看那丫头，在皇室实力的支持下，她的底牌可是多得让人眼花缭乱呢。"奥托笑着提醒道。

微微点了点头，萧炎将名单上的资料细细地看了一遍，然后递还给奥托："对手果然很强，光是三品炼药师，便有十三名之多。"

"是有些麻烦啊，不过这只能看你自己了，我所能帮的，也就这么多了。"点了点头，奥托无奈地道。

萧炎笑着点头，问道："大会明天开始，我现在还需要做什么？"

"呵呵，的确还需要做点事，算是大会前的最后一次测试吧。外面的人并没有这个环节，但由各处分会长推荐的选手，却必须过这一关，也算是公会对我们眼光的一种提前考验，若是连这里的考验都通不过，恐怕我们的推荐就得失效了。"奥托站起身来，笑道，"跟我来吧，在这里，你能见到名单上的一些强力对手。"

"嗯。"点了点头，萧炎起身跟上奥托。两人从侧门走出，沿着一条安静的走廊走了片刻，待到尽头后，推开一旁的大门，缓缓走入。

进入大门，强光猛然射来，萧炎不由自主地微眯起了眼睛，待适应之后，方才睁开眼来。出现在眼前的，是一间装饰颇为古典的宽敞内厅，厅内三三两两地站着一些人。萧炎目光扫过，有些愕然地发现，这些看上去颇为年轻的人居然很多都是三品炼药师，而那先前在大门处所见的帝国小公主也正在其中。他目光再转，最后停在那个正与几名三品炼药师笑谈的面容英俊的青年身上——柳翎！

听得开门声，大厅内正窃窃私语的众人也停止了谈话，将目光投向大门处，当瞧得进门来的萧炎胸口处的二品徽章后，表情都略微有些不屑。

大厅内的暗流涌动并未让萧炎有所动容，他微垂着眼帘，双手垂在袖间，淡漠的脸犹如老僧入定，只不过，他的心中却悄然泛起一抹淡淡的冷笑。

"嘿，老奥，你也带人过来了啊。"一道苍老的笑声打破了暂时安静的氛围。顺着声音移过目光，萧炎发现，在大厅靠左边的一座高台上，一些身着炼药师袍服的老者正笑眯眯地站立着，而先前的声音是其中一名头发雪白的老人所发出的。

"那是公会副会长切米尔，也是小公主的老师。"笑着与老人扬了扬手，奥托偏头与萧炎低声道。

"嗯。"萧炎微微点头。

"别管那些家伙的眼光，能够在这个年纪成为三品炼药师，他们自然都是天

赋极为杰出之辈，有些傲气是自然的。对于没有达到他们那个级别的人，他们并不会理会，有点本事的年轻人大都这样。"奥托瞟了一眼大厅中那些年轻人，拍了拍萧炎的肩膀，安慰道。

萧炎微笑，并未说话。

"跟我去见见那些老家伙吧，他们在加玛帝国中可是拥有大能量的人呢。"奥托说着，便带头朝着一旁的高台走去。萧炎迟疑了一下，也只得跟了上去。

奥托快步走上高台，与这些年龄相仿的老人笑谈了一阵，而萧炎则安静地站在他身后，并未有主动上前打招呼的举动。

"老奥，这便是你们黑岩城这一次的强力选手？"谈笑了一会儿后，切米尔笑吟吟地看着萧炎问道。

微抬目光，萧炎看了一眼这位副会长大人。一身做工极为精致的炼药师长袍，布满皱纹的脸上噙着些许笑意，略微虚眯的混浊眼睛平静而温和，一眼看上去，除了身上那套代表身份的长袍以及胸口处闪烁着奇异光芒的四道银色波纹之外，俨然是一个普通的老人，并没有特殊的气势。然而，就是这位普通的老人，却掌控着炼药师公会将近一半的力量。

在萧炎打量着切米尔之时，后者也在上下打量着他。平凡的容貌，人并未有什么出彩的地方，唯一让切米尔有些诧异的是对方那平静的神色：能够在一千四品炼药师的注视下依然保持着宠辱不惊的表情，这种定力在年轻人中还是较为少见的。

"嗯，他叫岩枭，潜力很不错。"奥托笑着点了点头，然后偏过头对着萧炎再次介绍道，"这位便是公会的副会长，切米尔大师。"

"您好，副会长大人。"萧炎微微笑了笑，对着切米尔礼貌性地弯了弯身。

"呵呵，小家伙，希望你不会让奥托的推荐失效，不然的话，那可实在是要让他将老脸丢光了啊。"看了一眼萧炎胸口处的二品徽章，切米尔冲着一旁的奥托无奈地摇了摇头。在这种级别的大赛中，二品炼药师可是连前二十都难以进入。

"我相信至少这测试能过。"萧炎耸了耸肩道。

"有信心就好,因为每个分会的会长推荐的人实力都很强,所以我们这个内部测试,也会有些难度。"切米尔点了点头,笑道。

"我尽力。"

"呵呵,时间快到了,我也就不废话了,你先下去吧,测验马上就要开始了。"切米尔微笑道。

点了点头,萧炎转身走下高台,然后在下方大厅中的一干年轻人的注视下,安静地走到一处角落,垂手而立。

"唉,老奥啊,你们黑岩城怎么说也是一座大城市,不可能连一个年轻点的三品炼药师都找不出吧?"望着萧炎的身影,切米尔冲着一旁的奥托无奈地道。

"我相信他。"双手插在宽大的袍袖间,奥托笑眯眯地道。

"唉,你这老家伙……如果这次你们没有人在大会上表现杰出,那可别怪明年经费要缩减了哟,这些事,我可是要公事公办的,关系再好也没用。"摇了摇头,切米尔道。

奥托笑着点了点头,不在这个话题上继续纠缠,道:"时间到了,开始测验吧。"

闻言,切米尔也不再多说,将目光移向下方的众人,手指指向大厅左面的位置,那面墙壁上垂下了许多黑色帘子,说道:"每一道帘子后面都有一个单独的小房间,那是你们的考场。

"众所周知,药材的提炼,是炼制丹药时一个极为重要的步骤,而我们这次的测验,便是要考验你们对药材的提炼能力。

"每一个小房间的台子上,已经准备好了测验所用的药材,你们需要做的,便是在最短的时间内,将药材提炼到你们所能够达到的极限纯度。

"在沙漏完全漏完时,还没有完成提炼的,便认作失败。而完成的,我们这

些老家伙会作为评委进行评测。如果你们提炼出来的药材并未达到我们的要求，同样会被认作失败，而失败的结局，便是失去参赛的资格。"切米尔指着桌上的一个沙漏，瞥了一眼下面的年轻人，淡淡地笑道。

听到如此严厉的失败惩罚，下面的一千年轻人面面相觑，除了少数人之外，脸色都略有些变化。

切米尔的目光缓缓地在下方扫过，忽然停在了在一处角落垂手而立的萧炎身上，望着他那平淡的脸色，不由得微微一愣，心中暗自嘀咕：难道这小家伙还真有点本事？

"好了，开始吧，注意沙漏时间。"拍了拍手，切米尔将目光从萧炎身上移开，笑道。闻言，大厅中的众人开始三三两两地朝着左面走去，然后各自掀开黑帘，走了进去。

萧炎寻了个偏僻的黑帘，刚准备进去，身后传来的笑声却让他止住了步伐，脸色平静地偏过头去。

"呵呵，没想到岩先生也能够参加这种内部测试，我们还真是有些缘分啊。"柳翎走近萧炎，微笑道，只不过那阴柔的笑容却让萧炎眉头微皱。

萧炎淡淡地瞥了他一眼，道："被人拉过来凑个数而已。"

"岩先生真会说笑，虽然你等级不高，但是拥有异火那种奇物，想必成绩不会太低的。"柳翎目光在萧炎脸上转了转。说实在的，他对于萧炎是否真的拥有异火还存有很大的怀疑。

萧炎不置可否地耸了耸肩，并未回答，随口应付了一句后，便掀开黑帘，走了进去，留下柳翎眉头微皱地站在原地。

"柳大哥，还不进去？"清脆的声音在柳翎身后响起，夭月笑着走过来，望了一眼萧炎进入的帘子，嫣然笑道。

"遇见了个熟人，小公主若是有兴趣，可以向你介绍一下。"冲着夭月柔和地笑了笑，柳翎轻声道。

"算了,一个二品炼药师……我可没你那么好的心情。"夭月懒懒地摇了摇头,明显对萧炎的兴趣不大。

"呵呵,随你吧。"柳翎微微笑了笑,夭月这般无视萧炎的态度,倒让他心中有些许快意。

"我先进去了,柳大哥可不要输给我哟。"冲着柳翎俏皮地眨了眨眼睛,夭月轻灵地闪进一道黑帘之后。

笑着点了点头,望着已经变得空荡荡的大厅,柳翎也不再拖延,不疾不徐地走进黑帘。那副从容的态度,让高台上的切米尔一干人等赞叹着点了点头。

"这次的测验题出得不错,提炼药材不仅是炼药时必需的步骤,而且还极为考验对火候的控制能力,这小小的一项,便能够大致测出这些小家伙的一些能力了。"望着空荡荡的大厅,奥托转头对着切米尔笑道。

切米尔笑着点了点头,在一旁的椅子上坐下,端着茶杯抿了一口,笑眯眯道:"接下来,让我们看看谁能带着最纯的提炼药材出来吧。"

走进黑帘,一个小房间出现在萧炎视线之内,房间并不宽敞,不过倒颇为雅致整洁。在小房间的靠墙处有一方青石台,石台之上摆放着一个沙漏,以及几种整齐摆放的药材。

走到石台旁,瞟过那些犹如一块块黑炭般的药材,萧炎的目光中闪过一抹诧异,低声喃喃道:"竟然是最抗炙烤的黑铁灵叶,这东西提炼起来,可是很消耗力气的啊,这些老家伙,还真是不让人省心。"

摇了摇头,萧炎手指在纳戒之上轻拂,一尊暗红色的药鼎出现在台面上。他拿起一株黑铁灵叶,在手中捏了捏,然后微微皱眉,苦恼着究竟是否要动用青莲地心火……沉吟了片刻,萧炎摇了摇头,并不想在这种初级的测验下动用自己的底牌,这种简单的测试使用青莲地心火,无疑是杀鸡用牛刀。

手指轻弹,一枚紫色的药丸出现在双指之间,萧炎将其丢进嘴中,微微嚼

动,然后一喷,顿时,一团紫色火焰暴涌而出,被萧炎握在掌心。

萧炎轻笑了笑,因为当初吞噬过紫火,所以现在对于这种火焰,他同样能够控制得极为熟练,虽说比不上控制青莲地心火时那般纯熟,可用来提炼黑铁灵叶,倒是没有多大的问题。

灵魂力量缓缓探出体外,萧炎控制着这团紫色火焰,将其缓缓灌注进鼎炉之内,顿时,冰凉的药鼎便开始升温,紫色火焰在其中升腾缭绕。萧炎手掌再一扬,手中的黑铁灵叶便脱手而出,被投进药鼎,紫色火焰汹涌而上,将之包裹,开始了猛烈的煅烧。

十指灵活地在身前跳动着,片刻之后,控制得越加顺手的萧炎,竟然逐渐闭上了眼睛,完全依靠感知来控制着火焰的焚烧。此时,台面之上的沙漏中,沙粒正缓缓地下降。而安静的大厅中,高台上的切米尔等人坐在椅子上闭目养神,在他们面前的桌上,沙漏中的沙粒同样正徐徐地下降着。

宁静不知持续了多久,切米尔率先睁开眼来,瞥了一眼那漏了大半的沙漏,身体动了动,轻咳了一声。

随着切米尔咳嗽声响起,奥托等人也睁开眼来,目光在大厅中巡视了一圈后,笑道:"看来这次的测验挺难啊,到现在都没人出来。"

"有实力的人,想要尽可能地提高提炼纯度;实力稍差的人,则正为如何才能将材料在规定时间之内提炼出来而苦恼。所以短时间内,自然没人出来。"切米尔淡淡地笑道。

"你认为这次谁能够取得最出色的成绩?"奥托点了点头,端起面前的茶杯浅浅地抿了一口,笑着问道。

"不太好说……"切米尔干枯的手指轻轻点在椅背上,略微沉吟后,道,"不过依我看,柳翎的概率应该最大。他天赋不低,这么多年,古河的本事,他也学了三四成,这足以让他在同辈人中名列前茅了。"

"呵呵,小公主也不弱啊,皇室的底子可是极为雄厚的,若说此次没给她准备底牌,可没人会相信。"奥托笑道。

"虽然那妮子天赋也不错,但是经验没有柳翎丰富,如果不动用那些底牌,应该还是要比柳翎差一些。这只是个摸底测试,她动用底牌的概率不大,所以柳翎取得最佳成绩的机会最大。"提起爱徒,切米尔脸上也多了几分笑意。

奥托笑了笑,眼角余光扫过萧炎所在的黑帘小房间,心中叹息道:不知道萧炎这个小家伙能够取得何种成绩,希望不会太低,他的天赋,比起柳翎与小公主,也不遑多让呢。

"怎么,老奥,还抱着希望呢?"奥托的举动虽然细微,但是依然没有逃过切米尔的注意,当下有些无奈地摇了摇头:一名二品的炼药师,即使炼药天赋再好,也难以和这些三品炼药师一争雌雄啊。

"呵呵。"笑了笑,奥托并未和切米尔争辩什么,双手平插放在膝盖之上,微微摇着倾斜的椅子,安静地等待着测验的结果。

见奥托沉默,切米尔也不再说什么,叹息了一声后,便再度将目光扫向空荡荡的大厅,心中缓缓地数着时间。

第七章
大会黑马

  当沙漏之中的沙粒滑落得仅剩下四分之一时，一道黑帘猛地动了一下，高台上的几道目光瞬间便投射了过去，紧紧地注视着那里。

  一只手臂从黑帘中伸出，然后将之掀开，英俊的青年面容含着阴柔的笑意，缓步走出。

  果然是他！望着那身形挺拔的青年，奥托等人微微一愣，与切米尔对视了一眼，旋即叹息着摇了摇头：这古河教导的弟子，的确是有一手啊。

  柳翎大步行出小房间，停在大厅中央，抬头对着高台上的切米尔等人微微笑了笑，然后优雅欠身，举止颇为得体。

  在柳翎出来之后不久，一道轻灵的倩影也飞快地从黑帘中闪了出来，待瞧得那早站在大厅中的柳翎后，精致的俏脸上顿时流露出一抹失望，慢吞吞地来到大厅中央，嘟囔道："柳大哥，没想到你的速度竟然这么快。"

  "呵呵，小公主也不慢啊。"柳翎含笑道。

  "哼，虽然你比我早，但是你提炼出来的药材，说不定没有我的纯度高！"冲着柳翎扬了扬雪白的玉拳，天月轻哼道。

柳翎点了点头，含笑不语。

在天月出来短短两三分钟之后，那些安静的黑帘犹如起了连锁反应一般，接二连三被掀开来，一道道人影从中闪掠而出，最后站立在大厅之中。

最先从黑帘中出来的十三人，胸口处都戴着三品炼药师的徽章。显然，他们在提炼这一项上远远地超过那些二品炼药师。

在这十三人出现之后，黑帘便停止了掀动，直到十分钟后，方才陆陆续续地有人从黑帘后走出，这些人无一例外都是二品炼药师的等级。当他们瞧得那十三名昂首挺胸站在大厅中央的三品炼药师后，皆苦笑着摇了摇头，旋即有些颓丧地站在后排位置。显然，经过这初次测试，他们也大致知道了自己和这些种子选手间的差距。

随着黑帘不断掀动，沙漏之中的沙粒也即将漏撒完毕，然而，奥托的眉头却皱得紧紧的，因为到了现在，萧炎竟然还没有出来。

这小家伙在搞什么？难道还没提炼完毕？不可能啊，以他的实力，就算提炼速度赶不上柳翎这些一线选手，也不会落后到这般地步啊……手掌紧握着扶手，奥托在心中有些焦急地喃喃道。

"唉……"一旁，切米尔望着焦急的老友，不由得轻叹了一口气，拍了拍他的肩膀，以示安慰。

站在人群之首，柳翎脸上噙着淡淡的笑意环视大厅，在未曾发现萧炎的身影之后，眸子深处顿时涌出一股冷笑和讥讽。

随着时间流逝，空旷的大厅再度变得拥挤起来，不过众人却依然保持着安静，一道道目光，竟然不约而同地停在萧炎进入的那道黑帘处。到此刻为止，参加测验的人，只有萧炎一个人还没有出来了。

沙漏之中的沙粒哗哗地掉落着，奥托的眉头几乎紧皱成了一条线。

"嘿，柳大哥，这就是你的朋友？貌似挺差劲的啊。"望了一眼高台上脸色有

异的奥托，夭月偏头对柳翎低声笑道。

"呵呵，小公主说笑了，我与他只是有过几面之缘而已，还远远算不上朋友。"柳翎柔声笑道。

"也是，以你的本事与傲气，似乎还从没结交过那些没什么潜力的朋友。"夭月微微笑了笑，话语倒是颇为尖锐。在皇室那种钩心斗角的地方出来的她看来，只有拥有能够让她正视的实力的人，才有资格成为她的朋友，一个普通的二品炼药师，还没那能耐让她屈尊相交。

柳翎笑着点了点头，再度瞥了一眼那依然没有动静的黑帘，嘲讽地笑了笑，终于不再继续关注，将目光移向他处。

高台之上，沙漏之中的沙粒已经全部滑落。见此，切米尔无奈地摇了摇头，他没想到，奥托推荐来的选手竟然不济到连初次测试都通过不了的地步。叹了一口气，他站起身来，要宣布测验时间结束。

一旁的奥托也感受到了切米尔的举动，不过脸色略有些苦涩的他，却没有任何办法阻拦。他颓丧地摇了摇头，倚靠着椅背，仰面朝天，长长地吐了一口气。

"好了，各位，我宣布，时间……"

"抱歉，我出来晚了……"

就在切米尔要宣布测验结束之时，平缓的声音忽然从那最后的黑帘中传了出来，旋即，一道黑影掀开黑帘，一脸平静地徐徐行出，对着高台上满脸错愕的切米尔微微欠身。

呼……听到这句平平淡淡的话语，奥托猛然低下头，紧紧地盯着那略微有些匆忙地从黑帘中行出的萧炎，悬在心中的那块大石终于落下。

"啧啧，没想到最后这点时间还能赶出来，还真是好运啊。不过如此匆忙赶出来的材料，恐怕并不会太好吧？"饶有兴致地看着出来的萧炎，夭月低声道。

"不好就淘汰，很正常的事，大会什么都缺，就是不缺参赛者。"柳翎微眯着眸子斜瞥了萧炎一眼，淡笑道。

站在高台上，切米尔望了一眼终于出来的萧炎，再偏头瞧着松了一口气的奥托，心中暗道：唉，虽然赶出来了，但是看他那勉强的样子，恐怕成绩不会太理想，可怜的老奥……

转过头来，切米尔拍了拍手，将大厅中那些正盯着萧炎的奇异目光拉了过来，轻咳了一声，沉声道："既然大家都准时出来了，那么便开始准备下一项检测吧。"他说着上前几步，将一块黑布掀开，露出了一台闪烁着淡淡光芒的精密器械。

"这是我们炼药师公会邀请一些著名铸造师打造而成的纯度测量仪，它能够准确测出你们提炼的材料的纯度。"切米尔抚摸着黝黑的器械，指着一处凹槽道，"这里，是放入提炼出的材料的地方。"说完，他又指着一处屏幕，上面正不断地闪烁着一些字符，"而这里，则是显示纯度的地方。你们的成绩采用十分制，十分最高，一分最低，四分及格。"

"好了，现在将你们提炼出的黑铁灵叶拿过来吧。记得，在放入之前，你们最好说一说自己提炼了几次。"

材料的提炼，后续每一次的提炼难度都将会是前一次的几倍之多。比如提炼这黑铁灵叶，就算以切米尔的实力，也不过只能反复提炼十次而已，再多的话，则是在做无用功了。

"开始吧！"切米尔轻拍了拍手，那一干四品炼药大师皆从座椅上站起，来到测试仪前，有些好奇地等待着成绩的揭晓。

随着切米尔话落，大厅里的众人面面相觑，最终一个排在最前面的三品炼药师咬牙走了出来，从纳戒中取出一个盛着黑铁灵叶的玉瓶，放进那凹槽之中，对着切米尔等人恭声道："副会长大人，我的能力只能够对黑铁灵叶提炼三次。"

切米尔微微点头。能够将黑铁灵叶进行三次有效的提炼，已经算是颇为不错的成绩了，按照他的估量，这个年轻人应该能拿到五分左右。

不出切米尔所料，仪器的光芒闪烁了几次之后，屏幕之上显出了一个大大的

"五"字。

"五分,过关,恭喜你。"望着那血红的数字,切米尔点了点头,笑道。

"下一个。"

"四分,过关。"

一名二品炼药师被推了上去,快速地准备好一切。片刻之后,屏幕上闪烁的"四"字,让他庆幸地吐了一口气,然后拍着胸口闪到一旁。

"下一个。"

"五分,过关。下一个。"

"三分,失败。"

在几名成功者之后,终于有一名不幸的二品炼药师神色颓唐地退了下去。

终于轮到柳翎了,他在众人的注视之下,从容地来到测量仪旁,从纳戒中取出一个玉瓶,小心翼翼地放进凹槽中,抬头对着切米尔笑道:"晚辈实力有限,只能提炼五次。"

柳翎这话一出口,众人顿时一愣,旋即哗然,就连高台上的切米尔等人,也不免诧异地对视了一眼。能够将黑铁灵叶提炼五次,那可至少是三品炼药师巅峰实力才能办到的啊。

叹息了一声,切米尔将目光投向屏幕,那里,光芒在闪烁了一阵之后,缓缓地现出一个硕大的"七"字。

"七分。恭喜你,过关了。"轻吐了一口气,切米尔微笑道。

柳翎含笑,然后闪身站于一旁,目光若有若无地瞟向那站在最后面、正闭目养神的萧炎身上。

有了柳翎所造成的这个高潮,后面的检验无疑显得极为平淡,那些普通的两三次提炼,根本难以打动切米尔等人的心。直到夭月出场,平淡方才被打破。这个年龄颇小的少女居然也将黑铁灵叶提炼了五次,不过或许是由于经验的差异,她所得到的分数比柳翎要差上零点五分。在她之后,也有几名实力不俗的种子选手达到了六分，不过比起柳翎，依然是差了一点儿。按这种情况来看，此次的成绩最佳者，似乎非柳翎莫属了。

随着测试者一个个过去，大厅中央位置又逐渐空荡起来，片刻之后，终于只剩下萧炎一人。

"岩枭，该你了。"望着那闭目犹如在睡觉一般的萧炎，切米尔无奈地开口催促道。

听得催促声，萧炎缓缓睁开眸子，慵懒地扫视了一圈，最后停留在正笑吟吟看着自己的柳翎身上，淡淡地笑了笑，然后对着那满脸紧张的奥托投去安慰的目光，大踏步地行上几级楼梯，停在了测量仪旁，从纳戒中取出盛着从黑铁灵叶中提炼出来的粉末的玉瓶，在切米尔等人无语的目光中，随意地丢进凹槽。

"小家伙，你提炼了几次？"望着那垂首似乎没有开口说话意思的萧炎，切米尔只得主动询问道。

"几次？"微微皱了皱眉，萧炎迟疑了一下，有些不太确定地道，"好像是……八次吧。"

"哼，愚蠢的家伙，还真当这种话可以随便乱说吗？"同样是被萧炎这话狠狠地噎了一下，夭月终于忍不住出声冷笑道。她可不相信一个二品炼药师，居然有能力将黑铁灵叶提炼八次。然而，她俏脸上的冷笑还未完全退去，在下一刻便骤然僵硬了，因为测量仪的屏幕之上，一个赤红硕大的"九"字，缓缓浮现……

"九分！"望着那赤红的大字，此刻，切米尔忽然感到自己的心脏骤然紧缩。

寂静。死一般的寂静。原本热闹的大厅顷刻间鸦雀无声，测量仪屏幕上闪烁的红色光芒，射在众人脸上，映照出众人滑稽的呆滞面孔。

目瞪口呆地望着闪烁的屏幕，奥托原本因为萧炎先前的表现而有些无奈的心中，此刻却犹如翻江倒海一般：将黑铁灵叶提炼八次，这种能力，几乎都能够和一些初入四品的炼药师相提并论了。要知道，以奥托现在对火焰的控制能力，也不过能提炼九次而已。而萧炎居然在如此年纪便达到了这种程度，这般修炼天

赋，恐怕唯有两个字可以形容——妖怪！

奥托从没有看低过萧炎对于炼丹的天赋，可如今萧炎所表现出来的实力，却让他明白，他对萧炎的评估，还是低了。

这家伙，想必早就具备考核三品炼药师的能力了吧。唉，隐藏得够深的啊，害得我一个老头子这般胆战心惊……心中喃喃了一声，奥托望着面前青年那平静的面容，苦笑着摇了摇头。

大厅之中，一道道隐含着敬畏、好奇、嫉妒等各种情绪的目光，不断地朝着那单薄的背影望去。现在，终于再没有任何人敢露出先前看萧炎的那般眼神了。

夭月贝齿轻咬着红唇，双眸中的震撼缓缓退去，目光扫向萧炎，想起先前的那番态度，眸子中闪过些许无奈与不忿：这家伙，故意隐藏实力让人看不起，有受虐病啊？

当然，以现在萧炎所展现出来的实力，夭月这番话自然只能在心里说说，她也清楚自己先前的态度肯定让萧炎心中对她有几分厌恶，所以她并未上前道歉。虽然萧炎或许是一个隐藏着实力的优秀种子选手，但是这也并不能让身为皇室小公主的她，低声下气地与他结交……不过说实在的，与一名如此优秀的炼药师失之交臂，还是让她心中有些悻悻。

在夭月暗中嘀咕之时，一旁的柳翎，英俊的脸也变得有些阴晴不定，眼睛死死地盯着那闪烁的红色分数。看他的模样，似乎很怀疑那测量仪的真实性。比他足足高了两分！这让骨子里极为高傲的柳翎难以接受。

轻咳了一声，切米尔将陷入呆滞中的众人惊醒，眼神复杂地望着面前那容貌平凡的青年，良久，轻叹了一口气，道："唉，看来我还真是老了，居然差点儿……不过岩枭小友还真是隐藏得够深的，以你这般能力，你胸口上的二品徽章可是有些不配了啊。"

在萧炎展现出这般有些恐怖的成绩后，切米尔对他的称呼，也在不自觉间开始有了变化。不管萧炎确切实力如何，光是这手对材料的提炼能力，就不是一般炼药师能够达到的，更何况，萧炎现在的年纪与潜力，才是让切米尔正视的原因。不到二十岁便能将黑铁灵叶提炼八次，就算是当年的古河，恐怕也不可能办到吧？最重要的是，能够教导出如此杰出的学生，他背后的老师，又将会是何种实力？

清楚地感应到对方语气中某种态度的隐隐转变，萧炎平静地笑了笑，说道："副会长大人说笑了，我也只是在控火这一项上有点擅长罢了，其他的，不值一提。"

经过这次震慑全场的测验之后，切米尔等人自然不会再相信萧炎的这种说辞，附和着笑了笑，权当他在继续隐藏实力。

"老奥，眼光很不错啊！"偏过头来，切米尔拍着从震撼中恢复过来的奥托的肩膀，笑道。

"这也很出乎我的意料，没想到仅仅一年时间而已，这小家伙便提升到了这般地步，当初他在我公会考核二品炼药师的时候，比现在可差得远呢，这进步速度，实在是让人咋舌。"虽然周围那些老家伙的艳羡目光让奥托很受用，但是他还是苦笑着摇了摇头，感叹道。

"算了，还是别管这些了，先公布测验结果吧。"捋着花白胡须，奥托瞧得萧炎平静的脸色，也不在这个话题上继续纠缠，提醒道。

"这还用公布什么？岩枭的成绩自然最佳，柳翎次之，月儿第三，除了先前没有达到要求的人之外，其他的都算是通过了。"切米尔笑了笑，旋即转过身来，对着萧炎等人正色道，"首先恭喜你们通过了公会的内部测试，明日，炼药师大会便要开始了，你们应该清楚，这种大会，除了本国的炼药师之外，其他国家的一些优秀炼药师也会参加，他们的实力同样不可小觑。你们可要尽最大的力量压过他们，不然的话，若是我们帝国的大赛被别国的炼药师拿去了冠军，可着实有些丢脸啊……"

"是！"为国争光这顶大帽子扣下来，顿时让这些初出茅庐的青年有些热血沸腾，兴奋的应和声整齐地响彻大厅。

　　双手懒散地插在袖间，萧炎淡淡地望了一眼周围那些情绪高涨的年轻人。这些人中，除了柳翎等少数几个人之外，其他人都激动得涨红了脸。

　　眼角斜瞥着柳翎略微有些阴沉的脸，萧炎嘴角微扬：这家伙显然还在为测验输给了自己而耿耿于怀。

　　手指随意地在袖间轻弹着。切米尔的那番激情演讲，对萧炎是没有丝毫用处的，虽然他如今的年龄正该是年少轻狂的时候，但是这一点，似乎在萧炎身上很难寻找到。若非对冠军奖励有几分兴趣，恐怕萧炎都不会来参加这次大会，至于究竟是哪国选手夺冠，说句不客气的话，这些都不关他的事。

　　当站在高台上的切米尔将目光移到脸色平静的萧炎身上时，微微愣了愣，旋即双眸虚眯，心中对他越发重视起来：这个小家伙，很不简单啊……

　　若说一个年纪大一些的人能够有这般镇定的模样，切米尔倒不会感到有什么不妥，但一个二十岁左右，处于最该狂傲不羁的年龄阶段的青年，竟有着犹如久经世事的老人一般的定力，这让人不得不小心对待。

　　在切米尔看来，萧炎已经具备实力，心性也极为坚忍，这两个成为强者的最重要条件，他都已经具备，位居人上，只是时间问题。

　　等回去后，定要让老奥好好地交代一下岩枭的底子。这小家伙，说不定将会是又一个丹王古河，甚至……恐怕还能超越古河。如果他真的有这潜力，那么这一次，一定不能再让这种人才落到云岚宗那些势力手中了。

　　心中这般想着，切米尔也不再拖延，挥了挥手，对着众人笑道："呵呵，好了，测验已经完毕，各位便先行回去吧，记得明日大会的开赛时间，可千万不要迟到了！"

　　闻言，大厅内的众人，对着高台上的一干元老行礼之后，便各自散去。

　　"呵呵，岩先生，没想到你还真是深藏不露啊，柳翎佩服。"萧炎刚想跟着人群离开大厅，一阵笑声让他微皱着眉头停下了脚步。他偏过头望着微笑的柳翎，淡淡地道："运气好罢了，没什么深藏不露的。"

"岩先生还是这般低调，呵呵。我想，你在测验中，应该是动用了异火吧？"柳翎含笑道。他依然不太相信萧炎完全是凭借自身实力取得这般成绩的，回想起异火的事情，他方才释然了许多。在他看来，这一次的测验，如果自己也将底牌用上，成绩并不会比萧炎差多少。

萧炎斜瞥了这个生得一副好皮囊的青年俊杰一眼，自然清楚对方话中隐含的意思，当下略有些讥讽意味地笑了笑道："你说是什么，那就是什么吧，我没有任何意见。"

萧炎并没有任何与柳翎争辩的意思，因为他觉得那样很无聊。既然对方愿意相信他自己的幻想，那么便由他吧，最后的事实会狠狠地抽他几个耳光，现在与他说任何话，想必他也只会当作掩饰，既然这样，那还能说什么？

萧炎嘴角噙着些许戏谑笑意，在柳翎微冷的目光注视下，径直走出了大门，消失在他的视线之中。

柳翎将嘴唇抿成一条细线，手掌紧握，低声冷笑道："有什么好嚣张的，大会可不仅仅是考核对材料的提炼能力，届时我会让你知道，你除了异火之外，其他的，一无是处！"

走出考核大厅，奥托从后面追了上来，与萧炎并排走着，偶尔偏头望向这个一脸平静的青年，目光有些奇异。

"一直盯着我干吗？"走过一段距离，萧炎实在无法忍受奥托的目光，无奈地摇了摇头，道。

"呵呵，我是在看你这小家伙究竟还隐藏了多少东西，竟然能够让人如此意外。"奥托笑道。闻言，萧炎只得无奈耸肩。

"你这次表现得如此引人注目，我想，恐怕不久后切米尔那老家伙就会来找我打听你的身份了。虽然他不知道你的确切实力，但是才二十岁左右，便能将黑铁灵叶提炼八次，这可是自公会建立以来屈指可数的成绩啊。"奥托道。

"我知道。"萧炎缓缓地行走着，点了点头。在提炼黑铁灵叶的时候，他便想

到了这些，不过大会即将开始，暴露实力是迟早的事情，所以他也没必要在这个关头故意表现得极差。虽然低调挺好，但低调过头了，那些不屑嘲讽的目光还是蛮让人纠结与无奈的。

"关于我的身份，就得麻烦大师帮我隐瞒了。"萧炎微抿着嘴唇，轻声道，"如果因为一些事情暴露了身份，恐怕我就不能参加这次大会了，所以大师可得尽量帮忙啊。"

听到萧炎所说的严重后果，奥托一愣，旋即紧皱起眉头。如果萧炎退出了比赛，那么此次黑岩城炼药师分会岂不是失去了一个取得好成绩的机会？这对于上任以来从未有过太大建树的奥托来说，实在是一个很有分量的威胁。

皱着眉头沉吟了片刻，奥托方才点了点头，苦笑道："好吧，我尽量帮你隐瞒，好在这批会员资料还未上传，我还能修改一下。"

"那便多谢大师了。"闻言，萧炎微微松了一口气，笑道。

"没办法，我可不想让我好不容易找到的优秀选手跑了。"奥托无奈地道。

萧炎笑了笑，刚欲说话，弗兰克的朗笑声忽然在前面响起："嘿，老奥，怎么样？测验结束了吗？这小家伙怎么样？"

此时萧炎两人已经走出了走廊，由于是交叉路口，此处的人不少，而听到弗兰克的笑声，顿时便有不少人好奇地放缓了脚步，将目光投向与奥托走在一起的萧炎。因为先前的测验是内部测试，所以这些人并不知道确切的比赛结果，不过他们也知道，能够参加那种内部测试的人，大都是此次大会的种子选手，实力极为不凡。

在弗兰克的身边，雪魅与琳菲的目光同样投射在了萧炎身上，显然，她们也很好奇萧炎能够在测试中取得何种成绩。

"还凑合吧，算是通过了。"看着来到面前的三人，萧炎微笑道。

闻言，一旁的奥托翻了翻白眼：这般成绩如果还算凑合的话，那其他人岂不是都不合格了？

"呵呵，通过了？那就好啊，原本我还有点儿担忧呢，毕竟那些参加内部测试的家伙都不是省油的灯。"弗兰克笑道。

"喂，你这家伙，这次可是代表我们黑岩城呢，虽然不指望你超过柳翎那种级别的天才，但是这种内部测试，至少也要拿个前十，才有可能在大会上取得一个不错的成绩吧？光是凑合可不行呢……"琳菲嘟囔道。显然，她认为萧炎所说的凑合，应该便是那种勉强过关的分数。

"柳翎不仅是天才，还是丹王的弟子，而且他年龄可比萧……岩枭大一些，岩枭能有这般成绩，已经算很不错了，至少我们连取得这种成绩的资格都没有。"似乎是上次桃花火火种的事，萧炎帮着说了一点儿好话的缘故，雪魅瞥了琳菲一眼，淡淡地道，"我知道你崇拜柳翎，不过岩枭可是我们这边的人，他若输了，我们黑岩城面上可不好看。"

"我只是因为他是我们黑岩城的代表才这么说的，又没说他什么……这关柳翎什么事嘛。"琳菲悻悻地道。

"唉，好了，你们两个给我安静点吧。"瞧得这一对冤家，奥托无奈地摇了摇头，对弗兰克笑道，"这一次，你恐怕会惊讶得下巴都掉下来。"

"哦？怎么了？"弗兰克一愣，疑惑地问道。

奥托嘿嘿一笑，刚欲开口，身后走廊上却一阵骚动，几人回头一看，原来是柳翎和夭月走了出来。

"那就是柳翎吗？丹王古河的弟子，气势果然不凡。"

"如此年轻便是三品炼药师，唉，真是让人……"

"这次测验的成绩，想必最佳者非他莫属了吧。"

"谁让人家有个好老师呢，这可羡慕不来。"

望着从走廊中走出来的两人，周围的人顿时窃窃私语了起来。

萧炎微偏过头，望着缓缓走过来的柳翎，笑了笑。

脸色阴沉地行出走廊，柳翎一眼便看见了那个熟悉的身影，嘴角微微抽搐了

一下,旋即深吸了一口气,脸上的不快迅速淡去,取而代之的是那阴柔的笑容。他走上前,先是对着奥托、弗兰克两人躬身行礼,然后转头对萧炎笑道:"岩先生,恭喜了。"

萧炎笑着摇了摇头:"侥幸。"

"在下还有事,便不多聊了,岩先生,明日我们大会见吧。"柳翎此时明显没有聊天的心思,在打了声招呼之后,便举步离开了萧炎等人,然后穿过人群,消失在众人的视线内。

"岩先生,"跟在柳翎身后的夭月忽然止住脚步,迟疑了一下,转过身对着萧炎微笑道,"晚上有个聚会,很多炼药师都会参加,你……"

"呵呵,抱歉,在下晚上还有事情,恐怕没时间。"对于这位小公主忽然抛出来的橄榄枝,萧炎微微一愣,旋即摇了摇头,笑着道。

萧炎的拒绝并未出乎夭月的意料,她嘴唇微微动了动,盯了萧炎一会儿后,方才笑吟吟地道:"既然如此,那我就不勉强了,日后岩先生如有需要帮忙的地方,可以来找我,告辞。"

望着缓缓消失在视线尽头的夭月,萧炎微抿着嘴,想起在测验结果出来之前她对自己的态度,再看看现在,心中不由得苦笑道:不愧是从皇室出来的人啊,有用之人与无用之人,在她眼中,待遇差别竟然如此之大。

眸子中带着小星星地看着柳翎消失,琳菲这才转过头,望向萧炎,疑惑地问道:"对了,他恭喜你什么啊?"

"没什么。"萧炎笑了笑,并不认为赢了柳翎是什么很了不起的事情。固然柳翎是古河的弟子,但这点虚名,对曾经敢把古河与美杜莎女王当作鹬蚌,而自己当了一回渔夫的萧炎来说,几乎没半点吸引力。

"各位,我还有事,先行告辞了,明日大会见。"不给琳菲继续追问的机会,萧炎笑着对奥托几人拱了拱手,然后便快步向公会大楼之外行去。

"刚才的内部测试,是提炼黑铁灵叶。"望着萧炎匆匆离去的背影,奥托捋着花白的胡须，片刻后，忽然道。

"提炼黑铁灵叶？挺难的啊，那东西几乎是中等材料中最难提炼的了，以我现在的实力，也不过只能提炼八九次而已。"闻言，弗兰克一惊，转头道。

"是啊。"奥托笑着点了点头，对着柳翎消失的地方扬了扬下巴，"那小家伙，提炼了五次。"

"五次？"弗兰克顿时满脸惊讶，啧啧赞道，"了不起啊，如此年纪，便能够达到这种实力，不愧是古河的弟子。"

"那东西……我似乎只能提炼两次，琳菲也和我差不多，柳翎的炼药天赋，果然非同一般。"一旁的雪魅轻叹了一口气，道。

"嘿嘿，那是自然，加玛帝国年轻一辈炼药师中的翘楚，非他莫属。"琳菲笑道。看她的模样，还真是对柳翎极为崇拜。

"呵呵，那可不一定。"

奥托大笑着摇了摇头，瞧得琳菲怒目瞪来，解释道："虽然柳翎极为优秀，但是岩枭比他还强，刚才的测试，柳翎提炼了五次，而岩枭，却是八次！"

奥托这话宛如惊雷一般，让弗兰克三人脸上的表情瞬间僵硬：八次？！这可是四品炼药师才能达到的程度啊，而萧炎一个二品炼药师，居然也能做到？

"老……老师，您……您开玩笑的吧？"从震撼中回过神来，琳菲讪讪地问道，她极难相信萧炎竟然比柳翎还要厉害。

一旁的雪魅也微张着红唇，冷艳的表情此时有些愕然。她虽然并未看低过萧炎，但也从未想到他能够取得这般耀眼的成绩。

"老奥，你说的是真的？"弗兰克紧紧地盯着奥托，面露狂喜。萧炎的表现越出色，黑岩城分会能拿到的好处就越多。

"这小家伙，隐藏得很深啊，我现在忽然很期待这次大会了。"望着萧炎消失的方向，奥托笑吟吟地道，"这一次，岩枭恐怕将会是最大的黑马！"

第八章
木家来人

　　从炼药师公会出来之后，萧炎便直接回到了旅馆，调息了几个小时，直到状态恢复到巅峰才出了旅馆，一路朝纳兰家行去，开始今天的祛毒疗程。

　　虽然明知道每替纳兰嫣祛一次毒，自己体内的烙毒便会变得愈加浓厚，但是为了那烙毒中所蕴含的雄浑能量以及七幻青灵涎，萧炎也只得继续下去。不过不管烙毒如何可怕，他倒并不是很担心，毕竟有青莲地心火护体，就算到时候烙毒发作了，他也有信心与之抗衡。

　　由于这几天每次出门纳兰嫣与纳兰肃都亲自送行，现在整个纳兰家族的人都认识了萧炎这个表情冷漠的青年，所以瞧见他的身影，不仅没有任何人出来阻拦，而且在与他擦肩而过时，还会恭敬地躬身行礼。

　　此时的天色已经昏暗下来，纳兰家族中灯火通明，来往的族人在路上穿行着，热闹得宛若集市一般。

　　轻车熟路地走过几条小道，纳兰家族那宽敞的大厅出现在了视线之内。萧炎慢吞吞地走近，一阵阵喧哗声夹杂着些许音律，从大厅中传了出来，让喜静的萧炎微微皱了皱眉头。

缓缓行进大厅,萧炎抬眼瞟了瞟,却瞧见宽敞的大厅中有不少人或坐或立,互相笑谈,俨然一副欢乐聚会的排场。

站在门边,萧炎目光在大厅中扫过,有些惊讶地发现,不仅柳翎和夭月在这里,就连雅妃也在。他想着自己来得不是时候,刚欲转身离去,女子柔和的声音忽然从一旁传了出来:"岩先生,既然来了,便请进来歇息一下吧。"

听得声音,萧炎偏过头去,望着那微笑着站在柱子旁的娇贵美人,冷漠地道:"不用了,纳兰小姐,我这人喜静,不太喜欢这般场合。"

瞧着如今的纳兰嫣然,萧炎不得不承认,这三年来,她的确从当初那骄慢的少女,蜕变成一个拥有脱俗气质的成熟女人,这样的女人,若说能够让万千男人追逐,也并不奇怪。但是不管纳兰嫣然如何变化,那犹如烙印一般印在萧炎记忆中的,始终是当初那个在萧家强行退婚,并且让他的父亲极为难堪的蛮横少女,所以萧炎对她一直难以现出什么好脸色来。

"岩先生,听说这次的炼药师公会内部测试,你的成绩很不错。"这几日见面,一直面对的是萧炎那张冷冰冰的脸,所以纳兰嫣然倒并未因为他现在的态度而后退,反而缓缓走上前来,笑吟吟地道,"恭喜了。"

嗅着那缭绕在身旁的香风,萧炎脚步不易察觉地向另外一边移了移。对于纳兰嫣然能够知道炼药师公会内部测试的结果,他并未感到诧异。以纳兰家族在加玛圣城的势力,想得到这点情报,并不困难。况且,那柳翎为了讨好她,什么事情不会说?

"侥幸。"淡淡地摇了摇头,萧炎惜字如金地吐出这两个字后,便再度保持沉默,说话间,他连眼光都未瞟向纳兰嫣然。

萧炎这副拒人于千里之外的冷漠态度,让纳兰嫣然有些头疼,这么多年来,他还是第一个对她如此冷淡的男人。她苦笑着摇了摇头,也不再说话,然而刚想退回去时,一阵酥麻得让男人腿软的轻笑声,忽然在两人身后响了起来:"呵呵,

纳兰小姐，里面的好多人可都在等着你呢，你却在这里悠闲地陪人聊天。"

听得这熟悉的笑声，萧炎这才转过头来，望着那正端着一杯红酒、慵懒地斜靠着大门的妩媚女人，冷淡的脸略微解冻。

"嘿，岩先生，我们又见面了呢。"笑吟吟地走上前来，雅妃冲着萧炎扬了扬玉手中的红酒，狭长的美眸透着狐狸精般的狡黠。

"怎么，岩先生和雅妃小姐很熟？"听得雅妃的招呼声，纳兰嫣然眉梢不着痕迹地扬了扬，微笑着问道。

"我与岩枭认识好几年了，关系挺不错的。"雅妃嫣然一笑，眼波流转间，扫向萧炎，含笑道，"你说是吧，岩先生？"

耸了耸肩，萧炎顺手取过雅妃手中的酒杯，看着雅妃那略微泛着绯红的俏脸，将酒一饮而尽，笑道："你怎么来这里了？"

一把从萧炎手中夺过酒杯，雅妃俏脸微红地嗔道："你这人，太没礼貌了。"

纳兰嫣然站在一旁，望着有些打情骂俏意味的两人，精致的脸上略有些不自然。她原本以为萧炎的冷漠是性格使然，可如今瞧得他与雅妃谈笑间的那股温和，与对待自己时的那股冷漠截然不同。

"两位慢聊，我先进去了，抱歉。"对着两人微微欠身，纳兰嫣然便转身向大厅内行去。萧炎丝毫没有挽留的意思，抿着嘴，感受着口中残留的红酒余味。

"小家伙，胆子不小，竟然敢吃姐姐的豆腐！"纳兰嫣然一走，雅妃便微竖着柳眉，对着萧炎嗔怪道。

瞧得她那羞恼的表情，萧炎笑了笑，问道："你来这儿做什么？"

"纳兰老爷子逐渐康复，这可是纳兰家族的大事，作为纳兰家族的合作伙伴，我们米特尔家族自然受邀在列。"雅妃对着大厅内扬了扬雪白的下巴，笑道，"当然，除了我们米特尔家族，里面来的人，大多是加玛圣城中颇有名气的势力。"

"烙毒还未完全清除呢，便开始庆贺了吗？未免早了点吧？"闻言，萧炎不由得摇了摇头，撇嘴道。

"呵呵，这也是纳兰老爷子相信你的本事啊。不过我没想到，你竟然真的能将烙毒从纳兰老爷子体内祛除，要知道，那可是连丹王古河都头疼不已的剧毒呢，现在帝都的很多势力间，都流传着你的消息呢。"雅妃盯着萧炎，有些诧异地道。当初介绍他来纳兰家族时，她也只是抱着试试的念头，却从未想到萧炎居然真的能够将纳兰老爷子治愈。

"若非因为那七幻青灵涎，我才不会来这里。"萧炎淡淡地道。

"你也见到纳兰嫣然了，不过你比我想象中要镇定许多啊。"雅妃微笑道。

"见到她的，是岩枭，并非萧炎。"萧炎十指交扣，目光盯着那一进入大厅便成为焦点的娇贵女人，漆黑的眸子泛着冷意。

叹息着摇了摇头，雅妃不在这个问题上继续询问，笑着道："进去看看？我们族长很想见见你这个居然能够让海老都忌惮不已的青年俊杰呢。"

"没兴趣。"

"拜托了，小家伙，姐姐帮了你那么多忙，你不能让姐姐掉面子啊……"瞧得萧炎竟然打算离开，雅妃纤手合十，不住地摇动着。

萧炎苦笑着摇了摇头，挥了挥手，无奈地道："好吧，去见见。"

瞧得萧炎答应，雅妃俏脸上顿时浮现欣喜，小女生模样瞬间消失，然后转身，仪态优雅地在前带路。

望着她这般快速的变化，萧炎苦笑着叹了一口气，只得跟上。

走进大门，里面的喧闹声再度让萧炎眉头微皱。雅妃也知道他喜静，连忙伸出纤手拉住他，快速地穿行在人群中。

以雅妃的容貌，自然极易惹人注目，当他们瞧见雅妃与萧炎拉在一起的手时，皆是一愣，旋即目光泛着奇异地盯着长相普通的萧炎。现在的雅妃，在加玛圣城也算是名人，如此年纪便掌管着庞大的米特尔家族总部拍卖场，这可是米特尔家族首次发生的事情，而她将拍卖场管理得井井有条，也让很多暗地斥她为花瓶的人住了嘴。

雅妃虽然表面热情，但是熟悉她的人都知道，她对男人有着一定的抗拒心理，做普通朋友容易，可想要进一步发展，却困难重重。所以，当他们瞧得雅妃居然和一个其貌不扬的男人手牵着手时，自然有些讶异。而其中一些雅妃的爱慕者，看向萧炎的目光则充满了酸意与愤怒。

雅妃的脚步忽然停了下来，萧炎目光跳过她，望着角落的安静席位，那里，一位头发花白的老人正与旁人说着什么，略有些严肃的苍老脸庞隐隐透着威严。

"他便是我们米特尔家族的族长，米特尔·腾山。"雅妃小声地介绍道，然后似是察觉到了什么，赶忙放下萧炎的手，纤指捋开额前的青丝。站在后面，萧炎能够发现，她那娇嫩的耳尖红了起来。

"哦。"随意地点了点头，萧炎跟着雅妃缓步走上台阶，然后停下脚步，而雅妃则快步上前，俯身在老人耳边低声说着什么。

半晌，老人微笑着点了点头，抬头望着萧炎，站起身来，笑吟吟地道："岩枭小友，早有耳闻啊，很高兴见到你，我是米特尔家族的族长，米特尔·腾山。"

"无名之辈，哪儿值得腾山族长惦记？"萧炎轻笑道。

"能够让海老如此对待的人，这加玛帝国可没多少，小友还能自称无名之辈吗？"米特尔·腾山笑道。

萧炎笑而不语，心中却暗地嘀咕：看来海波东和米特尔家族的关系还真是不一般，难道那老家伙也是米特尔家族的人？

"呵呵，岩枭小友，请坐吧。"笑着将一旁的位置让出来，米特尔·腾山退后了一些，瞧得萧炎坐下后，笑道，"岩枭小友，这次炼药师公会的测试，你的成绩很不错啊，恭喜了。"

唉，这炼药师公会是不是故意泄露消息啊，怎么所有人都知道……听得米特尔·腾山的话，萧炎无奈地摇了摇头，只得再度虚伪地客气了一番。

"岩枭小友这段时间在加玛圣城，若是有什么需要帮忙的地方，可以直接去找雅妃，反正你与她也是旧识。"米特尔·腾山笑眯眯地道，言语间，倒是把萧炎与雅妃的关系说得颇为暧昧，萧炎只得又笑着附和了两声。

经过上次海波东的提醒，米特尔·腾山现在是想尽办法和萧炎拉关系，平日严厉的神色已经退去，取而代之的是极为温和的笑容，那般模样，让附近与米特尔·腾山熟识的人大感诧异，皆在心中暗自猜测这岩枭的身份。

作为一族之长，米特尔·腾山自然颇为健谈，而且席间还有雅妃偶尔微笑着插话，这里的气氛看上去似乎极为融洽。

大厅的另外一处角落，纳兰桀与来往庆贺的客人互相谈笑着，偶然间瞧见萧炎三人那谈笑风生的热络模样，眉头微微一皱，笑着将面前的客人打发走，然后退后几步，来到纳兰肃与纳兰嫣然身旁。

"嫣然，岩枭小兄弟和米特尔·腾山很熟？"纳兰桀低声询问道。

纳兰嫣然明眸流转，瞥了一眼萧炎所在的角落，轻抿了一口手中的红酒，摇了摇头，道："我想应该不是和米特尔族长熟，而是和雅妃熟吧，您难道忘记了，当初岩枭可是雅妃介绍过来的呢。"

"呃……"眉头微皱，纳兰桀低声骂道，"腾山那老家伙竟然使用美人计？真无耻！以岩枭的潜力，日后前途不可限量，这种人才若是被米特尔家族给拉走了，那可真是让人心痛。"

"呵呵，他们使用美人计，我们这里不也有个大美人吗？"纳兰肃开玩笑道。

"父亲，您胡说些什么呢！"狠狠地剜了纳兰肃一眼，纳兰嫣然嗔道。

"这丫头？还是算了吧，这几天见面，人家岩枭根本就没给过她半点好脸色，让她去，岂不是把人给撵得更快？"纳兰桀撇了撇嘴，哼道。

"你……你个为老不尊的家伙！再敢胡说八道，休怪我不客气了！"纳兰桀这话，立刻让一直矜持含笑的纳兰嫣然恼羞成怒。她柳眉倒竖，玉手扬了扬，似乎很想把纳兰桀那长长的胡子给拔下来。

一旁，纳兰肃咳嗽了几声，提醒两人注意场合。待两人安静下来后，他忽然

道："不过雅妃那小妮子这些年倒也越来越水灵了，交际手段连我们这些老一辈的人都叹服，这点，嫣然确实不及她。"

"她们家族是以商业起家，自然擅长交际，你让我如何和她去比这个？况且就算你愿意，老师她还不答应呢。"眸子扫向那处角落，望着萧炎与雅妃谈笑的模样，纳兰嫣然有些无奈。她自信容貌气质不逊色于雅妃，可岩枭却始终不曾给她好脸色。虽然以她的身份，根本不需要去特意讨好岩枭，但是内心颇为高傲的纳兰嫣然，并不愿意看到那个对自己冷若冰霜的男子，反而在另外一个女人面前微笑而谈，这会极大地打击她的自尊心。

"唉，尽量想点法子，别让岩枭真跑到米特尔家族去了。想想丹王古河这么多年来给云岚宗带来了多少好处吧，我相信以岩枭的潜力，日后的成就不会比古河低。"纳兰桀叹道。

"嗯。"纳兰肃微微点头。

"还有，嫣然，注意一下柳翎，他似乎因为你而对岩枭抱着一些敌意。那小子天赋虽然不错，但是心胸窄了点，他如果抛开背后势力与岩枭为敌，我并不看好他。"纳兰桀瞥了一眼大厅中的某处，提醒道。

"嗯，我尽量吧。"纳兰嫣然微蹙着柳眉，点了点头。她和柳翎相处了好几年时间，自然清楚他的性子，这人占有欲太强。

"对了，为何木家的人还没来？我记得让人邀请了他们啊。"视线在大厅中扫视了一圈，纳兰桀皱眉道。

木家，加玛帝国三大家族之一，家族之中大多是战争狂人，在加玛帝国军中很有势力。

"我听说木家的木战从西北边境回来了。"纳兰嫣然忽然道。

"木战？那个说打就打，说杀就杀，并且将帝都那些公子哥教训得服服帖帖，俨然成了太子党党魁的家伙？"闻言，纳兰桀一愣，道。

"嗯，就是那个让很多人头疼的蛮汉。"

"我记得那家伙似乎对雅妃有点那个意思吧？当初在离开加玛圣城的时候，他还大放厥词地吼着谁敢碰雅妃就宰了谁呢。"想起当初在帝都闹得沸沸扬扬的事，纳兰肃哭笑不得地道。

"嗯，不知道那蛮汉在帝国边境历练了两年时间，如今变得如何了，应该不会再像两年前那般蛮不讲理了吧？"纳兰嫣然笑道。

"感觉今天晚上似乎有点事情要发生啊。"纳兰桀摸着花白的胡子，目光望向雅妃三人的所在，摇着头道。

纳兰嫣然眯着美眸，轻笑道："看样子……应该是这样。"

"希望别闹大了，岩枭可不是当初那被木战打成残废的贵族少爷，虽然接触时间不长，但是这个小家伙发起飙来，想必也是很可怕的。"纳兰桀沉吟道，"而且能够教导出这种弟子，岩枭的老师应该也不是常人。在一名或许堪比古河的高级炼药师面前，木家，也不敢太过嚣张。"

"嗯。"纳兰嫣然深有同感地点了点头。在云岚宗这么多年，古河这种级别的炼药师拥有何种能量，她最清楚不过了。

"呵呵，我会让人注意的。"纳兰肃笑了笑，然后与一名凑上前来的客人碰杯饮了一口，笑谈起来。

"柳大哥，那就是赢了你们的家伙？看上去很普通嘛。"大厅另一角，一名身着华服的青年瞟了一眼萧炎所在的地方，不屑地撇了撇嘴，道。

"呵呵，技不如人啊，没办法。"柳翎端着酒杯，笑着道。

"嘿，说不定那家伙是用什么我们不知道的办法作弊了呢，柳大哥可是古大师的弟子，怎么可能会输给这个无名之辈。"另外一名青年大笑着附和。

柳翎含笑不语，并未出口替萧炎开脱什么。

"不过那家伙艳福不浅啊，竟然能够和米特尔家族的雅妃小姐走得那般近。"一名曾经想打雅妃主意的男子，瞧得两人谈笑的模样，不由得满嘴酸气地道。

　　天月浅浅地抿了一口红酒，纤指轻弹在玻璃杯表面，发出清脆的声响。她慵懒地瞥了一眼萧炎，轻笑道："今天晚上或许会发生点什么有趣的事。"

　　"什么意思？"闻言，柳翎一愣。

　　"看着吧。"天月神秘一笑，将杯中的红酒一饮而尽。

　　时间缓缓流逝，纳兰家族的大门外，灯火通明的街道之上，一匹血红大马蛮横地冲过，沿途路人皆惊慌地闪避。

　　暴掠而过的血红大马在即将到达纳兰家族大门之时猛然停下，一道青色人影从马背之上矫健地闪跃而下，抬头望了望大门。在灯光的照射下，一张年轻的面孔显露出来，目光跳动得犹如猛虎一般凶戾。

　　这个年纪在二十五六岁的年轻人，并未看向大门旁的守卫，随手丢出一个牌子，然后便大踏步撞进了纳兰家，从敞开的大门走进热闹非凡的大厅，双手抱臂，撇着嘴望着里面的这些人，嘟囔了几声，若是凑得近了，则能够听见他说的是："一群蠢货……"与此同时，有几道目光也悄悄地亮了起来。

　　视线在大厅内急切地扫过，青年似乎是在寻找着什么。片刻之后，他的视线凝固，嘴角一咧，脸上顿时杀意凛然。

　　安静的席位上，萧炎与雅妃正笑着谈论着什么，片刻后，他端起桌上的酒杯抿了一口，微笑的脸忽然僵硬，安静的眼瞳骤然紧缩。

　　没有任何预兆，青色斗气猛然自萧炎体内暴涌而出，手中酒杯嘭的一声爆裂，身体强行扭转，掌心微旋便紧握成拳，带起尖锐的破风之声，狠狠地对着身后出现的劲气砸了过去。

　　轰！一声闷响，强猛的能量劲气自萧炎拳头处四下暴射而出，转瞬间，周围的桌椅便在这股劲风之下咔嚓爆裂。

　　拳头处传来的凶悍劲气，让萧炎退后了好几步方才化解。微笑的脸逐渐阴沉，他抬起头来，望着那正甩着手掌，满脸凶戾地狠狠瞪着自己的青年，漆黑的眸子中，阴冷杀意翻涌而出。

这处骚动迅速将周围的视线吸引了过来，待瞧见那满脸凶戾的青年后，周围人皆是一愣，旋即将幸灾乐祸的视线投在那正与青年对峙的萧炎身上。显然，他们都认出了这位在帝都拥有着极大名声的年轻人。

"终于打起来了吗？"大厅中，夭月含笑地摇晃着透明酒杯中的红酒，轻声笑道。

"那是……木战？"围在夭月周围的人大多是贵族子弟，因此一眼便认出了那满脸凶戾的青年，当下脸色微变地失声道。他们之中的很多人，当年都吃过这个家伙的亏。

"难怪你说今晚会发生点有趣的事，原来是说这家伙。"望着那一身青衣的木战，柳翎也愣了愣，旋即恍然地低笑道。

"帝都很多人都知道木战爱慕雅妃，当初在离开的时候，他还嚣张地表示谁敢碰雅妃便宰了谁。"夭月脸颊上露出一个浅浅的笑，目光瞥向那因为措手不及被偷袭而脸色阴沉的萧炎，道，"他挺倒霉的，正好在木战回来的时候与雅妃这般亲热。"

"以木战的性子，今天晚上，岩枭十有八九不会太好受。"

"不好受便不好受吧，招惹别人的女人，自然需要付出点代价，免得总是一副乡巴佬进城，谁也不放在眼里的模样。"柳翎冷笑道，他现在可巴不得有人出来挫挫萧炎的锐气呢。

"不过这里是纳兰家，纳兰老爷子可不会让木战太过放肆的。所以，木战若是想教训岩枭，就要以最快的速度解决战斗，不然，等暂时离场的纳兰老爷子或者米特尔族长回来，他就没机会了。"夭月微笑道。今天下午萧炎拒绝了她的邀请，明显也让这位地位不凡的少女有些不满，所以此时，她丝毫没有上前调和的意思。

冷笑了一声，柳翎低声道："不过木战正好是那种一旦动手就从不废话的人，

看吧,很快就要打起来了。"说话间,他的目光已经投向了大厅的骚乱之处。

萧炎拳头舒展开,旋即又紧握起,如此反复几次,方才将那股麻木的感觉驱散。他瞥着面前如深山猛虎般凶戾的青年,深吸了一口气,冷声道:"脑子不对?"

先前的那一击,萧炎非常清楚,面前的这家伙绝对没有半点手下留情的打算,若是换作一个反应慢的人,恐怕当场就得重伤,所以面对这种莫名其妙便下杀手的人,萧炎的心中也充斥着愤怒。

对着萧炎一咧嘴,一排白色牙齿颇为狰狞,木战没有回话,只是将炽热的目光停在了一旁那俏脸噙着愤怒的雅妃身上,放柔了声音大笑道:"雅妃,好久不见,又漂亮了啊,不愧是我预定的老婆!"

"你……你这个疯子!"

雅妃的脸颊因为愤怒而显得通红。她没想到,两年没见,这个家伙还是一如既往地蛮横不讲理,什么话都不说便直接对着人下杀手。

"岩枭,你没事吧?"快步走到萧炎身边,雅妃上下打量着,急忙询问。

摇了摇头,萧炎目光一直停留在面前的青衣青年身上,轻声道:"他是谁?"

"木战,三大家族中木家的人,一个很让人头疼的疯子,当初我出去历练,有几分原因就是想躲开他。"雅妃苦笑道。

"下手很毒,很狠。"萧炎轻声笑了笑,笑容中的阴冷杀意,却让一旁的雅妃俏脸微变。

"别冲动,木战是木家年轻一代出类拔萃的新人,他在离开帝都的时候便是斗师强者,如今经过两年边境军营的历练,实力更是直追老一辈之人,你……"熟知萧炎性子的雅妃,知道他此时是真动了怒,不过对面的木战也不是省油的灯,若是打起来,谁胜谁负尚未可知,所以她赶忙劝阻。

"小子,新来帝都的?难怪敢和雅妃走这么近。"雅妃对萧炎的关心,让木战脸上的凶戾更盛,他扭了扭脖子,一阵噼里啪啦的骨头扭动声清脆地响了起来。

萧炎抬眼瞥着这个毫不掩饰杀意的青年，抿了抿嘴，眼角余光在大厅中迅速扫视了一圈。几名纳兰家族的族人已经开始退后，看样子是想去将这里发生的事情报告给纳兰桀等人。

或许雅妃所说不假，面前的青年的确给萧炎一种危险的感觉，然而即便如此，他也并未打算缩在雅妃身后，直到纳兰桀等人到来。先前木战那险些让他重伤的偷袭，已经让萧炎心中那压抑了一个月未曾动手的欲望夹杂着怒火彻底爆发，所以这一次，他不打算忍。

漆黑的眸子盯着木战，萧炎无视雅妃的劝说，右手摊开，旋即一曲，一股凶猛的吸力便将脚下不远处一根足有大腿粗的破碎椅子腿吸进了手中。紧握着它，萧炎的身体陷入了寂静，转瞬之间，青色斗气再度暴涌而出，身体迅速闪开雅妃，脚掌一蹬地面。随着一道能量炸响，萧炎的身形几乎化为一道黑线，闪电般地暴射向木战。

"小子，够种！"狞笑着望着竟然主动攻击的萧炎，木战身上翠绿色的斗气喷涌而出，一对拳头竟然隐隐地化为枯木的颜色。

此时萧炎几人所在的这块地方，无疑已经成为大厅的焦点，当众人瞧得那在木战面前，不仅未选择退却，反而主动进攻的萧炎，清楚木战实力的一些人都不由得暗自摇头。想来，在他们心中，萧炎的这一举动，只是想在雅妃面前出出风头而已。

"这家伙当真是自讨苦吃，安静地站在原地，等着纳兰老爷子他们过来不是更好吗？偏要这般不自量力地冲上去受人侮辱。"柳翎摇着头，笑着道。他早就认识木战，所以非常清楚这个战斗狂人打起架来是如何让人头疼。

"看来再出色的人，在美人面前，也免不了热血上涌呢。"夭月晃着透明酒杯，笑容犹如小恶魔一般……

第九章
宴会风波

  几人谈话间，萧炎与木战已经在众目睽睽之下，闪电般战在了一起。

  萧炎在即将到达木战身前之时，脚跟一旋，身体诡异地窜到木战左侧，右掌紧握巨大的椅子腿，在青色斗气的覆盖下，带起一股凶悍的劲风，毫不留情地对着木战的脑袋砸了下去。木战冷笑一声，拳头猛然上砸，然后与那坚硬的椅子腿硬轰在一起。

  嘭！随着一道闷声响起，大腿粗的椅子腿被木战生生轰得四下爆裂。随后，木战紧握的拳头再度夹杂着劲气，闪电般穿过飞射的木屑，狠狠砸向后面的萧炎。萧炎脑袋微偏，从遮掩了视线的木屑中暴射而出的拳头，便贴着他的肩膀掠了过去，凶悍的拳风让他的皮肤有种火辣辣的感觉。

  然而这点小痛并未延迟萧炎的攻击，在木战的拳头贴身而过时，萧炎身体便诡异地下滑，在同一时间，身体半翻而下，右掌撑着地面，腰身半扭，脚掌在半空狠狠抡了半圈，然后携带着尖锐劲气，交叉对着木战的脖子切剪而去，犹如一把锋利的剪刀。

"嘿，不错。"看着有些奇异的剪刀绞杀脚，木战眼中泛起狂热，双臂护在颈间，臂上的皮肤迅速化为枯黄之色，看上去犹如两截坚硬的枯木一般。

双脚狠狠地砸在木战手臂之上，发出两声古怪的声响，萧炎脚掌上所蕴含的巨大劲力也让木战退后了一步。不过木战的战斗经验远远超出萧炎意料，即使是在退后之时，他也依然能巧妙地稳住身形，脚尖狠狠地对着萧炎朝下的脑袋踢了过来。萧炎眼中飞速闪过一抹惊诧，那用来稳定身体平衡的左手猛然一旋，在其他人不可察觉间，一缕青色火焰浮现在了拳头表面，然后拳头向上砸去，与木战的脚掌狠狠地撞击在了一起。

轰！凶猛的劲气对撞，从两人拳脚接触间暴射而出。在萧炎右手撑地处，几道细小的裂缝迅速蔓延开来。

"哼……"这一次的交手，让两人皆发出一声闷哼。萧炎右手轻拍地面，坚硬的地板轰然爆裂，而他的身形也借助这股反推力弹射而起，然后轻巧地落回地面。小退了几步，将劲力化解后，他脸色略显凝重地望着对面那在退后时将一张桌子碰得粉身碎骨的木战。

短短一分钟，两人便经历了一番惊心动魄的贴身肉搏战。在刚才的那轮交锋中，不论谁稍稍失神，都会被对方毫不留情的攻击轰得极为狼狈。

大厅之中，众人满脸惊讶地望着萧炎。他们可没想到，这个擅长炼药的青年，在战斗方面竟然丝毫不比木战逊色，刚才的那轮闪电交锋，时间虽短，可明眼人都知道其中的凶险。在帝都年轻一代中，木战的战斗天赋可以说是名列前茅，加玛圣城中也少有同龄人能够和他战得不分上下，特别是经过这两年军营历练，现在的木战，无疑比以前更加强横与凶悍，然而在刚才的那番交战中，他却似乎并未占上风。

虽说这次的战斗，木战并未动用全力，甚至连斗技都未曾施展，然而众人并不会忘记，那个长相平凡的青年，同样完全凭借着身体本能在战斗。

"没想到这岩枭的战斗力竟然这般不错……"惊愕地望着萧炎，夭月讶然道。

木战在战斗方面的天赋,她最清楚不过了,然而在刚才,他却并未将岩枭揍得极其狼狈,两人反而以不分上下收场。

柳翎嘴角微微抽了抽。没有见到想象中岩枭被揍得落花流水的场景,又听得夭月话语中的诧异,他心中有些不愉快,淡淡地道:"若木战真的放开手脚全力来战,我敢说,岩枭绝不是对手!"

"呵呵,或许吧。"夭月不置可否地笑了笑。身为女性,她的观察自然要比心怀芥蒂的柳翎仔细许多。在木战退后时,她分明瞧见,这个家伙的脚略微有些不自然。看来,在先前的那一记对轰中,木战似乎受了点暗创。

"岩枭,你没事吧?"心焦地望着退后的萧炎,雅妃急忙上前,担忧地问道。在说话的同时,她的纤手已经拉住了萧炎的衣袖,显然是不想让他再去战斗。

"没事。"萧炎微微笑了笑,袍袖垂下,拳头缩进袍袖中,微微颤抖着,将拳头上的那股疼痛感缓缓驱散。

这家伙的实力果然很强,看样子应该是八星甚至九星斗师。不过想必他此时也不好受吧,火克木,青莲地心火的那一下灼烧,可让这家伙吃了个暗亏……萧炎瞟了一眼木战的脚,嘴角掀起一抹冷笑。

木战一脸凶狠地死盯着萧炎,脚掌传来的剧痛让他嘴角不断抽搐着,体内斗气迅速流转,然后包裹住脚掌,将之渲染成淡淡的绿色。

木战的斗气是木属性,有一定的疗伤作用,因此,随着斗气的缭绕,木战那受伤并不算太严重的脚掌,逐渐恢复了过来。

"小子,很不错嘛……没想到你一个养尊处优的炼药师,居然还懂得如此凌厉的战斗方式。"木战冲着萧炎咧嘴一笑,犹如一头龇牙咧嘴的猛虎,凶气凛然。这个家伙,若是放在战场之上,定然是一名难得一见的凶将。

萧炎冷笑不语,青色斗气依然缭绕在身体表面,没有丝毫放松。

"不过……不管你是谁,都不要动我喜欢的女人!"

脸上的笑意骤然消失,木战一声厉吼,雄浑的斗气自体内暴涌而出。斗气翻腾间，一套有些模糊的斗气铠甲，竟然逐渐出现在他的身体表面。

萧炎见状，眼瞳微缩：没想到这个家伙竟然能够召唤出大斗师方才能够具备的斗气铠甲，虽然他现在的铠甲仅仅是初具雏形，但是防御力远远超过了斗师的斗气纱衣。看来这家伙要动真格的了……萧炎脸色逐渐凝重，心神运转间，一缕缕青莲地心火被从气旋之中的纳灵内扯了出来，在经脉间飞速穿行着，随时准备着爆发出属于它的恐怖能量。

"木战，你个疯子，住手！"望着还不肯罢休的木战，雅妃气得俏脸铁青。

没有理会雅妃的怒喝，木战身体表面的斗气越来越浓郁，一股强横的气势从其体内探出，将大厅中一些实力稍弱之人压迫得脸色微变。

"我说过，谁敢碰你，我就宰了谁！"

脚掌轰然落地，一道道裂缝犹如蜘蛛网一般，从落脚之处飞速地蔓延开来。木战的身体略微前倾，然后咻的一声，化为绿色影子，对着萧炎暴射而去，沿途所过之处，一道一尺深的沟壑一路蔓延而出。

整个大厅，在此刻变得一片狼藉。

感受到木战身上缭绕的凶悍斗气，萧炎脸色凝重地将面前的雅妃拉到身后，袍袖中的指尖处，青色火焰开始了诡异的跳跃。

木战的速度极为迅猛，眨眼间便出现在萧炎面前。他高高地举起拳头，拳头之上赫然布满了尖锐的绿色木刺，看上去极具攻击力。

"青木刺！"随着一声压抑的低吼，木战那布满绿色木刺的拳头，夹杂着一股尖锐劲气，狠狠地对着萧炎砸了过来。

漆黑的眸子冷冷地注视着越加接近的拳头，那股压迫劲风将萧炎身上的衣袍压得紧紧贴在皮肤之上。

袍袖之中，青色火焰在这般压迫下也翻腾得越加欢快，炽热的能量急速凝聚着……就在萧炎即将使用青莲地心火反击之时，他忽然有所感应，眉头微微皱了皱，旋即略微前倾的身体停顿了下来。在同一时刻，一声清冷的娇喝声在大厅之

中响了起来:"木战,给我住手!"

随着娇喝的落下,一道月白影子闪电般地从大厅的另外一个角落暴射而来,身形在半空诡异地移动几次,便出现在萧炎身前。

眼角余光瞟着纳兰嫣然在半空中移动时的诡异身法,萧炎眉头不着痕迹地跳了跳:这女人,三年中进步了很多啊……

"千风罡!"纳兰嫣然俏脸微冷地望着那依然没有停止攻击的木战,雪白纤手探出宽松的衣袖,修长玉葱指轻轻一弹,五缕淡青色的螺旋罡风在指尖处浮现,犹如五根锋利无比的青色指甲,欲将空间撕裂。

纳兰嫣然屈指轻弹,螺旋的罡风劲气暴射而出,旋即狠狠地射在木战那布满绿色木刺的拳头之上。

嘭!随着一道响声炸起,木战拳头之上,一阵阵木屑暴射,罡风所携带的凶悍劲气,直接让木战暴退了几步,每一步的落脚处,都在地板之上留下了深深的脚印。待最后一步落下,木战肩膀一阵猛颤,一股无形的劲气透体而出,在其身后的柱子上留下了一记深深的印痕。

"纳兰嫣然?嘿,没想到两年不见,你竟然强了这么多,看来云宗主对你教导得很用心嘛。"木战舔了舔拳头之上的鲜血,没有理会这点疼痛,惊诧地道。

"木战,这里是纳兰家,不是你木家,岩枭是我纳兰家的客人,容不得你如此放肆!"纳兰嫣然轻喝道。

木战眼睛微眯,拳头握了握,目光在大厅中扫了扫,然后顿在了那正快步向这边走过来的纳兰桀、纳兰肃两人身上,知道失去了再向萧炎动手的机会,只得无奈地摊了摊手,下巴微抬,盯着萧炎:"今天看在嫣然的面子上,就不废了你,不过日后,奉劝你离雅妃远一点儿!否则……"

"随时奉陪!"萧炎冷笑道。经过先前的那番交锋,他知道木战的级别比自己高上一些,不过若是将底牌用上,谁胜谁负还未可知。

"有骨气!没想到刚回帝都,便遇见了个能让我踩的人,我很兴奋啊!"冲着萧炎咧嘴一笑，木战那白森森的牙齿颇为骇人。

"踩人，那也得量力而行，不要到时候人未踩到，反而把脚给刺破了！"对于这个丝毫不掩饰自己嚣张跋扈气焰的青年，萧炎并未有丝毫的软弱退缩之举，针锋相对的模样，让众人惊诧不已。

"好了，你们都少说点吧，今天是纳兰家的聚会，不要扰了大家的雅兴。"看着这针尖对麦芒的两人，纳兰嫣然微蹙着柳眉，无奈地叱道。

萧炎耸了耸肩，目光从木战的身上移向了那背对着自己的美丽女人，双眸虚眯起来，手指在袍袖中轻轻地弹动着。这是萧炎第一次见纳兰嫣然出手，所谓管中窥豹，她一击便能够逼退与自己战得不分上下的木战，她的实力可见一斑。虽说她所施展的斗技或许等级不低，不过若是没有雄厚的实力支持，斗技等级再高，在这种等级相差不远的对战中，也顶不了多大的用。看来云岚宗对她的栽培还真的是不遗余力，这次的三年之约，有得玩了……

"给我住手！"乱成一团糟的大厅之中，纳兰桀挤开人群，快步来到这一边，脸色难看地喝道。

在纳兰嫣然身旁停下，纳兰桀先转头向萧炎问道："岩枭小兄弟，你没事吧？"

萧炎摇了摇头，示意自己并无大碍，纳兰桀这才松了一口气：若是他出了点什么事，那自己可就遭殃了啊。

目光瞟过那张年轻平静的面孔，纳兰桀心中不禁再度对他高看了一眼。虽说这边的战斗仅仅持续了一会儿，可以纳兰桀的实力，自然在战斗爆发的那一霎便知晓了，而他却这般迟迟到来，明显是想在暗中观察一下萧炎的战斗实力。毕竟，很多炼药师或许在炼药术上极其精通，可在战斗方面却烂得一塌糊涂，这种人，纳兰桀也并非没有见过。

这小家伙，没想到不仅炼药天赋如此杰出，在战斗方面也一点儿不弱，看他出手那般凌厉，明显也是真正经过杀伐的人……心中暗自赞叹了一声，纳兰桀将视线投向了对面的木战，老脸一沉，喝道："木战，没想到两年历练，不仅未磨

平你那蛮不讲理的性格，反而让你越来越嚣张了。这是纳兰家，不是你木家，在这里，就算木辰那个老家伙来了，也不敢如此不给我纳兰桀面子！"

"嘿嘿，纳兰老爷子别骂，小侄只是想试试这位朋友的身手而已，并没有在纳兰家捣乱的意思。这里损坏的东西，小侄定马上叫人全部替换。"虽然木战天性嚣张，但是在这辈分足以和自家爷爷相比的纳兰桀面前，也不敢太过放肆，当下搔着头狡辩地笑道。

"哼，你这话，骗鬼去吧。"冷哼了一声，纳兰桀目光直盯着木战，沉声道，"我先在这里把话给你说清了，岩枭小友是我纳兰家族的贵宾，我不希望他有什么损伤。你木家虽然狂人很多，但是我纳兰家也不是吃素的！"

纳兰桀非常清楚木战的性子，今日与萧炎动手失败，来日说不定会让家族的人动手。为了保证萧炎的安全，并获得他对纳兰家族的好感，所以纳兰桀当众说出了这番让很多人脸色暗变的话来。

听得纳兰桀那不似开玩笑的话语，木战脸色微微变了变。他可没想到，为了一个二品炼药师，纳兰桀居然会撂下这种狠话。

目光泛着奇异，上下打量着那站在纳兰嫣然身后的萧炎，木战心中暗自纳闷：这小子究竟是何身份？看来回去后，要让人调查一番了。

"怎么了？发生什么事了？"又是一道苍老的声音在人群之外响了起来，一道身影在人群中几个诡异闪移，旋即便犹如鬼魅般地出现在了萧炎身旁。众人目光一瞟，原来是先前被人叫出去的米特尔·腾山。

"木战？"米特尔·腾山扫了扫满地的狼藉，当其目光移到对面的木战身上时，先是一愣，再回头望着站在一起的雅妃与萧炎两人，转瞬间便明白了来龙去脉，当下老脸如同纳兰桀一般，迅速沉了下来。他老眼狠狠地瞪着木战，怒声道："你一回来就惹是生非，信不信我让木辰那老不死的再把你撵去边境历练？"

"呃……腾山族长，您也在这里啊。"瞧得来人，天不怕地不怕的木战顿时打了个寒战。当初离开帝都前去边境，最大的原因，便是他惹怒了米特尔·腾山，最后导致木家不得不把这个祸害丢到帝国边境,所以如今一见到米特尔·腾山,木战便有些畏惧,当下讪讪地笑道。

米特尔·腾山轻哼了一声,目光瞟了一眼一旁的纳兰桀,慢吞吞地道:"我也给你提个醒,离开这里后,不要再去找岩枭的麻烦。他是我米特尔家族的朋友,若你真惹出了什么事,就别怪我这老头子要动怒了,到时候,就算是木辰也保不了你!"

虽然并不清楚萧炎的确切实力及背景,但米特尔·腾山在说出这番话时,并未有半分迟疑。一名性子高傲的斗皇级别的强者,却甘心跟在萧炎身旁当护卫,这足以瞧出这个看似平凡的青年究竟蕴含着何种能量。

短短两分钟之内,木战便受到了三大家族中两个族长的郑重警告,这种局面,不仅木战本人目瞪口呆,就连围观的众人也大感惊愕。

纳兰桀维护萧炎,他们并未感到意外,毕竟纳兰桀的命捏在人家手中,可与萧炎结识不久的米特尔·腾山也毫不迟疑地撂下这般重话,则让他们诧异不解了。要知道,木战背后可是整个木家啊,他们的势力丝毫不比米特尔家族小,而且若是光比拼强者的数量,木家甚至要超过米特尔家族许多,毕竟米特尔家族是一个商业家族,并非木家那种尚武家族。

当然,这里的强者只是指中间力量,而并非指米特尔·腾山这种顶端力量,毕竟这种等级,并非单单只靠尚武风气便能轻易出现,更多还是取决于修炼天赋,在这一点上,两家倒是不差多少。

"好运的小子……"瞧得两位重量级人物护持着萧炎,柳翎眉头微皱,撇了撇嘴,冷笑道。

一旁,夭月也柳眉微蹙,望着萧炎,低声喃喃道:"看来他应该是有着让两大家族极为看重的东西吧?否则,米特尔族长与纳兰老爷子是绝对不可能冒着得罪木家的危险而义无反顾地替他说话的。"

"真是个神秘的家伙……可惜了。"惋惜地摇了摇头,夭月想起萧炎对自己的

态度，苦笑了一声。没想到自己一时眼拙，居然便与这等出类拔萃之人失之交臂，这若是让父皇或者姐姐知道了，自己恐怕又会被狠狠训斥一通。

嘴角扯了扯，木战脸上的笑容极为难看。半晌，在纳兰桀与米特尔·腾山的注视下，他无奈地摊了摊手，道："两位老爷子，我都说了今天只是个误会……好吧，只要这位朋友以后不来招惹我，那我就不会再去骚扰他，这就权当是给两位面子吧。"

纳兰桀淡淡地点了点头，转过头来，望着大厅，拍了拍手，笑道："诸位，请继续吧，这只是小辈间的胡闹而已，大家就当看了场精彩的表演吧，呵呵。"

听得纳兰桀这话，围观的众人也识趣地附和着笑了笑，然后自觉散开，继续喝酒谈情。

"嘿嘿，老家伙，你还真是不放弃任何拉拢人的机会啊。"米特尔·腾山笑眯眯地与纳兰桀贴靠着，低声道。

"哼，老东西，看来你还真是打算和我们抢人了？"纳兰桀瞥了米特尔·腾山一眼，冷笑道。

"如此人才，跑到别人家里，那可是件很让人头疼的事。"米特尔·腾山低笑道，"我觉得雅妃和岩枭似乎挺聊得来的，你说是不是？对了，嫣然似乎拉不下脸去跟岩枭套近乎呢，嘿嘿，毕竟身份不一样……不过如此一来，你们怕是要吃亏了。"

干枯的面皮抽搐了几下，纳兰桀眼角余光扫过那正拉着萧炎上下察看他在战斗中有没有受伤的雅妃，再瞧了一眼那站在一旁，俏脸清冷得没有丝毫动静的孙女，只得甩了甩袍袖，悻悻地道："你还真是舍得下本钱。"

"一般般啦。"米特尔·腾山得意地笑了笑，将手中的红酒一饮而尽。

"好啦，我真的没事，那家伙虽然难缠，但是这点热身战斗，对我还没有什么伤害。"无奈地望着不断打量自己的雅妃，萧炎摇了摇头，苦笑道。

听得萧炎那并没有异常的声音，雅妃这才松了一口气，狭长的眸子中满是惊诧地道："小家伙，我记得你当初离开乌坦城时，才突破斗者不久吧？这才多长时间啊，你居然便能够和木战斗得不分上下了？"

萧炎笑了笑。在他看来，经历了那般严酷的修行，有这般收获是极为正常的事情。

"纳兰小姐，多谢你先前出手。"雅妃上前两步，来到纳兰嫣然身旁，替萧炎微笑着感谢道。

"岩先生是纳兰家的客人，我自然要出面。其实以岩先生的实力，似乎我的举动有些多余了……"纳兰嫣然瞟了一眼萧炎。这个家伙在瞧见她后，脸色便逐渐冷漠，这种与雅妃几乎是两极化的待遇，实在让纳兰嫣然无语。

"雅妃，两年不见，不用这般无视我吧？"站在一旁的木战瞧见雅妃连眼光都未瞟向自己，不由得苦笑道。

"木大少，我哪儿敢啊，只是你那脾气，我实在是无福消受，希望你日后不要再说那些有损我名声的话，我从未答应过什么婚约，何时又成了你的女人？"雅妃瞥了一眼这家伙，冷笑道，说完便拉起萧炎的袖子，柔声道，"我们换个地方吧。"

萧炎看了一眼满脸温柔的雅妃，再瞧着那脸色因为愤怒而有些泛青的木战，微微点了点头，任由雅妃拉着他，向大厅的另外一边行去。

"该死的小子！"怒瞪着萧炎的背影，木战狠狠地挥了挥手，然后将目光投向纳兰嫣然，道，"嫣然，这小子究竟是何来头？别给我保持沉默，我们怎么说小时候也是在一起摸爬滚打的，难道连这点消息都不肯透露？"

纳兰嫣然无奈地摇了摇头，道："说实在的，我还真不清楚岩枭的确切底细，不过他的炼药术极其不凡，我爷爷体内的烙毒，连古长老都没有办法，他却能够将之祛除……我所知道的也就这些了，反正你日后别去找他麻烦，不然我想你也会有不小的麻烦。"纳兰嫣然提醒了一句便转身走了，留下木战一个人咬着牙不

甘地站在原地。

"管你什么身份,别让我逮住机会!"咬着牙,木战恶狠狠地低声道。

"故意和我表现得这般亲热,让我当了次盾牌,来挡那家伙?"与雅妃在大厅靠门边的地方停了下来,萧炎忽然淡淡地笑道。

"抱歉……"被萧炎看穿先前的目的,雅妃俏脸微红,低声道歉,"我实在是被他缠怕了,打也打不走,骂也骂不听,所以只能这样了。你……你不会生气吧?"这样虽然她可以解脱,但是让萧炎平白无故地被木战怨恨上了。

"反正又不是第一次经历这种事……"萧炎苦笑着摇了摇头。闻言,雅妃微抿着红唇,轻声笑了笑,却又不敢说话,于是两人便这般沉默下来。

"你先四处走走,我得去替纳兰老爷子完成今天的祛毒疗程。"半响,萧炎轻咳了一声,顺手从身旁走过的侍女手中的银盘内端起一杯红酒,浅尝了一口,然后便随意地塞在雅妃手中,含笑向大厅侧门行去。

站在原地目送着萧炎消失,雅妃轻轻摇晃着透明酒杯中的殷红液体。在这般颜色的反照下,那张妩媚的脸更显红润妖娆。她端着酒杯走出大厅,站在柱子旁,晃着酒杯,想起刚才萧炎战斗时的那股凌厉气势,略有些失神:这才一年多没见,当初的稚嫩少年,居然便蜕变得这般自信了。

"雅妃,在想什么呢?"苍老的笑声忽然在身后响起,米特尔·腾山笑眯眯地走上前来。

"啊?没什么。"被打扰了思绪,雅妃一惊,赶忙回道。

"呵呵……"米特尔·腾山笑了笑,缓步走上前来,若有深意地道,"觉得岩枭那小家伙如何?"

"还不错啊。"闻言,雅妃脱口而出,不过紧接着,察觉了什么的她赶忙停了嘴,眸子盯着腾山,轻声道,"族长这话是何意?"

"呵呵,若是觉得还满意,可以放开点胆子嘛,我可是没有半点反对的意思哟……"米特尔·腾山笑道。

雅妃双颊顿时飞上一抹如红酒般醉人的绯红,摆着玉手,连忙道:"族长,我对岩枭并没有那种感情,与他只是普通朋友而已。"

"没感情,可以培养嘛。"米特尔·腾山笑了笑,意味深长地道,"你应该也知道,身为我们这种大家族的族人,很少有什么两相情愿的婚约。家族重利,若是能够遇见一个不讨厌并且家族也同意的人,便是很幸福的事了。

"说句让你伤心的话,在岩枭出现之前,如果是在家族内部长老会上投票选择最适合你的人,恐怕木战将会有超过半数的得票,因为联姻对两个大家族来说,是一件双赢的事情。"

闻言,雅妃那端着酒杯的玉手,猛然紧了紧。

"唉!"望着雅妃的反应,米特尔·腾山叹息了一声,拍了拍她的肩膀,便走回了大厅。

贝齿紧咬着红唇,雅妃低头望着杯中的红酒,那张妩媚的脸上,此刻却噙着一抹让人心碎的淡淡哀伤。

雅妃知道腾山所说不假,虽然身在这种大家族能够得到无数人可望而不可即的身份地位,但是在得到的同时,也失去了很多东西。雅妃并没有纳兰嫣然的那种天赋以及好运,纳兰嫣然因为在云岚宗的身份,可以轻易摆脱家族给她的束缚,可以肆无忌惮地去萧家退婚,而自己并没有这种能力。

玉手环在胸前,雅妃轻轻坐在石阶之上,夜风阵阵,让她有些心寒。

抬头仰望着天空中的明月,许久之后,雅妃那迷人的双眸却忽然微微弯了起来,宛如狐狸眼般,闪烁着精明与诱惑。

"要想不被家族掌控,那……就只能掌控家族……"轻声地呢喃着,雅妃美眸盯着杯中红酒,妩媚动人的脸颊此刻却悄然多出了一点儿什么……

"我没有纳兰嫣然的那种修炼天赋,可米特尔家族是一个商业家族,以我的能力,走到掌管者的那个位置,似乎并不难。"纤指轻弹在酒杯之上,回响着清

脆的声音。能够在这般年纪便成为米特尔家族总部拍卖场的掌管人，雅妃的天赋毋庸置疑。毕竟，这个世界上，并不乏那些本身手无缚鸡之力，手下却万千忠诚强者云集的人。

听着那清脆的声响，雅妃嘴角弯起浅浅的弧度，魅惑天成，妩媚动人，此刻的她，比以前更加美丽。

就在一种莫名的东西在雅妃心中生根发芽之时，一件黑袍却轻轻地从身后盖在了她的身上，熟悉的柔和声音让此时最是敏感的女人心中悄悄地触动了一下："天冷地凉，也不怕生病啊……"

猛然回转过头，雅妃愣愣地望着那张易容后显得极为平凡的脸，恍惚间，鼻尖有些发酸。她轻轻抽了抽鼻子，双手拉着黑袍，娇躯朝里面挤了挤，淡淡的温暖感觉萦绕在那颗被米特尔·腾山一句话弄得发凉的心中。

修长的睫毛眨了眨，雅妃轻笑道："完成了？"

萧炎笑着点了点头，目光在那张妩媚动人的俏脸上扫过，有些诧异。不知为何，他发现现在的雅妃，比刚才似乎多出了点什么……

"你没事吧？"萧炎疑惑地问道。

"好着呢。"冲着萧炎俏皮地眨了眨眼睛，雅妃笑吟吟地道。

"哦。"点了点头，萧炎懒散地打了个哈欠，瞟了一眼那依然热闹的大厅，不由得无奈地摇了摇头：这些人也真能折腾……

"算了，受不了了，我要回去了。一起吗？"再次打着哈欠，萧炎对着雅妃随口问道。

"嗯……"闻言，雅妃刚想摇头拒绝，然而当玉手轻抚着身上的黑袍时，却迟疑了一下，竟然点头应了下来。

站起身来，两人刚打算离开，萧炎有些倦意的脸色却骤然一变，旋即霍然转过头望着帝都的西北方向。在那里，两股恐怖的气势忽然间冲天而起……

第十章
麻袍加老

感受着西北方向传来的那两股恐怖气势,萧炎略微有些诧异:"海波东?这老家伙失踪了两天,怎么和人打起来了?看另外一股气势,实力竟然不比他弱……"

萧炎与海波东曾经共同战斗过,所以对他的气势颇为熟悉,但另外一股居然不比海波东弱的恐怖气势,则令萧炎脸色微变。

在萧炎喃喃间,两道影子猛地自大厅之内飙射出来,旋即出现在萧炎两人面前,原来是同样有所感应的纳兰桀与米特尔·腾山。在他们之后,木战、纳兰嫣然等人也鱼贯而出,惊讶地望向西北方向。

"斗皇强者?"对视了一眼,纳兰桀与米特尔·腾山均面色凝重。

听到纳兰桀两人的声音,纳兰嫣然等人皆是一惊。斗皇强者基本是帝国的巅峰强者了,没想到今夜会忽然出现两位。

"去看看!"纳兰桀与米特尔·腾山不约而同地弹射升空,绚丽的斗气双翼在背后凝结,化为两道光影,迅速向气势爆发处飞掠而去。皇城中忽然出现这种等级的强者,容不得他们不小心对待。

"嘿嘿，我们也瞧瞧斗皇强者去。"脸露狂热地望着纳兰桀两人消失的方向，木战脚掌在地面一踏，身体迅速射向屋顶，旋即犹如蚂蚱一般，开始在城市中的房屋之上跳跃冲刺。在他身后，纳兰嫣然、柳翎等人也各显神通紧跟上去。

萧炎微皱着眉头。海波东是他上云岚宗的护身符，所以在此之前，海波东可绝对不能出事，不然的话，让他单独一人去面对云岚宗那个庞然大物，还真是挺让人头疼的。

"你就在这里，小心点，我也过去看看。"沉吟了一会儿，萧炎转头对一旁的雅妃道。而雅妃也知道事情的轻重，乖巧地点了点头，没有出言阻拦。

脚尖轻点地面，萧炎矫健地跃上屋顶，背间微震，然后便在一干人目瞪口呆的注视下，将紫云翼召唤了出来。他的身形瞬间化为一道光影，追星赶月般地向西北方向暴射而去。

"斗气化翼？"正在房顶跳跃的木战听得身后响起的破风声，赶忙转头一看，旋即只能傻傻地望着那扇动着双翼迅速飞掠而过的萧炎，"这家伙是斗王强者？这怎么可能？"

木战愣愣地望着萧炎消失，在他身后的纳兰嫣然等人也一脸错愕。

"咦？"再往前，米特尔·腾山忽然神色一动，速度逐渐缓下来，转头望着那不远处紧随而来的人影，愕然道，"这是……岩枭？他怎么也会斗气化翼？"

纳兰桀同样感应到了空气中的振动，回头一望，苍老的脸上也浮现出一片惊异。当然，两人毕竟不是木战那等年轻小辈，并未太失态，虽然此刻的萧炎背后有双翼存在，但是他的气息依然停留在斗师级别。

"老家伙，你还记不记得有一种失传的斗技？"速度渐缓，米特尔·腾山望着快速追来的萧炎，忽然对纳兰桀道。

"你说的是……那种飞行斗技吧？"略微一愣，纳兰桀恍然地道。

"嗯，没想到岩枭的底蕴竟然这般雄厚，连那失传的飞行斗技都学会了。看来他背后的老师，或者说势力，能量挺大。"米特尔·腾山意味深长地道。

"嗯……"微微点了点头,纳兰桀对萧炎的重视又多了一分。

"两位老爷子,这般慢吞吞的速度,等过去的话,恐怕战斗都结束了。"双翼一振,萧炎便出现在两人身后,笑吟吟地道。

"呵呵,岩枭小友,你总是让人感到意外啊,这飞行斗技如此罕见,竟然都能被你弄到手,啧啧,真是让人惊讶。"米特尔·腾山笑道。

听得米特尔·腾山一语便道破自己背上双翼的来路,萧炎略微诧异了一下便释然了。他们这些老家伙活了大半辈子,所见所闻自然远非他这个小辈可以相比,一眼认出飞行斗技,倒也正常。

"偶然侥幸所得罢了,全是一时好运。"萧炎笑了笑,旋即对着西北方向扬了扬下巴,笑道,"两位,走吧。"说罢,他便微振双翼,率先冲了出去。

纳兰桀两人笑着点了点头,背后双翼振动,紧紧地跟在了萧炎身后。

在萧炎三人消失在夜空之后不久,后方远处,木战等人有些气喘地出现。瞧得天际的三道模糊流光,众人皆无奈地摇了摇头,拥有了双翼之后的速度,果然是让人望尘莫及。

待距离气息爆发地越来越近时,米特尔·腾山眉头微微皱了起来,半晌,忽然对着萧炎迟疑道:"有股气息……怎么有点像是海老?"

海波东隐居了几十年,最近方才回到帝都,加上之前距离颇远,他一时未辨认出来,待现在距离近了,方才觉得那股气息有点熟悉。

"嗯,的确是海老。"萧炎笑着点了点头。

"海老?"听得两人间的谈话,纳兰桀干枯的面皮抽了一下,片刻后,忍不住对米特尔·腾山问道,"老家伙,那两股斗皇气息之一,你认识?"

闻言,米特尔·腾山脸上透着一股得意,神秘地道:"嘿嘿,待会儿你便知道了。"说完,他冲着萧炎笑了笑,两人的速度再次提升,然后冲向那不远处的气息爆发地。

微张着嘴望着前面的两人,纳兰桀眉头紧皱,喃喃道:"这家伙搞什么鬼?

难道他还真的与那股气息的主人认识不成?"

疑惑地喃喃了几声,纳兰桀无奈地摇了摇头,振动双翼,赶忙跟了上去。

离气息爆发地越来越近,萧炎三人逐渐减慢了速度,互相对视一眼,最后在那片巨大陵园之外的上空停了下来,脸色凝重地望着陵园中央位置的两个偌大的光团。光团分黄、白两色,而那两股恐怖的气息,正是从两个光团中散发而出的。光团灵活地闪掠腾飞,其中有两个人影若隐若现。

每一次光团的接触,都爆发出一股凶猛无比的能量涟漪,在这股能量涟漪之下,即使萧炎三人相隔甚远,也依然感到有些胸闷。

陵园上方夜空的黑暗几乎被尽数驱散,亮如白昼。

白色光团携带着无与伦比的冰寒气息,每当能量波动之时,周围空气中的水汽都会凝结成坚硬的寒冰。与白色光团不同,黄色光团则隐隐有着一股犹如大地般的厚实稳重之感。虽然白色光团攻击极为凌厉,但是全部被后者轻松避开。很明显,前者的攻击对后者并不具备太大的威胁力。

"哈哈,冰老头儿,没想到几十年不见,你的实力不进反退了啊。当年你的寒冰攻势,即使是我也要忌惮三分,可如今威力却大减啊!"又一次狠狠地碰撞,黄色光团中传出一阵苍老的大笑声。

"哼,老妖怪,你这些年,不也同样是没进步多少吗?算算你的年龄,看来快要到达极限了啊,若是再不突破的话,恐怕就得大限来临了。到时候,失去了你的庇护,加玛皇室可就不会这般安逸了!"白色光团中,萧炎熟悉的冷哼声也传了出来。

"嘿嘿,老夫我命还长着呢,哪儿那么容易陨落。"黄色光团中,苍老的声音淡淡地笑道。话语虽然平淡,但萧炎几人不难从中听出些许沉重。

"这话你自己都不信吧。"

"冰老头儿……海老……难道是冰皇?"纳兰桀一愣,旋即猛然瞪着眼,看着得意微笑的米特尔·腾山,失声道,"是冰皇海波东吗?他竟然还活着?"

"嘿嘿，海老哪会那么容易陨落，只不过是在外地隐居了几十年而已。"米特尔·腾山笑眯眯地道。纳兰桀这副震惊的模样，让他颇感舒畅。

听到米特尔·腾山的话语，纳兰桀脸色顿时变得阴晴不定。他很清楚，当初在米特尔家族族长之位空置的很长一段时间，是海波东撑起了这个历史悠久的家族，在他的管理之下，这个家族方才在群龙无首之时没有衰落。

现在的帝国三大家族，实力相差无几，而一个斗皇级别的强者，足以将这个家族的实力瞬间提升数倍。而拥有了斗皇强者的米特尔家族，不仅将轻易超过其他两大家族，甚至连加玛皇室，恐怕都会为它的实力感到惊慌。因为他们在成为皇室之前，正好也是一个巨无霸家族，所以对于现如今的这些大家族，皇室一直是暗中颇为警惕的。

"这下事情有些麻烦了啊……"苦笑着喃喃了一声，纳兰桀叹了一口气，便再次将目光投向陵园之内。虽然如此想着，但是纳兰桀也并未因此而太过发愁。就算如今海波东重新回到了米特尔家族，可纳兰家却因为纳兰嫣然的关系，与云岚宗交情很好，若是发生某些冲突，想必即使是海波东，也不可能会随意得罪纳兰家与云岚宗。而这个道理，米特尔·腾山同样明白，所以他也只能在表面上得意一番，真要对纳兰家干点什么，他还没那魄力。

"听他们的谈话，那位黄色光团内的，应该便是皇室的加刑天加老了吧?"纳兰桀沉吟道。

"嗯，除了他老人家，这帝都内，应该就没人敢和海老这般说话了。"米特尔·腾山笑着点了点头。

"搞了半天，原来是在切磋……真让人白担心了一场。"看着两人并不是意料中的死拼，萧炎松了一口气，有些无奈地苦笑道。

"岩枭小兄弟，你也认识海老?"纳兰桀瞧得萧炎的表情，不由得问道。

"嘿嘿，海老能够回来，还多亏了岩枭小友呢，所以岩枭小友也是我米特尔家族的恩人!"一旁，米特尔·腾山笑眯眯地接过了话头，话语中，将萧炎与米

特尔家族的关系故意说得颇为亲密。

闻言,纳兰桀脸色微变,不过紧接着便恢复了自然,附和着笑了笑,望向萧炎,越发觉得这家伙神秘莫测:连斗皇强者都能接触,这小子究竟是什么身份?

在三人谈论之间,陵园中的战斗接近了尾声,而木战等人也气喘吁吁地出现在了陵园之外,一个个犹如灵猴一般,跃上巨树之端,羡慕地望着停留在半空中的萧炎三人,然后将视线转向陵园。

"那股气息……好像是太爷爷……"微蹙着眉头望着那团黄色光芒,天月愕然地道。

"那另外一股是谁?在这加玛帝国中,斗皇强者屈指可数,而在皇城周围的斗皇强者,似乎也就云宗主一人吧?"木战皱眉道。

"那人不是老师。"纳兰嫣然平复了呼吸后,摇了摇头,道。

"那会是谁?"众人面面相觑,皆满头雾水。这种级别的强者,总不可能说出来就出来吧?

轰!陵园之中,两色光团又是一记狠狠的碰撞。在这种硬碰之下,白色光团明显吃亏不小,退后了老远的距离,方才止住身形。

"唉,算了,不来了,现在的确不是你的对手。"白色光团之中,海波东有些无奈地出声认输。

"呵呵,冰老头儿,你这次实力真的是大降啊。"黄色光团微微颤抖,光芒缓缓收敛,最后现出了一个身着朴素麻袍的白发老人,他笑眯眯地望着同样收敛了气息的海波东,道。

海波东翻了翻白眼,撇嘴道:"等过一段时间,我实力自然会恢复,你不必操心……还有,你那担心也可抛去,这次回来,我并没有继续管理米特尔家族的打算,那些小辈会自己看着办。"

"呵呵,我们都老了,何必再掺和那些让人头疼的事情?有空喝喝茶四处逛逛,多么惬意。"闻言,麻袍老人脸色柔和了许多,笑道。

"别以为我不知道你在担心什么。"海波东冷笑道。

笑了笑,麻袍老人也不在乎,转头将视线投向陵园之外的萧炎一行人,笑道:"看来我们今天晚上也惊动了不少人呢!"他的目光在众人中扫了扫,最后停在那正躲躲闪闪的夭月身上,不由得一愣,旋即无奈地摇了摇头。

"呵呵,加老,几年不见,越发老当益壮了啊!"瞧得麻袍老人望过来,米特尔·腾山与纳兰桀都赶忙行礼。

"没想到把你们两个也惊动了,真是抱歉,人老了,也越来越任性了。"麻袍老人笑着点了点头。

"加老说笑了。"闻言,纳兰桀两人赶忙赔笑道。

加刑天的目光在他们身上扫过,最后停留在萧炎背后的双翼上,顿时一愣,诧异地道:"咦,这是飞行斗技?这小家伙是谁?"

"小子岩枭,见过加老。"微微弯身,萧炎轻笑道。

"啧啧,真是不错,如此年纪竟然便拥有这般罕见的斗技,小家伙看来挺不简单啊。"加刑天温和地笑道。

"嘿,你也跑过来了?"白光一闪,海波东出现在萧炎面前,冲着他笑道。

"你失踪了两天,我还以为你跑路了呢。"萧炎翻了翻白眼,道。

"嘿嘿,怎么可能……只是被这老妖怪撞见,担心我搞出什么破坏帝国安定的事情,然后便被拉扯着教育了一番。"海波东讥笑道。

"你这家伙……"听得他这话,加刑天只得无奈摇头,"这小朋友是你的弟子?天赋似乎很不错。"他见两人如此熟稔,用老辣的目光看着萧炎。

闻言,不仅木战等人瞬间竖起了耳朵,就连纳兰桀也悄悄将目光投了过来,他同样十分想知道,萧炎与这位曾经的冰皇究竟是何关系。

听得加刑天的话,海波东一愣,旋即大笑着拍了拍萧炎的肩膀,说出来的话,却让所有人错愕:"我的弟子?哈哈,我倒是想,可惜却根本没那资格。"

"没资格?"加刑天温和苍老的脸上顿时浮现些许愕然,旋即将那奇异的目光

投向萧炎：以海波东斗皇级别的实力，竟然说没资格做这小家伙的老师？他有这么大的潜力？

"呵呵，海老说笑呢，加老别在意，只是因为我早有老师，所以自然不可能转投他处。"萧炎摇了摇头，笑道。

一旁的海波东不置可否。当初即使是在恢复斗皇实力时，萧炎依然给他一种极为危险的感觉，而且后来在与那两位神秘的斗皇强者战斗时，萧炎所施展出来的恐怖的佛怒火莲，更让海波东对萧炎产生了极重的忌惮。

虽然如今萧炎似乎因为施展了佛怒火莲而实力大降，但是在海波东的心中，萧炎几乎已经是与他同等级别甚至超过他的强者，所以当他听到加刑天问萧炎是否是他的弟子时，方才忍不住失笑。

闻言，加刑天微微笑了笑，目光不着痕迹地扫过海波东的表情，心中却越发惊异。以他对海波东的了解，自然知道他很少会开这种玩笑。

难道他说的是真的？心中轻轻地呢喃了一声，加刑天忍不住问道："岩枭小友，可否告知尊师名讳？说不定老夫我还认识呢。"

"呵呵，抱歉，加老，老师说不方便透露他的名讳，他为人低调，一生都在深山之中，想必加老也未曾听过。"萧炎解释道。

"呵呵，不碍事，很多隐士都有些与众不同的脾性，我也见过一些隐居的强者，知道他们性子淡泊。"加刑天笑着摇了摇头，心中却依然有着几分怀疑。能够让海波东都说出那番话来，这可是连自己都未得到过的待遇，想必岩枭的老师是比海波东甚至自己更加强横之人。

加玛帝国地域辽阔，深山之中隐居着一些强者倒也不稀奇，可身为帝国皇室的守护者，借助帝国的力量，加刑天对这些隐士倒也模糊知道一些，然而，还真没听说过哪个地方隐居着那种传说般的强者。

身体悬浮在夜空中，纳兰桀与米特尔·腾山悄悄地对视了一眼。他们自然也能够察觉出，海波东的话语并非玩笑，也就是说，岩枭背后的老师，实力强得有些恐怖。

还好并未与之结仇……两人皆从对方眼中瞧出了一抹庆幸的味道。身为各自家族的掌管者，他们非常清楚那种级别的强者，拥有何等恐怖的能量。

"好了好了，时间也不早了，都回去吧。"海波东抬头望了一眼逐渐下移的银月，打了个哈欠，拍着手道。

"呵呵，岩枭小友明天应该也会参加炼药师大会吧？"加刑天点了点头，旋即随口问道。

"嗯。"萧炎笑着点头。加老的名头，他已经从海波东口中听过好几次，甚至当初在盐城之外与那两位神秘的斗皇强者对峙时，也从他们两人那里听到了"老妖怪"这个称谓。加老是加玛帝国明面上唯一能够和美杜莎女王相抗衡的强者，因此，现在没有药老护身的萧炎，对他也极为忌惮，说话间颇为客气谨慎。

想起美杜莎女王，萧炎手掌便不由自主地摸了摸那盘在袖子中安静沉睡的七彩吞天蟒。还好这小家伙天生便懂得完美收敛气息，不然的话，定然会被加老及海老发现。唉，这小家伙也是颗不安稳的炸弹啊……

萧炎一想起美杜莎女王那冷艳的模样就有些心悸，这女人杀起人来跟杀鸡一样简单利落。他相信，如果这一次没有答应美杜莎女王夺取融灵丹的药方，她下一次苏醒，绝对会取自己的小命。

没有老师在还真是处处受限，看来得赶紧拿到七幻青灵涎，这小命被捏在别人手中的感觉可不好受……

在失去了药老的保护之后，萧炎才知道自己的处境竟然这般危险。

"呵呵，那是年轻人比赛的舞台，明日我也会去瞧瞧，也好见见连冰老头儿都赞不绝口的人，究竟有何出彩的地方。"加刑天笑了笑，然后便将目光投向那巨树之顶，淡淡地道，"月儿，这么晚了还在外面瞎混，还不跟我回去？"

"噢……"听得自家太爷爷的话，一向古灵精怪的小公主无奈地应了一声，乖乖上前一步，随后便感觉有一股吸力将自己带到了太爷爷身旁。

"嫣然侄女,柳家小子,看见你们老师的时候,替老夫我问个好。"一手提着夭月,加刑天对纳兰嫣然和柳翎笑了笑,旋即将目光投向那一脸敬畏的木战,笑道,"木家的小家伙,又回来了吗?这次可得给我安生一点儿了,不然的话,你还得被撵出去。"

"是。"闻言,木战将脑袋点得跟小鸡啄米一样。在这个即使是木辰见了也要恭敬行礼的老妖怪面前,他那点嚣张气焰已经荡然无存。

萧炎抬起头来,对着纳兰桀两人笑着抱了抱拳,然后对海波东道:"回去吧?"

"嗯,走吧。"海波东懒散地点了点头,只对加刑天打了一声招呼,至于纳兰桀两人,则被他给无视了。背后寒冰双翼逐渐浮现,双翼一振,带起一股寒风,人便消失在了半空中。

"呵呵,加老,告辞了。"对着加老笑了笑,萧炎背后双翼振动间,化为一道流光,跟上了前面的海波东。

见萧炎两人离开,加刑天也不再停留,一手提着夭月,背后淡黄色的斗气双翼一扇,身体便咻的一声在原地消失,留下淡淡的笑声盘旋在半空。

"各位,都散了吧。"

夜空之中,两道流光飞速闪过。

"喂,你没把关于我的事情透露出去吧?"紧紧地跟在海波东身后,萧炎忽然皱眉道。

"没,我知道你要隐藏身份,关于你的事,半点都未和那老妖怪提起,你不必担心。"海波东摇了摇头,道。

"尽量保密吧,云岚宗能够屹立在加玛帝国这么多年,与皇室的关系想必不会差,不得不小心啊。"萧炎叹息道。

"你的伤还没好?"海波东点了点头,突然问道。

心尖悄悄跳了跳,萧炎面不改色,微微点了点头,道:"那东西实在是太恐

怖了，后遗症太严重……不过想必也快了，只要将七幻青灵涎弄到手，应该就能恢复了。"

"我当时就说过，让你别冲动，你偏要搞什么异火融合……"海波东无奈地摇了摇头，道，"那老妖怪如今实力愈加高深，刚才与他交手，我完全处于下风，想必他现在已经是八星甚至九星斗皇了，唉……如果他再有点机缘的话，说不定就能够突破壁障，成为斗宗强者。"

"这么强？"虽然心中早有预料，但是听到海波东亲口确认，萧炎依然不免惊了一下。

"是啊……因为我与米特尔家族的关系，那家伙对我一直有戒心，生怕我会借势掀了他们加玛皇室。昨天不小心被他发现了行踪，口上说是与我切磋，可真当我是傻子啊，这不明摆着是给我下马威吗？这老家伙。"海波东骂骂咧咧。

"他不会妨碍到我们吧？"萧炎眉头微皱，低声道。

"这倒还不会，你难道没瞧出，那家伙对你也开始有些忌惮了吗？呃，或者说是对你背后的那根本不存在的老师感到忌惮，只要你的谎言没被揭穿，他就始终不敢动你。"海波东沉吟道，"所以你要赶快恢复实力啊，只要你实力一恢复，我们就不必担忧那老妖怪了。"

"我尽力吧，不过他若实在逼人太甚，就算是拼着继续重伤，我也会在帝都丢一个佛怒火莲。"萧炎耸了耸肩，轻描淡写地道。

"你这个疯子……"闻言，海波东嘴巴微张，半晌方才悻悻地憋出一句话来，然后便不再说话。

见海波东安静了下来，萧炎微微笑了笑，扭了扭脖子，在心中低声喃喃：明天便是炼药师大会了，唉，还是先把那融灵丹的药方弄到手吧，在上云岚宗之前，至少要先将美杜莎女王这个女煞星给安抚好……

第十一章
大会开始

翌日,蔚蓝的天空万里无云,阳光温和,偶尔轻风拂过,带走城市之中的喧哗,让人不禁感到神清气爽。

加玛帝国的一大盛事,每八年一届的炼药师大会,将在今日拉开帷幕!

自打第一缕阳光突破大地的束缚,照射在这座历史悠久的城市之上时,安静的街道之上,便开始出现三三两两身着炼药师长袍的人。

这些身份尊贵的人,平日常人颇难瞧见,因为他们的强大以及无与伦比的重要性,让他们在常人心中显得很神秘。而今日,这些贵人却犹如蚂蚁出洞一般,从帝都的各个歇榻之处,接连不断地蜂拥而出,虽然他们的路线不同,但是他们的终点,都是那座古朴的炼药师公会大楼。

今日加玛圣城中的所有商铺,开门都比以往早,无数人从暖和的被窝中爬起,然后站在大门口,望着那些匆匆忙忙行走在街道之上的炼药师,目光中都充满了敬畏。

在这个特殊的日子里,萧炎也早早地起了床,盘坐在床榻之上,安静地调息了一个小时左右，待状态达到巅峰后，方才缓缓睁开眼来。

懒散地扭了扭身子，听到体内响起的噼里啪啦声，萧炎微微笑了笑，下床走出内厅，一眼便瞧见了站在窗户边的海波东。

"起来了？今日这加玛圣城出现的炼药师太多了，不愧是炼药师大会啊。"海波东望着大街之上不断闪过的炼药师，不由得啧啧感叹道。

"炼药师也是人，自然需要认可……而这炼药师大会，则是最好的舞台。"萧炎自斟了一杯热茶，浅浅地抿了一口，淡淡地笑道。

海波东转过身来，盯着萧炎，笑道："其实我很疑惑，以你的本事，竟然还会有心思参加炼药师大会。虽然这种盛会难得一见，但是似乎并不太配得上你的实力吧？"

萧炎笑了笑，双手捧着茶杯道："没办法啊，谁让这次大会的冠军奖励让我心动了呢。那融灵丹的药方，对我很有用。

"你虽然不是炼药师，但是想必也知道药方对一名炼药师来说有着何等的诱惑力，那六品药方在我眼中，不比地阶斗技的魅力小。"

无奈地摇了摇头，海波东撇嘴道："以你的实力去参加这大会，那就如同一个斗皇强者闯进了一群斗者的比试场一般。"

"你也太高看我了……"微微摇了摇头，萧炎笑道，"若是放在施展佛怒火莲以前，要取得大会冠军，自然易如反掌。可如今灵魂力量受到重创，我的实力可是大不如前了啊，而炼制丹药，最重要的便是灵魂力量，所以如今参加这大会，我也没有必胜的把握。"

"呃……不会这么严重吧？一个能够炼制六品丹药的炼药大师，如果在这种小辈的比试中输了，那……"海波东脸色古怪地望着萧炎，道。

"那就丢人了是吧？"笑着接了下去，萧炎站起身来，微笑道，"如果连这点格局都没有，还如何去追求更加遥远的炼药师之路？好了，时间也差不多了，走吧。"他将茶杯放下，转身向房门外走去，海波东无奈地摇着头，只得跟上。

　　走出房间，萧炎身上的那套二品炼药师长袍吸引了不少人的眼球，不过他倒没怎么在意，目光偶尔扫过那些擦身而过的炼药师，心中有些诧异：看来这大会的吸引力还真是不弱，不仅本国的炼药师蜂拥而来，就连别国的也跑来了不少……不知道大会期间会不会忽然冒出一匹别国的黑马，那样的话，可就好玩了。

　　缓步走过几条街道，二人来到了公会大楼前。瞧得那被堵塞的门口，萧炎无奈地摇了摇头，对着身后的海波东轻扬了扬手，闪身挤进人群，身体犹如入海的游鱼一般诡异地穿行着，这都得益于在魔兽山脉药老对自己闪避能力的训练。

　　待终于踏入公会大门时，萧炎长长地松了一口气，转头望了望，却见海波东正微眯着眼，犹如梦游一般紧紧跟在自己身后。

　　不愧是斗皇强者，这般近距离地随行，自己竟然没有半点察觉……心中暗自赞叹了一声，萧炎在大厅内逛了一圈，然后便准备进入东区。刚上楼梯，却正好碰见下楼来的奥托几人。奥托一愣，旋即失笑："跟我来吧，小家伙，大会的举办地点并不在这。"

　　笑着点了点头，萧炎与一旁的弗兰克以及雪魅等人打了声招呼。

　　"小家伙，这次我们黑岩城分会就看你的了啊，可千万别输给柳翎他们呀。"弗兰克笑吟吟地道。经过上一次的内部测试，现在他对萧炎满怀信心。

　　"呵呵，我尽力吧。"萧炎微微一笑，忽然瞧见奥托盯着自己身后的诡异目光，介绍道，"奥大师，这是我的朋友海波东。"

　　"哦……呵呵，你好，黑岩城奥托、弗兰克。"

　　由于海波东隐居了好几十年，奥托和弗兰克两人对这个名字并不太熟悉，只是隐约觉得有点儿耳熟。虽然不知道对方的确切底细，但是毕竟两人也是斗灵级别的强者，再者因为是炼药师，所以灵魂力量比同等级强者要强上不少，故而隐隐能够察觉出面前老人的高深之处，当下不敢太过怠慢。

　　"嗯。"对于两人的客套礼节，海波东只是淡淡地点了点头，那副平静的模样,让两人一愣。而那一向眼里揉不得沙子的琳菲,则是俏目一瞪,就欲呵斥,却被奥托眼明手快地按了下去。

"抱歉,两位大师,海老他的脾性就是这样,并无针对你们的意思。"无奈地摇了摇头,萧炎只得微笑着打个圆场,好在奥托两人也并未在意,随意地笑了笑,便将话题引开了。一行人说笑着走出大厅,在奥托的带领下,从公会后门走出,一路朝着城市偏南的中心位置行去。

"这一次的大会,举办地点是在皇家广场,那里的面积足以容纳上万人。"行走在街道上,奥托笑着解说道,"经过初步统计,这一次参加大会的炼药师应该有两千多人,这可是这几届大会人数最多的一次。"

萧炎忍不住咋舌。要知道,炼药师的培养条件极为苛刻,说是千里挑一甚至万里挑一,恐怕也不为过。如今这两千多人,恐怕是云集了加玛帝国大半的炼药师吧?

"大会分成几轮考核,每一次的考核都会筛下不少人,而越往后,考核难度就越大,最终能够留下来的,则是冠军。"

"嗯。"微微点了点头,想起两千多人在同一个广场起火炼丹,萧炎便有些激动,那般壮观模样,恐怕极为震撼人心吧。

说话间,皇家广场已逐渐出现在视线之内,萧炎抬眼望了望,居然只能看见广场的一角。

此时的广场之外,有全副武装的军队驻扎在此维持秩序。这种大会云集了四面八方的无数强者,一旦发生骚乱,帝都将会遭受巨大的冲击,因此加玛皇室对此极为小心。

在广场的入口处,有炼药师公会的检验人员,只有公会之人以及参赛者,方才能够从此进入,而观众席则另有通道。

有奥托的带领,萧炎几人没有丝毫阻碍地进入了广场。走上一段高坡,那庞大的广场终于完全展现在萧炎眼前,他忍不住摇头赞叹。

广场绕成圆形，两边设有观众席，而其中一边的座椅装饰明显要豪华许多，那是专为公会高层以及帝都那些大势力的首脑所准备的。广场中央整整齐齐地分布着上千座青石方台，一眼望去，犹如屹立不动的青石军队一般。

此时已经有不少参赛的炼药师安静地盘坐在了青石方台后的石椅上，等待着比赛开始。而随着时间的推移，越来越多的炼药师从通道处拥出，然后按照所领取的考牌，寻找着自己的位置。

奥托抬头望了一眼天色，笑道："我们先去贵宾席那边吧，距离大会开始还有一段时间，在那里你还能见到一些重量级的大人物，或许对你有用。"

"嗯。"萧炎随意地点了点头。

见到无人反对，奥托与弗兰克便带着几人朝着贵宾席走去。忽然，奥托扬起手，指着贵宾席前排一位穿着紫色炼药师袍服的老人介绍道："那就是加玛帝国炼药师公会的会长法玛，他老人家平日极少出现，听说已经快要达到六品炼药师等级了。在加玛帝国的炼药界，会长大人的声望可是超过了丹王古河，古河见到会长大人也要客气三分。当初古河在发迹之前，法玛大人对他可是照顾有加，说是知遇之恩也并不为过。"

"嘿，没想到这老家伙竟然还没死。这些老东西，一个比一个妖孽……"眼睛微眯地站在萧炎身旁，海波东忽然抬起头来，低声喃喃道。

"哦？"眉头微微挑了挑，萧炎望向那脸皮如干枯树皮的老人，目光中有些诧异。这般说来，这位老人其实才是加玛帝国炼药界的首脑吧？

似是有所察觉，睡眼惺忪的老人忽然转过头来，将看似茫然的目光投向萧炎这边，干枯的脸上露出一抹和善的笑容。

瞧得老人转头望过来，奥托与弗兰克急忙躬身行礼，然后顺着走廊，小心翼翼地走向前排，对着老人恭声道："会长大人，几年未见，您依然是这般精神啊。"

"呵呵，是黑岩城的奥托和弗兰克吧？你们也不错啊，这些年竟然也成为四品炼药师了，进步很快啊。"混浊的目光扫了两人一眼，法玛轻笑道。

大会开始

"都是会长大人上次讲座的缘故。"奥托恭声笑道。

"我能讲的也就是自己的一点儿经验而已,最重要的还是你们自己……"笑着摇了摇头,法玛忽然将目光投向奥托身后的萧炎,温和地笑道,"这位小朋友想必便是此次公会内部测试成绩最佳者了吧?名字……似乎是叫岩枭?"

"法玛会长,小子岩枭。"对于这位在加玛帝国炼药界声望甚至超过古河的老人,萧炎不敢有丝毫怠慢,微微躬身,微笑着回道。

"呵呵,还真是英雄出少年啊,如此年纪便能够将黑铁灵叶提炼八次,我记得,当年古河那小子也没有这般实力。"法玛的声音不急不缓,虽然略微有些嘶哑,但是透着威严。

萧炎平静地笑了笑,并未在这个话题上多说什么。

法玛微笑着盯着萧炎,目光略有深意地在那张平凡的面孔上多停留了一会儿。察觉到他的目光,萧炎心中猛地一惊:他……难道看穿了自己面貌的伪装?

就在萧炎心中胡思乱想之际,法玛似是看出了他的不安,当下轻笑道:"小朋友,只要不是冲着公会而来,老头子我是不会多管闲事的。"

虽然法玛的笑声让周围的公会长老等人有些莫名其妙,但是萧炎悄悄松了一口气,冲着法玛投去感谢的目光。

"老不死的东西,你还真是越活话越多了。"

突如其来的冷笑声,让贵宾席上的众人脸色大变,坐在法玛身边的切米尔更是脸色骤沉,低喝道:"是谁?"

在这冷笑声响起的时候,萧炎便在心中无奈地叹息了一声:除了身后的海波东之外,还能有谁会这般不客气?

冷笑同样让法玛愣了一愣,不过紧接着,他便将目光转向萧炎身后,喃喃道:"这股气息冰凉得跟寒冰一样,难道是……冰老头儿?"话到最后,他脸上明显多出了几分惊异。

"嘿嘿,法老头儿,没想到你还记得我,不容易啊。"萧炎身后人影一闪,海

波东在目瞪口呆的奥托、雪魅几人的目光中缓缓上前，一屁股在法玛身旁坐下，咧嘴笑道。

"你这家伙竟然没死？你不是被美杜莎女王给……那个了吗？"错愕地望着身旁的海波东，法玛忍不住道。

"侥幸活了下来啊……"海波东咂了咂嘴，眼中犹自有些余悸，叹道，"那女人……实在是恐怖……"

"还真是个命硬的家伙……不过还活着就好啊，至少老头子我不会太孤单，哈哈……"法玛犹如枯树一般的脸皮抖动着，朗笑道。

听到两人的谈话，那些本来因为海波东出言不逊而准备将其教训一番的公会长老立马缩了回去。按照会长大人所说，这位陌生的老头儿应该也是一个厉害的人物。

站在奥托身后，琳菲与雪魅目瞪口呆地望着那随意与法玛聊天的海波东。到现在她们才明白过来，原来这个看上去极为平凡的老头儿，竟然也是一位深藏不露的强者。两人对视了一眼，皆将奇异的目光投向一旁正无奈摇头的萧炎：那个家伙，怎么结交的都是这种级别的人物啊？

海波东与法玛的熟络，明显也让奥托与弗兰克怔了怔。片刻后，回过神的奥托忽然脸色微变，低声喃喃道："海波东……海波东……当年十大强者中的冰皇……似乎正是这个名字吧？"

他偏头与弗兰克对视了一眼，两人皆从对方眼中瞧出一抹惊骇：没想到这种古董级别的人物还活着，而且，看他与萧炎之间的关系，似乎还很不一般。

这个小家伙，隐藏得够深啊……奥托两人目光泛着惊异地盯着萧炎，心中疑惑为什么一个踏入炼药界不久的青年，竟然能够与这种强者结识。

萧炎站在原地，无奈地承受着那一道道惊异的目光，过了片刻，忽然发现正与海波东说着什么的法玛将目光再次投注在了自己身上。法玛此时正微皱着眉头，目光来回地在萧炎身上扫视，似乎是在寻找着什么。

大会开始

"怎么了?"瞧得法玛这般模样,海波东不由得诧异地问道。他只不过说了一下萧炎天赋极为不错,却没想到对方会有这般反应。

"呵呵,不知为何,我似乎在岩枭小友身上察觉到了一点点似曾相识的气息。"法玛咳嗽了一声,有些疑惑地道。

似曾相识?萧炎眨了眨眼睛,心中却是一惊:难道他察觉到了美杜莎女王的存在?

"呵呵,或许是感觉错了吧,人老了,幻觉也多了起来。"再次感应了一下,却并未有先前的那般感觉,法玛有些失望地摇了摇头,倚靠在椅子之上,略有些失神,记忆恍惚……

当年法玛尚年轻之时,游历大陆间,曾经偶遇一位实力深不可测的老人,机缘巧合之下,老人与法玛相处了三天时间。在那三天里,老人兴之所至传授的一些东西,让法玛获益匪浅。也正因此,回到加玛帝国之后,原本名不见经传的法玛,方才一步步地走到了今天。越处于现在的位置,法玛才越加深切地感觉到,当年的那位神秘老人,实力究竟是何等恐怖。而刚才在萧炎身上所感应到的那股模糊气息,颇像当年那位老人身上的,故而法玛才会忽然间有些失态。

因为心中有鬼,所以萧炎也不敢在这个话题上过多纠缠,刚想转移话题,一阵苍老的笑声从座椅中间的通道内传了出来:"呵呵,海老头儿,岩枭小友,你们来得倒是挺早啊。"

听得笑声,众人回头一望,当瞧见那身穿朴素麻袍的白发老人之后,皆有些惊讶失色:今日究竟吹的什么风,竟然连这个老妖怪都会大白天跑出来!

来人自然是萧炎他们昨夜方才见过的加刑天,小公主夭月也紧跟在他的身后。夭月今日穿着一套特别制作的淡青色炼药师袍服,宽松的袖口处用锦丝牵绕成莲花之状,看上去多了一分清雅,然而清楚她性子的萧炎却知道,这表面看上去颇为文静的少女,却是个古灵精怪的主儿。

目光瞟过夭月,萧炎发现,在她身旁竟然还有一名穿着奢华锦袍、身材高挑

的女子。这女子面容与天月有几分神似,却有着与雪魅差不多的冷艳,冷艳之下还有几分被皇室熏陶出来的威严气质。

萧炎最后将目光转回加刑天身上,躬身行礼,微笑道:"加老也不晚啊。"

笑着走上前来,加刑天望向海波东以及法犸两人,大笑道:"没想到我们三人竟然还能有机会聚在一起,当真是缘分啊。"

"的确挺有缘的。"法犸笑了笑,道,"老妖怪,没想到你今日竟然会来观看大会,我记得你似乎并不喜欢这种比赛呀。"

"缩了几十年,偶尔出来看看也好啊。"加刑天笑了笑,转头望向萧炎,然后指着身后那成熟冷艳的女子笑道,"小家伙,月儿想必你已经认识了,这是月儿的姐姐天夜,这次大会的安全保障,里里外外五万军队,可全是她在一手操控。"

闻言,萧炎心中一惊,没想到面前这冷艳女子居然还有这般本事。

"夜儿,这便是我与你所说的岩枭小友,实力极为不凡,这次大会的冠军,恐怕他是最有力的争夺者。"加刑天又指着萧炎,对天夜笑道。

听得他的评价,一旁的天月嘟了嘟嘴,悄悄地嘀咕着什么,想必并不服气。

"你好,岩先生。"天夜美目盯着萧炎,落落大方地向他伸出玉手,微微一笑,刹那间的笑容让贵宾席周围的一些贵族子弟大为失神,他们平日里可难得瞧见一向冷艳的大公主会这般对人啊。

"你好,大公主殿下。"对方的态度,让萧炎找不出任何毛病,他微笑着伸出手来,轻握着那柔若无骨的玉手,在心中暗自赞叹了一声,表面上却一握即放,没有让对方感到任何不妥。

"希望岩先生这次能够取得满意的成绩,到时候天夜亲自为先生摆酒庆贺,只要先生不拒绝就好。"天夜收回手来,微笑道。

面上含笑地点了点头,萧炎心中略有些惊异。即使定力非凡如他,在初步接触的这点时间内,竟然便在天夜的几句话中,对她消除了许多戒备。

见到萧炎点头,天夜这才满意地退至加刑天身后。以她的脾性,若非太爷爷给予了这个年轻人极高的评价,她也不会这般放低姿态与之结交。

不过若他真的有太爷爷所说的那般潜力,倒也不枉我这般屈尊相交……美眸扫过萧炎那始终没有出现过慌乱的脸,夭夜对他的定力还是挺满意的。能够在这么多帝国顶层人物以及巅峰强者面前保持这般沉静,确实颇为难得,至少后面那些贵族子弟都因为她的身份,畏缩得不敢靠过来。

与萧炎聊了几句后,夭夜便对着法犸以及海波东几人躬身行礼,完美的礼节让人难以挑剔,以至于连海波东这种淡漠之人,脸上的冷意都减少了一些。

众人在互相打过招呼之后,便都在贵宾席前排坐了下来。而不知是有意无意,那夭夜公主正好坐在萧炎身旁。淡淡的体香从一旁飘来,萧炎端正坐着,目不斜视。此时已经有越来越多的炼药师进入广场,对面的观众席上,黑压压的人头已经连成了一大片,无数活泼少女发出了一阵阵崇拜的尖叫声。在这般气氛的感染之下,萧炎心头也悄悄地泛起一丝热度,想起待会儿千火齐升的壮观景象,有些迫不及待。

随着天空中炽日的移动,贵宾席上的人也越来越多,而那对面的观众席更早已是人山人海,呐喊声汇聚成洪流,直冲天际。

安静地坐在席位之上,萧炎微微闭目,半晌,忽然感受到周围席位有些骚动,这才微皱着眉头转过头来,望向那骚动的源头。

此次进入贵宾席的阵容不小,帝国三大家族齐出,恐怕加玛帝国没有任何势力可以小觑。而造成这般骚动的更大原因,还是那走在中间的纳兰嫣然和雅妃,两女气质各不相同,却又同样貌美如花,走在一起,自然极易吸引眼球,难怪后面的那些贵族子弟会这般激动。

一行人顺着走廊,一直来到最前排的位置,与熟人笑着打招呼。借此机会,萧炎的目光也扫向一位与纳兰桀和米特尔·腾山走在一起的陌生老者。在老者的身后,木战紧紧地跟随着,加上其他人对老者的称呼,萧炎便搞清楚了这个老者的身份——木家木辰,又是一名斗王强者。

雅妃在与长辈们打过招呼之后，便悄悄溜到了萧炎身旁坐下，笑靥如花地娇声道："岩枭弟弟，这次可一定要拿个好成绩哟，无数人看着呢。"

"以岩先生的实力，这次成绩自然不会差，取得前三名应该是手到擒来的事情吧？"纳兰嫣然不知何时也来到了这边，轻笑道。

坐在萧炎身旁的夭夜，瞧见雅妃与纳兰嫣然这两个身份高贵的美人竟然都凑到了萧炎这边，美眸中闪过一抹诧异，心中暗自道：这岩枭长相平凡，没想到却这般招女孩子喜欢……看来太爷爷所说不假，这岩枭是个潜力不凡的香饽饽，不然以雅妃的精明和纳兰嫣然的清高，是断然不会与他这般说笑的。

三个大美人全部拥在萧炎身边，这无疑让贵宾席上的某些目光火热了起来。萧炎心中苦笑，面上却如老僧入定一般，极为端正地坐在位置上，安静地等待着大会的开始。只是某一刻，他忽然皱着眉头转过头去，刚好见到坐在后一排的柳翎正冰冷地盯着自己，那模样，恍若一条欲噬人的毒蛇。

见萧炎发现了自己，或许是由于大会即将开始，柳翎此次倒也未加掩饰，嘴角掀起一抹冷笑，嘴唇嚅动着："我要让你在嫣然面前一败涂地！"

轻轻笑了笑，萧炎嘴唇微动，旋即便笑着转过头去。

阴冷地望着萧炎的背影，柳翎缓缓吸了一口气。他看清了萧炎的唇语，那是在说："我等着。"

当清脆的钟鸣声在广场之上响起时，冲天而起的喧闹声悄然隐去。

听着在耳边徘徊的钟鸣声，法玛站起身来，缓步来到贵宾席最前面，目光扫过下方坐在青石台后的炼药师。此时，两千多名炼药师也抬起头，将敬畏的目光投向这位在加玛帝国炼药界拥有绝高声望的老人。

"我以加玛帝国炼药师公会会长的名义宣布，第七届炼药师大会——开始！"

轰！满场沸腾，欢呼声撼动九天！

第十二章
出师不利

站在贵宾席前台,法玛望着那沸腾的广场,半响,轻笑道:"现在,请所有的参赛者,进入自己的席位吧。"

虽然此刻的广场沸腾得连钟鸣声都难以听见,但是法玛那轻笑的声音,依然在每一个人耳边响起,可见这位德高望重的老人实力极为不凡。

听到法玛的话,贵宾席上顿时站起了不少炼药师。这些炼药师大多是一些实力不错的势力培养或者拉拢过去的,因为有背后势力的支持,总体来说,等级要比那些自由炼药师高上一些。

看台与下方广场之间足有几十米高,这些实力只是斗师甚至斗者的年轻人自然不敢直接跳下去,所以在贵宾席的走廊两旁,设有专门通向下方广场的楼梯,此时,他们正在无数目光的注视下,依次缓缓走下看台。

"呵呵,柳翎、月儿、岩枭,你们也去吧。由于你们在内部测试中成绩突出,所以那里的位置属于你们。"法玛手指指向广场中央,那里有十来个硕大的青石台,这些青石台不仅比其他的宽敞,而且连地基也比其他的高一些,如此特殊的

位置，自然能够让站在上面的人成为全场的焦点。"

顺着法玛所指，三人表情各有不同：柳翎在诧异之余有点兴奋；夭月表现出好奇与跃跃欲试；萧炎则愣了一下，旋即微微蹙起了眉头。以他的性子，并不是很喜欢这种大出风头的特殊位置。

法玛目光缓缓瞟过三人的脸，最后停留在萧炎身上，似是瞧出了他心中所想，温和地笑道："年轻人，懂得低调自然是好事，不过有些事，注定低调不起来。你既然来参加大会，便是想取得好成绩，而想要取得好成绩，从这两千多人中脱颖而出，那便少不了成为瞩目的焦点。既然迟早都会暴露，那晚与早，又有何区别？年轻的时候不干点狂妄桀骜的事，日后则没了回忆的趣味啊。"

"会长大人说的是。"苦笑着点了点头，萧炎也就不在这个问题上纠结了。

"好了，几位，下去吧。"法玛笑了笑，道。

"两位，我先行一步了。"柳翎率先应了一声，对着萧炎两人大笑道，旋即轻点地面，身体冲上高台的边缘，望了一眼下方宽阔的广场，身躯一跃，便在贵宾席上无数的惊讶声中，径直跳了下去。在即将着地之时，柳翎脚跟之处猛然喷出两股肉眼可见的斗气柱。借助斗气柱的卸力，他毫发无损地着地，然后在那满场火热的目光中，微笑着迅速走到广场中央。

"这家伙还真是爱炫，不要以为就你会跳啊。"夭月撇了撇嘴，娇躯一跃，竟然也直接闪出了高台，身体犹如落叶般，轻飘飘地优雅滑落而下，那美丽的姿态，宛若天女般。这漂亮的一手，无疑比柳翎更加引动人心，又因为夭月那娇俏可爱的模样，这次不仅贵宾席上响起一片赞叹声，就连对面的观众席上，也传出震耳欲聋的喝彩声。

"呵呵，加老头儿，没想到你竟然连自己的飞絮都教给了这个小妮子啊。我以前就说过，你那身法斗技，还是更适合女人。"望着夭月飘落的身形，法玛不由得转头对加刑天笑道。

"这身法斗技她还只是学了点皮毛呢，一味地追求美观，若是对敌，可就直接成人家的靶子了。"加刑天笑着摇了摇头。虽然嘴上这般说着，但是看其脸上的笑意，明显还是对夭月露的这手较为满意。

"嘿，小家伙，你也直接跳下去吧，这入场式，你可不能输给他们啊。"瞧见加刑天那副略微得意的面孔，海波东不由得翻了翻白眼，对着萧炎催促道。

"我还是走下去吧。"感受到那无数道目光汇聚在自己身上，萧炎摇了摇头，转身就欲从楼梯下去，然而海波东却猛地一挥手，一股无形劲气拂动而出，将猝不及防的萧炎扇了出去。

"哈哈，你别给我丢人了，下去吧你！"

"你个老家伙……"萧炎手掌急速地舞了舞，刚刚骂了一句，身体便在满场目光的注视下，猛地坠落下去。呼呼的风声在耳边急速地响起，由于海波东强行将他推出，导致他现在还是头朝下的姿势。听着耳边那剧烈的风声，他无奈地叹了一口气，双手动也不动，就这般任由自己垂直掉落。

广场之上，无数道目光愕然地望着那距离地面越来越近却依然没有丝毫反应的萧炎，一些胆小的少女赶忙捂上了双眼，生怕见到那血腥的一幕。

就在无数人瞪大眼睛，想着这个看上去似乎有些本事的家伙，会不会刚出场便化为一堆肉泥时，一直不动的萧炎终于伸开手掌，将之对准地面。瞬间，一股凶悍无比的无形劲气暴涌而出，狠狠地砸在坚硬的青石地板之上，顿时，一道裂缝从地板上蔓延开去。

借助劲气的反推力，萧炎骤然下降的身体放缓了许多，身体在半空犹如螺旋球一般，开始了快速移动。在每一次劲力即将消逝之时，萧炎都会随意拍下手掌，借助劲气所造成的上升气流与身体下坠力量的抵消而达到完美的平衡，他就这样旋转着向广场中央移动而去。

"啧啧，好精妙的气流掌控手法，如此年纪，居然便可不使用双翼而在空中移动，这可是一些斗王强者都办不到的事情啊。"望着那飞速螺旋移过广场的人影，加刑天与法妈脸上不由得浮现些许惊讶，赞叹道。

嘿，这家伙还真是让人意外，我原本以为他会使用他那飞行斗技的，没想到竟然还有这一手……海波东同样是满脸惊讶。虽然他知道萧炎的这种办法并不适用于真正的飞行，但是在现在这种场合下，无疑能够让很多人大吃一惊。

萧炎在下方两千多名参赛者目瞪口呆的注视下，迅速旋至广场中央，然后身体微屈，单手撑地，安稳落下。轻拍了拍手掌上的灰尘，萧炎缓缓站直，抬起头，望着观众席上那看不见尽头的黑压压的人头。

啪啪……震耳欲聋的鼓掌声、尖叫声瞬间响彻整个广场。大会还未正式开始，这个年轻人便为观众们带来了一个令人大开眼界的入场式。

贵宾席上，雅妃玉手托着香腮，美眸直直地盯着那站在广场中最显眼位置上受万众瞩目的青年，妩媚动人的脸上略微失神，眸间异彩闪烁：这个小家伙，真的不再是以前那个稚嫩少年了呢。

"还真的有一些本事，难怪太爷爷会如此赞叹他。"望着场中安静承受着无数喝彩的青年，夭夜低声喃喃道。

纳兰嫣然慵懒地坐在舒适的软椅上，望着萧炎在无数喝彩声中恍若未闻的淡然模样，俏脸忍不住柔和了许多。或许是因为与自己心中视若神明的老师待得久了，纳兰嫣然对这类与老师有些相仿气质的人，都会多几分好感。

木辰微眯着眸子，盯着场中的萧炎，半晌，偏头对着身后的木战道："他便是你所说的那个小子？"

"嗯，这家伙竟然敢和雅妃走得那般近，昨天若非纳兰嫣然阻拦，我定要他好看！"木战恶狠狠地道。

手指轻轻地敲打在干枯的手背上，木辰微微摇了摇头，缓缓地道："若你实在喜欢雅妃那妮子，可以用正常手段去追求，这个叫作岩枭的小子，你最好不要再去挑衅了，说不定，真要动起手来，你还不是他的对手。"

"可……"闻言，木战一急，刚欲说话，却瞧见木辰沉下来的脸，脑袋一缩，只得无奈地应"是"。

萧炎目光扫过，发现台上整齐地摆放着一份药材和一张薄纸。另外，青石台之前还镶嵌着一面玉镜，微弱的青红光芒闪烁着。

顺手拿过薄纸，萧炎目光扫了扫，有些愕然地发现，这竟然是一张二品丹药的药方，而且明显只是随意地将药材分量等一些东西抄上去，规格模式完全不符合正统的药方制作形式。

所谓正统的药方，需要使用灵魂力量阅读，这样方才能够使得阅读之人在最短的时间内，掌握这种丹药炼制时所需要注意的一切问题，而这张薄纸上只列出了大致的炼制方法，其中的细节居然完全需要自己去把握，这无疑让炼制丹药的失败率高了很多。更重要的是，石台上所摆放的药材分明只有炼制两份丹药的分量，也就是说，每个人都只有两次机会，如果在将药材完全消耗后，依然没有炼制出成品的丹药，那就只有退场。

"不愧是八年一届的大会。"萧炎苦笑着转头四望，发现很多炼药师脸上都有些苦意，不过夭月和柳翎倒是很平静，正微皱着眉头细细地阅读着薄纸上的内容。

轻叹了一口气，萧炎也只得将目光投注到薄纸上去。这种奇怪的考核，他从未试过，因此心中还真有些忐忑。

在萧炎收回目光时，柳翎便将目光投了过去，瞧见萧炎脸上还未消散的苦笑，低低冷笑了一声："哼，提炼药材能力出色又能怎样？我早就说过，大会可不是光比试那一项。接下来，便让我看看你如何在嫣然面前出丑吧，乡巴佬！"

接受过古河极为正统的教导，柳翎对于这次大会有着极足的信心。他要取得大会的冠军，然后便有资格追求心中的女神——纳兰嫣然。

巨大的广场上，所有参赛者都捧着薄纸，表情各异地细细阅读着，一时间，整个广场鸦雀无声。

安静的氛围持续了将近五分钟，一阵清脆的钟鸣声响彻广场。

听得钟鸣声,所有参赛者都不约而同地放下了手中物品,手掌一招,霎时间,上千座颜色形状各不相同的鼎炉,突然出现在了青石台上。

随着钟鸣声响起,法玛微闭着的眼睛也睁开了,目光扫过下方,平缓的声音响彻每一个人的耳边:"想必你们也看明白了一些东西,这第一轮的考核,便需要你们依照这不怎么完整的药方,炼制出成品丹药。你们每人有两次机会,两次之后,若丹药还未炼制成功,那么青石台上的玉镜便会自动亮起红光,红光闪动,人退场;在对面的墙壁上,有一个巨大的沙漏显示比赛时间,在沙粒漏撒完毕之时,依然没有炼制出丹药者,同样算失败——都清楚了?"

"是!"下方广场上,上千道声音,犹如闷雷般轰鸣。

"既然如此,那么第一轮考核,现在开始!"

法玛微笑着,猛然挥下举起的手臂。这一刻,巨大的广场上,上千朵火焰犹如烟火一般突然出现,壮观的场面,让人热血沸腾!

站在青石台前,萧炎将面前的那尊赤红鼎炉稍稍推开了一点儿。现在的他,并没有和其他炼药师一样立刻将火焰召唤出来进行炼制,而是安静地捧着那张薄纸,微皱着眉头,仔细地研读着上面那些资料。

磨刀不误砍柴工,这点道理萧炎还是明白的。机会只有两次,任何一点儿疏忽,都会造成失败。

这次考核所需要炼制的丹药是一种名为生骨丹的二品丹药,顾名思义,这是一种用来治疗那些颇重伤势的丹药。这种疗伤性的丹药,一般来说都不算太珍贵,生骨丹放在市面上,恐怕也就值几百或者上千金币而已,与那些能够提升斗气以及有其他作用的丹药相比,显得有些寒碜。

炼制生骨丹总共需要六种药材,在所有二品丹药中,倒也不算复杂。不过这种生骨丹,明显是公会特意配制出来的新型疗伤药,所以即使萧炎见识过不少疗伤药,也依然对其有些陌生。

疗伤药虽然五花八门，稀奇古怪，但是所谓殊途同归，这些疗伤药炼制的大致程序相差不大，只是复杂程度不同而已。况且炼制这种丹药的步骤也不是极其烦琐，只要炼药师的实际操作能力不弱，还是能够顺藤摸瓜地摸索出生骨丹的炼制方法的。所以，即使药方不全面，可只要顺着感觉来，应该还是能够成功的。

将薄纸上的所有资料全部记在脑中，萧炎缓缓闭目，片刻后方才睁开眼睛，轻吐了一口气，将薄纸放在台上。他转头望了望，发现夭月与柳翎已经在催动火焰，开始着手炼制了。

两人药鼎中所催动的火焰都是深黄色，这是完全用斗气催化出来的火焰。不过萧炎相信，这应该并非两人的真正实力，他们应该都隐藏着底牌。以他们的身份，拥有底牌是极为正常的事情。

这两人，不管脾气性子如何，可实际操作能力的确很强！萧炎在心中轻叹了一口气。自打开始接触炼药术以来，满打满算，他也不过才学习了三年时间而已，而对夭月、柳翎这种从小就在老师身边接受培养的人来说，某些方面，他自然有些追赶不及，毕竟就算他是天才，也不可能在这般短的时间内追赶上别人十几年的成就。也正因如此，即使是夭月这般年纪便达到了三品等级，萧炎也没有受到丝毫打击。对方天赋本就不弱，加之接触炼药术多年，有如此成就，并不出人意料。

此时，距离考核开始已经过去了十几分钟，巨大的广场上，时不时有红光闪烁，那些失败的炼药师只能面红耳赤地颓丧退出。对某些喜欢中规中矩炼制丹药的炼药师来说，这种剑走偏锋的考核，几乎是要了他们的命。

将暗红的鼎炉端正地摆放在自己面前，萧炎搓了搓手，手指一翻，一枚紫色的药丸便出现在双指之间。

屈指轻弹，紫色药丸径直弹射进萧炎嘴中，萧炎缓缓嚼动着。片刻后，他嘴巴猛地一张，一团紫色的火焰喷吐而出，旋即被萧炎握在了掌心。

"哇，紫色的火焰！"不论是贵宾席还是观众席上，都有无数人时时刻刻关注

着萧炎的一举一动，瞧得他忽然捣鼓出了艳丽的紫色火焰，当下场外响起一阵阵惊呼声。虽然偌大的广场上并不乏颜色稀奇古怪的火焰，但是萧炎那用嘴巴吐出来的奇异方式，吸引了更多目光。

"紫色火焰？"望着萧炎手掌上的那团紫色火焰，法犸微微愣了愣，旋即轻笑道，"这小家伙果然是有些底子啊。"

一旁的海波东却撇了撇嘴。与萧炎相处了那么久，他最清楚这个家伙的底细了，这种紫色的火焰，仅仅是萧炎所掌控的火焰之中最弱的一种罢了，另外那种阴冷的白色火焰以及轻灵的青色火焰，可是连他都有所忌惮的恐怖异火啊。

紫色火焰在萧炎手掌上犹如精灵一般灵活跳跃，片刻之后，萧炎手掌轻挥，紫色火焰直接被抛射进了药鼎之内，顿时，汹涌的紫火便在药鼎内升腾着燃烧起来，冰凉的鼎炉迅速升温。

当鼎内的温度升高到某一个界限之时，萧炎手掌贴在火口处，缓缓闭目，灵魂力量探出，控制着紫火的升腾。由于对紫火的控制力远远没有对青莲地心火那么精准，所以此时的萧炎，也只能用手接触着药鼎，方才能够精确地控制紫火，若是在此刻也像对青火那般离手操控，恐怕会立马失败。对于这只有两次机会的考核，萧炎实在是不敢冒险。

紫色火焰在萧炎灵魂力量的控制下，极为顺从地压制着自己的温度，没有丝毫反抗。片刻之后，萧炎手掌一招，石台上的一株药材便被吸进手中。他轻轻捏了捏，然后将之抛进药鼎，顿时，紫火翻涌而上，将其迅速包裹。

萧炎闭着眼睛，微皱着眉头，利用灵魂感知力缓缓地提炼着药材。炼制丹药，药材的提炼必须达到一个度，纯度高一点儿或者低一点儿，都会导致炼制的失败。也正因为如此，正统的药方才显得尤为重要，因为大多数正统药方上，都详细记载着对药材提炼纯度的要求。可惜萧炎现在并没有那般精准的药方，所以这一切都得靠他自己使用感知力来慢慢地试探。

这株低级药材的炼制，用了十多分钟，方才达到萧炎自认为可以的程度，此时,他才小心翼翼地将第二种药材投入药鼎。

借着投入药材的空当,萧炎瞟了瞟两边,发现夭月和柳翎虽然同样满脸凝重,但是手脚间没有丝毫慌乱,脸上也并没有任何失措的情绪,想来一切都在他们的掌控之中。

嘭!就在萧炎收回目光之时,前面不远处的一张石台上,烈焰熊熊的鼎炉因抵御不住炽热的高温,猛然间爆炸开来,其中正在炼制的丹药也被炸得粉碎,于是,无情的红灯刺眼地亮了起来。

被炸得头发焦黑、面目全非的炼药师傻傻地望着闪烁的红灯,半晌方才骂骂咧咧地退开,在无数道目光的注视下,咬牙切齿地向广场之外走去。在路过萧炎前方时,萧炎有些讶然地发现,这个失败者竟然是一名别国的三品炼药师。

有了这个前车之鉴,萧炎无疑更加小心,继续将药材一株一株谨慎地投入药鼎,然后耐心地试探着提炼的最佳纯度。

虽然这次的考核颇具难度,但是不得不说,前来参加大会的大多是有功底的人,当墙壁上巨大沙漏中的沙粒滑落了将近一半时,还有近半数的炼药师在场。

此时萧炎已经完成了对材料纯度的试探,接下来,则要开始融合各种提炼的药材,使之形成真正的生骨丹。这一步骤将会比先前的提炼更加烦琐,在这期间,稍有分神,恐怕便会导致药材毁坏,而如果药材被消耗完毕的话,那么萧炎就会被淘汰。

清楚这一步骤的关键性,萧炎早有准备地将斗气化为薄膜,遮掩在耳朵处,将外界的喧闹声都屏蔽了下去。随后,他吐了一口浊气,双眸再度闭上,手掌快速拿起石台上的一个玉瓶,将瓶里装着的他刚才从一株药材中提炼出来的精华,倒进了药鼎之中,紧接着,又迅速地将另外两瓶提炼出来的材料投进药鼎……

灵魂力量谨慎地控制着紫火,缓缓地熏烤着那些互不买账的药材粉末,它们在细微融合间所反映出来的特效,都会通过紫火中的灵魂力量,快速地回馈到萧炎的脑海之中,然后他便能够借助这些信息,来分辨融合的方向是否正确。

　　这种反馈分析是一种极其消耗精神的工作，不过好在萧炎现在需要分析的仅仅是一张二品药方，若是换作三品，甚至四品，别说他一个二品炼药师了，就是换成四品、五品的炼药师，也很难分析出来。毕竟，若是分析药方这般简单的话，那么药方也就不值钱了。

　　嘭！微皱着眉头，小心地感应着药材间的融合，某一刻，萧炎脸色忽然微变。药鼎之内，紫火猛地一阵翻腾，闷响声从药鼎内传出，那三种融合了大半的药材，顷刻间便化为漆黑的灰烬，药鼎内升腾的紫火也悄然熄灭⋯⋯

　　萧炎微张着嘴，懊恼地拍了拍头。由于精神过度集中，他竟然忘记了这紫火并没有后援支持，燃烧的时间顶多只有一个小时而已。

　　鼎炉内的闷响并不算小，距离萧炎不远的天月与柳翎很快将目光投了过来，当瞧得萧炎那没有火焰的药鼎时，皆是一愣。前者倒还好些，只是对萧炎露了一个爱莫能助的表情，而后者嘴角立马扬起幸灾乐祸的冷笑。

　　高台上，望着萧炎药鼎内的火焰忽然熄灭，法玛等人一愣，却并未说什么，只是安静地等待着。虽然火焰熄灭，但是萧炎台面上的药材还剩下一份，他还有机会。当然，他必须抓紧时间了，因为对面的巨大沙漏里的沙粒，已经只剩三分之一了。

第十三章
灰袍少年

  轻吸了一口有些炽热的空气，萧炎凝望着药鼎中的那些漆黑灰烬，微闭上眼睛，片刻之后缓缓睁开，忽然淡淡地笑了笑。虽然这次失手了，但是这生骨丹的炼制方法已经被他摸索出了大概，接下来，便应该是行云流水一般的炼制了。萧炎从纳戒中再次掏出一枚紫色药丸，放进嘴中缓缓地嚼动着，趁着这个短暂的空隙，他扫了扫周围，发现夭月和柳翎面前的药鼎内各有一枚丹丸的雏形，显然再过不久就可以成丹了。

  不错的速度，果然有狂的本钱……挑了挑眉，萧炎嘴巴微张，紫色火焰再度喷吐而出，然后注入鼎炉内。他双手静止片刻后，骤然开始了动作。只见他双手飞舞间，那摆放在面前的六个小玉瓶，竟然被他全部倒进药鼎之内。

  "竟然想要六种药材同时融合？这样虽然能够节约不少时间，但若是灵魂力量不够强，万一操作不过来的话，便是自寻死路啊。"望着下方萧炎的这般举动，法犸以及奥托那一干经验丰富之人，均低声喃喃道。

  目光紧紧地盯着火焰翻腾的鼎炉，萧炎用灵魂力量操控着紫火将所有材料分

隔开来，然后在熏烤中，材料缓缓地靠近着，逐渐有了融合的趋势。

巨大的沙漏中，沙粒飞速地漏撒而下。

铛！清脆的拍鼎声，在广场上响了起来。

柳翎率先手掌重拍在鼎炉之上，一枚浑圆的丹药飞射而出，然后被他跃身一把抓进了手中，脸上的得意难以掩饰。

铛！又是一声脆响，夭月纤手一招，一枚丹药从药鼎中射了出来。

铛，铛，铛……继这两声脆响之后，巨大的广场之上犹如起了连锁反应，上千枚形状不一的丹药，从药鼎中弹射而出，朝着天空飞去，然后被它们的主人兴奋地抓进手中。

时间要到了……目光死死地盯着那中央位置处依然闭目的萧炎，再瞧得对面那即将漏撒完毕的沙漏，奥托的手掌猛然握紧：这个家伙，每次考核都让人提心吊胆。

无数道视线都缓缓投射到了中央位置的萧炎所在处，望着那沙漏中哗哗而下的沙粒，所有人都想知道，这个站在最受瞩目位置的青年，是否能够在最后的关头，通过这一轮的考验。

沙漏之中，屈指可数的沙粒悄然坠落，当最后一撮沙粒即将滚落而下时，无论是观众席还是贵宾席之上，都响起了一片遗憾的嘘声。

铛！青年眼睛霍然睁开，手掌轻拍鼎炉，浑圆的丹药在最后一刻飞射而出，光彩夺目，让人目眩。萧炎手掌一招，将之收进掌心。

巨大沙漏之中的最后一点儿沙粒终于完全落下，顿时，偌大的广场之上，上百道红色光芒在那些还未炼制出成品丹药的炼药师面前的石台上亮了起来，那些炼药师只得将各自的药鼎收回，满脸颓丧地向广场之外走去。

萧炎环顾四周，错愕地发现，仅仅第一轮考核，竟然便把过半数的参赛者给淘汰了，这不得不令人感叹大会的严格与苛刻。

把玩着手中的那枚丹药，萧炎转过头，将目光投向一旁的柳翎，此时那个家伙正笑眯眯地抛着手中的丹药，满脸得意之色。瞧得萧炎望过来，柳翎将丹药稳稳地握在手中，冲着萧炎笑吟吟地道："岩先生，运气挺不错的啊，竟然在最后一刻把丹药炼制了出来。你可是内部测试成绩最佳者，若是连这关都过不了，那可真是玩笑开大了。"

瞥了一眼柳翎那嘚瑟的模样，萧炎淡淡地笑了笑，道："反正这东西只要是炼制出来，就算过关，第一刻与最后一刻，似乎也没什么区别。"

"岩先生这话可是有些自欺欺人了，能够在这有着众多优秀炼药师参赛的大会上，以最快的速度炼制出丹药，那也是一种无可否认的本事啊。"柳翎笑道，他自然不愿意因为萧炎一句话便将他的成绩给抹了去。

"呵呵，或许吧。"耸了耸肩，萧炎不再与他多费口舌，转过头向一旁的夭月笑着拱了拱手，然后便抬头望着贵宾席上的法犸，等待着他开口。

呼……贵宾席上，奥托重重地舒了一口气，用袍袖抹去额头上的冷汗，对着一旁同样满脸冷汗的弗兰克苦笑道："这个家伙，不管什么事，总是喜欢做得这般惊险万分，他难道就不知道替我们这些老家伙着想一下吗？这般惊心动魄，我们可没有他那么好的心脏啊。"

弗兰克同样是一脸苦笑，当然，苦笑之余还有一丝庆幸："不过还好，总算是赶在最后一刻完成了，不然的话，内部测试的成绩最佳者，如果连第一关都过不了，那可真的是丢人丢大了。"

奥托深有同感地点头：如果真是那样，他直接卷铺盖回黑岩城吧……

法犸站在前台位置，居高临下地俯视着场中剩余的参赛者，轻笑着点了点头，虚压双手，喧闹的场地顿时安静了下来。

"恭喜还站在广场中的你们，成功地通过了第一轮的大致测试，不过，还并未完全结束。"法犸微笑道，"大家想必也知道，有些狡猾的小家伙总喜欢搞些莫名其妙的东西，他们或许也成功地炼制出了外形看似浑圆的丹药，不过，那种没有丝毫疗伤效果的丹药，基本上与'丹药'二字没有丝毫关系。所以接下来，我

们便要测验你们所炼制出来的生骨丹，究竟是否达到了药方的要求。现在，请诸位参赛者，找到你们青石台左下角的一个绿色按钮，然后按下去。"

萧炎这才有些愕然地发现，青石台左下角原来还错落地分布着几个颜色不同的细小按钮。萧炎把手指放在绿色按钮之上，轻按了下去。

光洁的青石台忽然一阵细微地颤抖，一块石板缓缓地凸出台面，待升出半尺后，表面上的石板微微凹陷，最后露出一个细小的黑洞。

"这是一台测验机。将你们炼制出来的生骨丹投进去，若是达到了要求，台前的玉镜会亮起绿光；若是没有达到，则会亮起红光，那便代表着失败，失败的结局，便是退场。另外，绿光越盛，则说明你所炼制的生骨丹越符合药方所记载的特效；反之，红光越盛，那就说明你炼制出来的根本不是生骨丹，而是毫无半点效用的丸子。当然，如果它能充饥的话，也还是有点作用的……"

听到那响彻广场上空的幽默话语，观众席以及贵宾席上皆响起一阵笑声，而那广场中，不少炼药师的脸色忽然变了变。

"呵呵，好了，诸位，开始吧！"

手指轻轻地捏着浑圆的丹药，萧炎平静地望着那漆黑的测验机洞口，却并未急着投进去，反而将目光扫向四周。此时已经开始有炼药师将手中的丹药投了进去，之后不久，空旷的广场上赫然变得色彩斑斓起来，或强或弱的绿红两色光芒交织闪烁，分别映衬着欣喜与失落的脸庞。

"呵呵，岩先生，一起吧！"奀月抛着手中的丹药，忽然对萧炎笑道。

"随便。"萧炎无所谓地耸了耸肩，偏头望了望正注视着自己的柳翎，此时对方眼中的较量意味甚浓。

三人手中的丹药，几乎同时丢进了那漆黑的测验机洞口。

顿时，无数道目光都投向了这最引人注目的位置，所有人都很想知道，这三位明显算得上种子级别的选手，谁炼制出来的丹药会更胜一筹。

嘭，嘭，嘭！不过一瞬，细微的闷声便响了起来，三道璀璨的绿色光柱猛地自三人面前的玉镜中暴射而出，明显比先前场地中的任何一股绿光都要浓郁。

三道绿光，左边稍淡，右边略胜，而中间的那一道绿色光柱，绿得犹如翡翠一般，颜色极为诱人，引得观众席上的惊讶声音连绵不绝。

"呵呵，岩先生果然胸有成竹，虽然时间消耗最久，但是丹药效果最佳，月儿甘拜下风。"惊讶地望着萧炎面前的那道翡翠光柱，夭月摇了摇头，叹息道。

"侥幸而已。"萧炎随意地笑了笑，偏过头来，瞧得柳翎那略微有些阴沉的脸色，耸了耸肩，轻笑道，"抱歉了，柳先生。"

柳翎嘴角微抽，深吸了一口气，转过头去，死死地盯着那闪烁着绿光的玉镜，心中忽然有将之砸碎的冲动。

"呵呵，果然还是岩枭更胜一筹啊。"法玛轻笑道。

"先前若非紫火忽然消失，那小家伙想必早就赶在柳翎前面将丹药炼制出来了。嘿嘿，我早就说过，那小子的炼药本事，可不是这些毛头小子能比的。"海波东得意地笑道。

法玛笑了笑，刚欲说话，脸色却忽然微变，口中发出一声轻咦，目光在巨大的广场之上扫过，最后停留在一个偏僻的角落。那里，一个全身被包裹在灰色长袍中的人，正缓缓地将手中的丹药投入测验机。

"怎么了？"瞧得法玛的反应，加刑天一愣，疑惑地问道。

"那个人……"老眼微眯，混浊的眼中精芒闪烁，法玛手指轻轻地敲打在护栏之上，低声道，"似乎有点儿强呢……"

"哦？"闻言，海波东与加刑天皆有些诧异，目光瞬间转到那灰袍人身上，旋即皱了皱眉，疑惑地道，"没发现有什么不对啊。"

"你们不是炼药师，所以对灵魂力量的感应不是很敏锐。可在我的感应中，那个家伙的灵魂力量，恐怕比柳翎、月儿，甚至岩枭，都还要强许多。我记得，当年古河参加炼药师大会时，灵魂力量都没有他这般强。"摇了摇头，法玛紧皱着眉头，目光紧紧地盯着下方。片刻后，那灰袍人面前的石台上，璀璨的绿色光柱猛然射出，光亮程度甚至超过了萧炎的那柱。

突如其来的绿色强光，瞬间便把广场上的视线吸引了过去。萧炎微微一愣，旋即微皱着眉头，望着那将全身都包裹在灰袍中的神秘人。他没想到，在这个时刻竟然会莫名其妙地出现这么一个牛人，而且看其体形以及所站的位置，明显不是当日参加内部测试的人。

"难道是自由炼药师？"冥冥感知中，萧炎觉得这个神秘的灰袍人，恐怕会是这次大会最棘手的对手。

似是察觉到了萧炎的目光，灰袍人头颅微微抬起，露出了半截苍白的稚嫩面孔。斗笠遮掩间，一对闪烁着淡蓝光芒的眸子，带着些许冰冷，淡淡地望向萧炎。

"这家伙是谁？"愕然地望着忽然冒出来的强劲对手，夭月与柳翎皆满脸诧异，对视了一眼，满脸茫然。

"切米尔，给我他的资料。"贵宾席前台，法玛忽然转头对切米尔沉声道。切米尔迅速辨认出灰袍人所在的位置编号，然后从纳戒中取出一沓文件，快速地翻动着。半响后，翻动停止，一张薄纸所记载的资料现了出来。上面所绘的画像，正是那神秘灰袍人，还有着清楚的脸部特写。那是一张拥有一对蓝色眸子、脸色苍白而冰冷的少年面孔，不过十七岁，年轻得让人觉得有些诡异。

法玛拿过资料，微皱着眉头仔细阅读，片刻后脸色一变，道："是出云帝国的炼药师！"

严格说来，出云帝国与加玛帝国是经常交战的敌对国家，并且由于出云帝国对炼药师的死敌毒师很是青睐，这也使得加玛帝国的正统炼药师对他们少有好感。当然，最重要的还是每当两国开战，那些毒师便会采取一些下三烂的手段，在各种地方施用毒药、毒粉、毒液。每次大战，加玛帝国因此而死亡的战士人数，都是极为骇人的。另外，出云帝国中的炼药师并不反对毒师，有些甚至还能彼此合作，这也导致加玛帝国的炼药师，对这些几乎背叛了炼药界宗旨的家伙，感到愤怒与不屑。因此，当法犸瞧得那神秘灰袍人竟然来自出云帝国后，脸色才有些难看。

"这上面怎么写的是二品炼药师？以我刚才所感应到的灵魂力量，那家伙至少是四品炼药师！"瞟着资料上所记载的等级，法犸皱眉道。

"十七岁的四品炼药师？会长，您认为这可能吗？不管他再如何天才，可毕竟炼药术是需要时间以及经验累积的。"切米尔苦笑道。

"我的感应不会出错。"法犸摇了摇头，目光死死地盯着那张稚嫩的面孔。不知为何，他总觉得这张面孔有些怪异。

"难道他易容了？看他炼制丹药时的熟练手法，不像是一个十几岁少年所能具备的啊。"法犸低声喃喃着。

"易容的话，自然不可能不被我们察觉。"加刑天淡淡地笑了笑。说这话的时候，他的眼角不着痕迹地对着广场下方萧炎所在的位置扫了扫。他早已发现了萧炎的伪装，只不过并未点破而已。

"可那家伙把自己藏得严严实实的，我们总不好暂停大会，让他把斗笠掀开吧？那样别人会说我们加玛帝国的炼药师公会太过霸道无理了。"法犸无奈地道。

"他不肯掀开，便让我们帮他一把吧。"海波东站起身，来到法犸身旁，低声笑道。

"你……不会被人发现吧？"闻言，法犸神色一动，旋即迟疑地道。

"嘿嘿，虽然如今实力退步了一些，但是操控寒流，不知不觉间将那脆弱的斗笠冻成粉末，这点本事，我还是有的。"海波东轻笑道。他自然知道，若是让一个出云帝国的炼药师在加玛帝国的炼药师大会上夺得了冠军，那法犸等人得有多丢脸。

"这种需要精微操控的事，倒还真是海老头儿的冰系斗气来做最合适，我的斗气属性偏霸道，开山裂石可以，现在不行。"加刑天摇了摇头，道。

"也好……那便拜托了。"略微沉吟，法玛点了点头，低声道。

笑了笑，海波东眼睛逐渐虚眯，干枯的手指伸出袍袖，微微弹动着，淡淡的奇异波动悄悄地传了出去。

在海波东暗自动作之时，加刑天与法玛向他靠近了一些，看似在商量着什么，却刚好将周围的视线隔开。

"看来大会似乎出了点变故……"雅妃的眸子若有深意地望着前方不远处的海波东三人，低声道。以她这么多年所锻炼出来的眼力，自然能够发现，自从先前那一道绿色强光出现之后，法玛的脸色便有些不太好看，而且后面切米尔翻看文件的举动，也证实了她的猜想。

"嗯……那个神秘的灰袍人，貌似打破了大会的秩序。"夭夜与纳兰嫣然微微点了点头。雅妃所能发现的东西，她们两人也没有漏掉。

那个灰袍人炼制出来的生骨丹，似乎比岩枭他们三人的品质更高。原本以为这次大会是他们三人争夺冠军，没想到现在却突然跑出这么一匹黑马……雅妃微蹙着精致的黛眉，在心中无奈地道。

淡淡的寒流悄悄地在空气中穿行着，半响后，不着痕迹地萦绕在神秘灰袍人头顶上空，犹如几条肉眼不可见的冰蛇一般，悄然显露。

此时，灰袍人正缓缓地收拾着石台上的东西，突然，他移动的手掌猛然一僵，灰袍下的蓝色眼睛骤然一缩，脚掌重重一踏地面，身体就欲暴退。

"哼，哪里走？"瞧得那灰袍人似乎发现了寒流，海波东也有些诧异，旋即冷笑了一声，手掌猛然紧握，"破！"

嘭！那刚欲移动身形的灰袍人头顶之上的斗笠，忽然就化为一堆粉末落下，那张掩藏的稚嫩面孔，顿时出现在无数道目光的注视下。看台上的人发出了一道道抽冷气的声音，谁也没想到，这个取得第一轮最佳成绩的人，居然会是一个稚嫩的少年！

拥有蓝色眸子的灰袍少年伸手摸了摸头顶，片刻后骤然抬头，将冰寒的目光

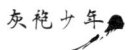

射向贵宾席前台的海波东三人。

"这个家伙绝对不简单,不仅能够发现我的寒流,而且还能借此感知到我的方位。"微眯着眸子望着那灰袍少年,海波东摩挲着下巴,冷笑道,"虽然不知道为什么他有这副稚嫩的少年面孔,但是他若真的只有资料上所写的十七岁的话,那我也就不用出来了,直接去隐居,了此残生吧!"

法犽与加刑天眼睛虚眯,缓缓地点了点头。

"这次的大会,变得越来越有趣了呢……"

灰袍少年轻拍了拍肩膀上残留的碎冰,抬头对着贵宾席上方的海波东等人露出一抹冷笑,嘴唇微动,看其口型,法犽等人能够清楚地辨认出他所说的是什么:"这次的大会,我要拿冠军!"

第十四章
再遇难关

"怎么样？看出他是否伪装了吗？"手指轻轻敲打着护栏，法犸淡淡地问道。

海波东与加刑天对视了一眼，旋即微微摇了摇头，沉声道："没看出来是易容。"

"那你们的意思是说……这人还真的是只有这点年纪了？如果真是这样，我觉得他成功地诠释了什么是真正的天才。与他相比，柳翎、岩枭他们的天赋，似乎变得极其平庸了。"法犸皱眉道。

"虽然看不出他究竟是否伪装，但是他的年纪绝不会是资料上所显示的那样……"海波东摇了摇头，道，"看他刚才对危险的那般敏感反应，可不像是一个十七岁的少年所能够具备的，反而更像是一个久经杀伐的战士。而且他能够将实力隐藏到现在才暴露出来，也足以看出他的定力、心性不一般。我实在是难以想象，一个十七岁的少年能够将这些都做得如此完美。"

"这个世界上，并非只有易容，才能将自己的面貌弄成这副模样。你身为炼药师，应该比我们更清楚，某些奇特的药材或者丹药，也有这种诡异的效果。"

加刑天低声道。

"的确有一些稀奇古怪的丹药能够把人的容貌变成年轻的模样,不过那些丹药无一不是极为稀罕之物,而且极难炼制。可若是谁真的得到了,除非他开口说出自己的年龄,否则恐怕外人难以分辨出来啊……"法犸点了点头,沉吟道。

"如果哪个老东西得到了这种能够将容貌还原成年少时模样的丹药,那岂不是可以瞒天过海地来参加大会了?那时候……年轻一辈还有哪个能够胜过他?这样看来,你们这大会,还是有一些漏洞的。"海波东皱眉道。

"你真以为那种丹药很容易炼制吗?而且那些老一辈的人,哪个会放下面子来做这种事情?万一被揭穿了,得有多丢脸?"法犸无奈地道。

"喏,下面就有一个……我现在可以肯定,这个稚嫩的外表下,绝对有着一个苍老的灵魂。"海波东摊了摊手,对着那灰袍少年扬了扬下巴。

"你肯定有什么用?总不能凭你一句话,便当着这么多人的面,将他强行驱赶出去吧?我们炼药师大会既然号称对所有炼药师开放,那么自然也包括出云帝国的炼药师。"法犸苦笑道。

"那你现在打算怎么办?若是让出云帝国的人取得了大会冠军,对你们公会的名声可是一个不小的打击。"加刑天皱眉道。

"还能怎么办?只能先继续进行大会啊,如果他失败了,那就能省去我们的一些心思了。而且岩枭这几个小家伙也不是省油的灯,或许能胜那个家伙呢。"法犸摊了摊手,道。

"看这情况,似乎有些困难。"加刑天摇了摇头,道。

"那可不一定……"海波东忽然咧嘴笑了笑,目光扫向场中的萧炎,"说不定还有惊喜呢。"

"希望吧。"法犸虽然嘴上这般说着,但是心里也的确没底。岩枭虽然能够算得上年轻一辈的佼佼者,但是那个神秘的灰袍少年,明显不属于这个年轻人的行列。

"先看看吧，实在不行，等今天的考核结束，找个机会把那家伙给……"海波东拍了拍法玛的肩膀，随意地挥了挥手，苍老的脸上有着淡淡的杀意。

法玛混浊的眸子微眯，半响，微微摇了摇头，叹道："还是算了，万一事情暴露，我们加玛帝国炼药师公会可就要臭名远扬了，这个代价对我们来说，实在太大！所以，这个险不能冒。"

"随你吧。"耸了耸肩，海波东不再说话，退后几步，懒懒地坐在椅子上，等待大会继续进行。加刑天也拍了拍法玛的肩膀，退回席位。

"那个家伙……竟然这么年轻？"萧炎三人同样有些震惊地望着灰袍少年那稚嫩的脸。他们并没有法玛等人那般眼力，因此瞧得对方的模样时，皆被震撼得说不出话来。

"那家伙是出云帝国的人！"夭月眼尖，忽然瞧见灰袍少年胸口处佩戴的徽章。徽章之上，一轮耀日正缓缓地从地平线上升腾而起，这个图案正是出云帝国的标志。

"出云帝国？"听得这个名字，萧炎微微一愣，脑海中忽然闪现出那个一身白裙飘飘的小医仙，她似乎便是去出云帝国了吧？

"竟然是出云帝国的人！这下可好玩了……"柳翎同样一怔，旋即喃喃道。身为丹王弟子，他自然清楚加玛帝国与出云帝国之间的瓜葛。

"一定不能让他得冠军！"柳翎望向萧炎与夭月，沉声道。

萧炎无所谓地耸了耸肩，因为没人给他灌输过这些，所以他对出云帝国倒没有太大的抵触。而身为皇室成员的夭月，则郑重地点了点头。

贵宾席前台，法玛缓缓地吐了一口气，混浊的眸子带着些许寒意地盯着下方广场中的灰袍少年，半响后，平淡的声音再度响彻广场。

"好了，既然大家都已经完成了测验，那么便开始第二轮的考核吧。移动你们的手指，按住石台左下角的那个红色小按钮。"

听得响彻耳边的声音，萧炎暂时将那灰袍少年的事抛在脑后，手指摸索着，将那红色的小按钮按了下去。巨大的青石台忽然出现一阵细微的颤动，先前那个凸出来的机器缩了回去，而整洁的台面上，一大堆摆放整齐的药材以及一卷药方缓缓出现。

"这一次的药方是正统药方，这是我们公会倾尽人力，花费几个月时间，方才制作出来的。而这次的考核，便需要你们按照药方，将丹药成功炼制出来。你们面前的材料，够你们炼制两次，也就是说，你们依然只有两次机会，药材消耗完毕，没有炼制出丹药，就代表你们失败了。"

闻言，萧炎一愣，旋即眉头微皱：按照药方来炼制丹药？这种考核……是不是过于简单了？这种按部就班的炼制，比第一轮考核还要简单许多。以大会的慎重，怎么可能会出这般简单的考核？

疑惑地摇了摇头，萧炎轻拿起药方卷轴，缓缓摊开，然后微闭着眸子，灵魂力量探出，扫描着药方上记载的资料。一项项精细的数据，以及各种注意事项，被快速而清晰地存进了萧炎的脑海——这便是正统药方的好处。

风行丹，三品丹药，效果：使服用之人在短时间内对天地间的风属性能量颇为敏感，可借此达到提升移动速度之效。

炼药师公会还真是大方，这种药方在市面上没有十万金币别想拿到，他们却这般白白送了出来……萧炎感叹着摇了摇头。丹药能够提升移动速度的效果，这让他有些诧异。

既是三品丹药，又拥有药方，炼制起来并不是很困难，这一次的考核……挺简单的啊，难道是因为先前刷人刷得太狠了，现在想要让人顺利点通关？

萧炎抬头向四周望了望，发现夭月和柳翎等人的眉头都略微皱起。显然，他们对于这次考核的简单程度也感到有些意外。

"管他究竟是何原因，先动手吧，能顺利通关，那自然好，倒也省得麻烦。"

　　低声喃喃着，萧炎将紫色药丸丢进嘴中，然后将紫火喷进药鼎之中。

　　在广场的偏僻角落，灰袍少年淡淡地望着手中的卷轴，嘴角噙着一抹讥讽的笑："小把戏……加玛帝国的炼药师公会，就这点能耐吗？"

　　贵宾席前台，法玛居高临下地俯视着，望着中央位置已经开火炼制的萧炎，微微皱眉，低声道："小家伙啊，凡事得小心。这种大会，可不是街边的比试，稍不留意，便是出场的结局啊。"

　　巨大的广场之上，在将药方阅读完毕之后，大多数炼药师都因为这次考核简单而有些喜形于色，他们快速地生火，开始准备炼药。

　　当然，这么多炼药师中，自然也不乏细心谨慎之辈。这次忽然变得简单的考核，也让他们感到有些意外，不过在看着药方迟疑了许久，依然没有发现任何不妥之后，他们只得无奈地摇了摇头，然后小心翼翼地生火。

　　萧炎紧紧地盯着炉中升腾的紫色火焰，待火焰温度升高之后，才缓缓地将一株药材丢入其中，然后微闭着双眼开始提炼。

　　在萧炎动手炼制之后不久，两旁的柳翎与夭月也微皱着眉头，开始生火炼制。有了详细的正统药方，以他们的实力，只要小心一点儿，炼制出风行丹并不是太困难的事。当然，这也要排除运气特别坏的情况，毕竟不管炼制什么东西，都不可能达到百分之百的成功率。

　　随着众人再次开始炼药，两边席位上的喧闹声也逐渐减弱了，一道道目光在场中那些炼药师身上扫过，望着他们举手投足间释放出一股股实质般的火焰，两旁观众皆满脸羡慕。

　　法玛的目光直直地锁定在广场偏僻角落处的灰袍少年身上。望着对方炼药时简直堪比公会中一些长老的娴熟手法，他皱了皱眉头，低声喃喃道："这般熟练的手法，没有几十年时间，是决计不可能拥有的，这个人果然很古怪……可为什么一直没有听说过出云帝国出现了高级炼药师？难道是新出现的？"

"先看看他能否过这一关吧。"叹息了一声，法玛将视线再度投向萧炎三人的位置，轻声道，"希望这三个小家伙也能通过……千万别马虎大意啊。"

随着时间缓缓流过，广场上一些实力不错的参赛者，已经开始将所需要的药材成分提炼了出来。在略微踌躇了一下后，他们一咬牙，将精华成分倾倒进药鼎之内，开始了最后的炼制。

萧炎因为有些担心突然出现问题，所以这一次，他的提炼速度颇为缓慢，以至于很多参赛者都将药材成分提炼出来了，而他还不急不缓。

"似乎没什么问题。"萧炎望着那在紫火的熏烤中已经化为一堆淡紫粉末的材料，喃喃了一声，将鼎盖掀开，把淡紫粉末吸出，然后装进玉瓶之中。

目光缓缓地从面前的九个玉瓶上扫过，炼制风行丹所需要的材料，已经提炼完毕，接下来便是最后一步融合了。

手掌缓缓地抚摸着表面温凉的玉瓶，萧炎沉吟了片刻，终于不再迟疑，手掌一挥，就欲将玉瓶之中的材料投进药鼎。然而正值此时，一声闷响忽然自其身前不远处的一座青石台上传出，萧炎抬眼一望，一个炼药师正傻傻地望着从药鼎底部排出来的一堆漆黑的灰烬，很明显那是炼制失败的产物。

"怎么可能？我不是完全按照药方来的吗？怎么会失败？"炼药师低声疑惑地喃喃道。片刻后，得不到答案的他，只得将这次的失败归结于自己在操控火候时的疏忽。于是，他迅速将灰烬清除，然后轻车熟路地将最后一份药材投入药鼎中进行提炼。

微眯着眸子望着那名炼药师的举动，萧炎那握着玉瓶抬起的手却缓缓落了下来。这名炼药师，萧炎在内部测试时见过，具备三品炼药师实力的他，按照常理来说，在炼制三品丹药时，应该不会出现火候控制不当的低级错误。

"有点儿不对啊。"低声喃喃着，萧炎努力让自己静下心来，目光向两边瞟了瞟，发现夭月与柳翎已经开始将材料进行融合了。

随着时间的推移，巨大的广场之上，轻微的闷响声接连不断地响起，那些失

败的炼药师都满脸错愕地望着从药鼎底部撒落的漆黑灰烬，茫然的眼神显示他们并不知道自己哪里出问题了。观众席上也开始响起窃窃私语。

嘭，嘭！又是两声轻微的闷响从萧炎两旁传出，他转头望了望，瞧得柳翎与夭月那难看的脸色，缓缓地吐了一口气。

"似乎有点儿不对劲！"贵宾席上，雅妃愕然地望着场中面面相觑的炼药师们，轻声道。

"的确不对。虽然我并非炼药师，但是也知道，按照药方来炼制，无疑能够极大地提高成功率，可下面的这些人，包括柳翎以及小公主，好像都失败了。"纳兰嫣然微蹙着黛眉道。

"这考题……似乎内藏玄机。"夭夜修长的右腿搭在左腿上，凝望着气氛有些古怪的广场，说道。

嘭！又是一声闷响从萧炎前面不远处传来，那名先前失败的三品炼药师，这次的融合依然以失败告终，此时的他，正满脸铁青地望着从药鼎底部撒出来的漆黑灰烬。

在这次声音响起之后，这名三品炼药师石台前的玉镜猛然亮起了红芒。显然，因为两份材料用尽，他已经失去了继续参赛的资格。

广场上，一道道目光望着这名率先出局的炼药师，一些本来冲动地打算立刻重新炼制的人也被吓得静下心来，不敢再随意浪费这最后一份材料。

浑身颤抖着，这名三品炼药师脸色铁青地收起自己的药鼎，然后带着满腔的不解，怒气冲冲地向场外走去。在路过萧炎时，萧炎能够模糊地听见他那不甘的自语："奇怪，怎么可能又失败？我的火候明明掌握得很好啊，可为什么它们就是不融合？"

目送着这名炼药师离开，萧炎轻抚着温润的玉瓶，微眯着眸子，半晌后，忽然将瓶中的材料倾倒进药鼎之中。他现在需要自己来感受一下，究竟是什么原因，使得参赛者无法成功地将丹药炼制出来。

紧紧地盯着翻腾的紫色火焰，萧炎有条不紊地将面前的九个玉瓶中所盛的材料，一种接一种地投入药鼎之中，然后控制着紫火，将之分隔开，最后，深吸了一口气，开始极为小心地融合。

因为有了那么多人的前车之鉴，所以萧炎此次几乎比任何时候都要仔细与谨慎，灵魂力量喷涌而出，覆盖着每一寸紫火，让每一种药材融合时所产生的反应，都极为准时地送回到他的脑海之中。

在萧炎开始生火融合时，周围的柳翎、夭月等炼药师都将目光投注了过来。在没有办法的情况下，他们只能期待这个取得了内部测试最好成绩的青年，能够破解这道难题了。

没有理会周围的目光，萧炎全神贯注地控制着紫火。在紫火的熏烤下，一种种材料，正在顺利地融合着。

三尾风叶……融合顺利！云草……融合顺利！离土果……融合顺利！……厚土芝……萧炎眉头忽然皱了皱，脸色骤然一变，药鼎中升腾的火焰一阵剧烈翻腾，旋即一声轻微的闷响从中传出，些许黑色灰烬撒落而下。

"唉！"听得这闷声，周围的人皆发出失望的叹息。

萧炎望着石台上的漆黑灰烬，伸手拈起一点儿，放在指尖捻了捻，脑中飞快地闪现着刚刚在融合时，通过灵魂力量传送过来的一些不太正常的波动。

沉默了片刻，萧炎捻动的手指猛然一僵，目光霍然停在石台上的那卷药方之上，微抿着嘴唇，手掌紧紧握了起来，轻声喃喃道："药方有问题……"

"嘿，一群庸才！"安静的广场上，一道讥讽的低笑声忽然响起。目光顺着声音瞟去，萧炎发现，那出声之人竟然是偏僻角落处的灰袍少年，此时他面前的石台上也有一堆黑色灰烬，看来他的第一次炼制同样失败了。

灰袍少年并未理会那些充满怒意的目光，嘴角噙着一抹冷笑，忽然快速地将桌面上的最后一份药材丢进药鼎之中，淡淡的笑声在广场中回荡着："看来这一轮似乎是我领先了，加玛帝国的炼药师也不过如此。"

　　说话间，灰袍少年手上速度并未减缓半点，一株株药材在火焰中被迅速提炼着，看他那模样，似乎已经清楚了先前失败的原因所在。

　　微皱眉头望着那丝毫不掩饰自己狂妄的灰袍少年，萧炎忽然冷笑了一声，平静的声音同样在广场上空回荡着："那可不一定！"

第十五章
你追我赶

听得这声音,灰袍少年手掌忽然一顿,抬起头来,冰冷的蓝色眸子瞥向萧炎,嘴角一挑,嘲讽之意甚浓。

没有理会灰袍少年那不屑的目光,萧炎猛然转身,手掌一挥,桌面之上的最后一份药材被他全部甩进药鼎之中,旋即右掌缓缓举起,略微沉寂之后,飘逸出尘的青色火焰,终于在无数道震惊的视线中,霍然浮现……

"他竟然拥有两种火焰!"虽然观众席上的很多人都不是炼药师,可不同的火焰不能相融的基本常识,大多数人还是懂得的,但是面前的萧炎却用事实打破了他们的认知。

相比周围席位上的观众,广场上的炼药师无疑感到更加震撼,因为身为炼药师,他们比任何人都明白,两种火焰出现在一个人身上,会是何等的危险以及不可思议。要知道,火焰本就是狂暴之物,两种狂暴的东西接触在一起,它们所爆发出来的炽热,足以将它们的主人焚烧成一团灰烬。因此,当他们瞧见萧炎竟然召唤出了一种似乎比紫火还要凶猛的青色火焰时,脸上皆布满愕然。

"这个家伙,果然还留有底牌。"夭月美眸闪烁,低声喃喃道。

这应该便是他所掌握的异火吧?没想到竟然是真的……缓缓地吸了一口因为青色火焰的出现而变得有些炽热的空气,柳翎在心中暗自沉声道。

"那是……"贵宾席前台,法犸错愕地望着那飘逸的青色火焰,半响,眼瞳微缩,低声道,"那是……异火?这小家伙竟然拥有这种东西!"

"嘿嘿,我先前便说过,不要小看他,他的底牌,可是能让人目瞪口呆的。"非常满意法犸震惊的神情,海波东笑吟吟地道。

"不简单啊!如此年纪便拥有并且驯服这种即使连法犸、古河这等人都垂涎的东西,真是让人诧异。"青色火焰的出现同样让加刑天一脸惊异。身为斗皇强者,他自然最清楚这种大自然的神奇之物拥有何等恐怖的力量。当年他曾经与一名拥有异火的强者战斗过,虽然对方真实实力远远逊色于他,但是那威力无穷的异火,依然让他吃尽了苦头。

呼……法犸缓缓地松了一口气,将目光投向灰袍少年处,微笑道:"看来这一轮考核,那个家伙想要取得最佳成绩,还是有一些难度的啊……"

"青色火焰……"贝齿轻咬着红唇,雅妃叹息着摇了摇头。她实在有些想不通,短短两年时间,这个当初稚嫩的少年,究竟经历了什么,为什么能够在这般短暂的时间内,犹如飞跃一般,成长到连斗皇强者都惊叹不已的地步。

难道……都是因为她?微微偏头,雅妃盯着一旁的纳兰嫣然,在心中喃喃。

"难怪太爷爷这般重视他,原来他还拥有这种让人震惊的底牌。"修长白皙的右腿轻轻地晃动着,夭夜俏脸上的表情略微有些释然。

凝望着那几乎成了全场焦点的青年,此时的他,无疑已经成为唯一能够与那位神秘灰袍少年相抗衡的加玛人。以一己之力,力挽狂澜,这种豪情,方才是大丈夫大英雄所有……纳兰嫣然微抿着红唇,心中这般想着。

外界的各色目光并未让萧炎有丝毫动容,此时,他正全神贯注地凝视着药鼎,鼎内的紫色火焰已经消失,取而代之的是那飘逸的青色火焰。

手掌快速地在石台上闪过，八种药材，被萧炎一股脑地丢进了鼎内，不过那药方之上的最后一种药材厚土芝，却被他从炼制中剔除了。

在先前的那番感知中，萧炎已经彻底发现了此次考核的问题。那么多炼药师之所以不能成功凝结成丹，完全是因为这种名为厚土芝的药材根本就是多余的。正是这份多余的药材，才导致最终的融合失败！

质疑药方，需要勇气与魄力。一些传统炼药师，太过相信药方的正统，因此无论怎样失败，都难以将问题产生的原因归结到药方上。他们只会认为，一定是自己在掌握火候或者提炼成分的某一处出现了错误，而有着这种思想的人，在这种考核中，无疑会一败涂地。萧炎并不缺乏勇气与魄力，所以他找出了药方的问题所在，也因此，他方才能够抓紧时间与那神秘灰袍少年一较高下。而其他人，包括夭月甚至柳翎，则只能沦为看客。

巨大的广场之上，只有两处炉火还在升腾着，场中所有人的目光都在这两个地方来回扫视，而萧炎与灰袍少年，也正在这些视线的注视下，争分夺秒地提炼着几种材料。此时，萧炎的手掌已经完全脱离了药鼎，在距离药鼎一尺之外，修长的十指犹如跳舞一般，灵活地在身前翻腾跳跃。凭借着对青莲地心火的掌控能力，萧炎完全能够达到隔空控制温度的地步，若是光论炼制丹药时谁的动作更优雅更有魅力，无疑萧炎更胜一筹。

快一点儿，快一点儿！夭月在心中对着萧炎的方向不断催促道。身为皇室中人，她自然不希望一个外国人在加玛帝国的大会中取得最佳成绩，那无疑会给加玛帝国这次参加大会的炼药师狠狠一记耳光。

"那家伙的提炼速度太快了，虽然火焰远远逊色于岩枭的，但是经验极为老到，没有在任何地方浪费哪怕一秒的时间。相比起来，岩枭在这方面吃了不少亏，不过好在有异火的帮助，不至于落后，只要再快一点儿，应该还能超过他的。"柳翎目光紧紧地注视着远处灰袍少年的一举一动，再望着萧炎，眉头微皱地说道。他虽然心胸不算开阔，但是毕竟也是加玛帝国的人，这种时刻，他清楚

地知道,若让那个灰袍少年取得了最佳成绩,对他们这些参赛的炼药师将会是何等嘲讽。

萧炎两人,此刻无疑已经成为所有人关注的焦点。

嘭!随着一声手掌拍击石台的闷响,灰袍少年嘴角噙着冷笑,手掌翻转,八股颜色不同的粉末和着黏稠液体,自鼎中飞射而出,被灌进了摆放整齐的玉瓶之中。紧接着,萧炎的手掌也猛地一拍石台,八缕青色火焰自鼎内暴射而出。袍袖挥动,火焰猛然对着身前的八个玉瓶灌射而去。在即将进入瓶口的刹那,火焰骤然消失,一股股颜色各不相同的粉末以及液体,倾洒而下。

在将材料提炼完毕之后,萧炎借着材料冷却的空当,偏过头向灰袍少年的方向望了望。灰袍少年感应到萧炎的目光射来,抬起脸,露出讥讽的冷笑:"嘿,你慢了。火焰好,又有何用?"

面无表情地收回视线,萧炎没有表露任何情绪,略微沉寂之后,袍袖再度挥动,面前的八个玉瓶猛然爆裂,所有提炼好的材料都被吸纳上半空,然后扇进药鼎之中,顿时,青色火焰猛然升腾,开始了最后的融合。

在萧炎动手的前一瞬,灰袍少年已抢先一步将玉瓶中的材料投入药鼎。

两个药鼎中炉火升腾,八种药材缓缓融合,等待着最后成丹。

"好一场争分夺秒的龙争虎斗!"两人那不超过五秒的时间间隔,无疑让两边席位上的很多人感到热血沸腾。

"法老头儿,你说,谁会最快成丹?"海波东此时也被场中激烈的比拼吸引得站起了身子,笑眯眯地道。

"不好说啊,虽然岩枭有异火优势,但是因为年纪的关系,在经验方面,似乎远远比不上那个诡异的家伙,因此两相抵消,谁胜谁负,还真的难以预料。"法犸摇了摇头,叹息道。

那家伙确实挺难缠的……海波东在心中嘀咕道。

萧炎不会真输吧?就算如今灵魂力量大损,可他毕竟曾是能够炼制出六品丹药的大师啊，水平不会降得这么快吧？

广场上，萧炎两人皆死死地盯着翻腾的炉火，颜色各不相同的火焰，将两人的脸映照成青黄两色。

"丹药要成形了！"嗅着从药鼎中忽然弥漫而出的淡淡药香，非常清楚这代表着什么的柳翎等人，精神顿时紧绷了起来。

"岩枭的快成了……"法玛干枯的手掌紧握着栏杆，皱眉低声道，"不过对方也紧跟着，随时都会反超……"

紧紧地抿着嘴，萧炎漆黑的眸子中跳动着青色火焰。药鼎中，一枚浑圆的丹药正在滴溜溜地旋转着。

这样下去，距离拉不开……眼睛虚眯着，下一刻，萧炎手掌忽然重重地砸在药鼎之上，顿时，那尚未完成最后温养的丹药，便带起一团青火，猛然冲破鼎炉，暴射而出。

"莽撞！虽然是最后一步，但怎么能提前让丹药出炉呢？初生丹药一旦接触到空气，其内未完全凝固的成分，说不定就会解体啊！"望着萧炎这突如其来的举动，法玛紧握着栏杆怒声道，栏杆猛然爆裂。

没有理会周围的目光，萧炎脚掌一蹬地，身体暴闪而起，手掌一探，便将那包裹在青火之中的丹药抓进掌心，一股凶猛无比的青色火焰猛然自萧炎掌心升腾而起，那尚未完成最后一步温养的丹药，瞬间变得稳固下来。

身体闪落而下，萧炎屈指轻弹，丹药化为一道光影，射进玉瓶之中，绿色的光芒，振奋人心地从萧炎面前的玉镜中率先亮了起来。

"疯子！"广场偏僻角落，原本面带冷笑的灰袍少年脸色猛然间变得铁青，他没想到萧炎竟然会如此疯狂。若是让未完全稳固的丹药接触到空气，那么他先前的那些努力就会瞬间化为乌有，而这种大胆的疯狂举动，仅仅是为了把紧跟在后面的对手甩掉。

铁青着脸，暴怒中的灰袍少年一掌将面前的玉瓶拍成粉末，半响，方才脸色

阴沉地重拍鼎炉。丹药飙射而出，旋即被收入玉瓶，然而此时距离萧炎成功已经过去了足足一分钟时间。

广场之上安静的气氛因为萧炎的疯狂而持续了一分钟，之后，排山倒海的欢呼声、尖叫声，猛然间犹如洪流一般，将偌大的广场震得微微发颤。

握着玉瓶，萧炎缓缓地松了一口气，抬头望着两边沸腾的人群，平静的脸上露出一抹淡淡的笑容。

"哈哈，小家伙，好样的！"兴奋的法玛忍不住对着广场上的萧炎大笑道。虽然刚才被萧炎的疯狂举动气得不轻，但是不管过程如何，萧炎现在真的取得了胜利，而且，这个胜利还远远将对手抛在了身后。

"真是个疯狂的家伙……"雅妃与夭夜对视了一眼，在松了一口气之余，也为萧炎那赌徒般的性子苦笑不已。

"虽然疯狂，但是并非凭着热血一味莽撞。在那种时刻，恐怕他是因为有把握，才敢有这般动作吧。"望着在无数欢呼声中淡淡微笑，显得从容洒脱的青年，纳兰嫣然柔声笑道。虽然这还只是第二轮考核，但是他所引动的高潮气氛，已经远远超过了往届的最后一场。

"岩先生，恭喜了……不过以后拜托别做那种疯狂举动了，万一失手……"对着萧炎拱了拱手，夭月微嗔道。

"这一次，你的确很出色，不过最后一轮，我也不会再有所保留。"柳翎对着萧炎耸了耸肩，他此时的表情勉强可以称为友善。

笑了笑，萧炎并未回话，转过头来，将目光投向那脸色阴沉的灰袍少年，竖起拇指，再倒过来，一直平静温和的脸，终于露出了一分属于年轻人的桀骜。

铁青着脸望着萧炎的举动，灰袍少年阴冷地哼了一声，嘴唇蠕动着："别得意，最后一场，我们再来一较高下！到时，我不会再有丝毫留手！"

对于他的威胁，萧炎无所谓地摊了摊手，收回目光，瞧见周围那些还将目光投注在自己身上的炼药师，略一迟疑，旋即默默地拿起石台上残留的一株厚土芝，随意地丢开。周围的炼药师一愣，半响，一些想明白了问题所在的人脸上逐渐显露狂喜，对着萧炎投去感激的目光，赶忙抓紧时间炼制了起来。

萧炎眼角瞟了一下对面墙壁上已经快要漏完的沙漏，耸耸肩，低头整理起石台上的物品，至于他们能不能赶在最后一刻将风行丹炼制出来，便不是他操心的事情了。

随着时间缓缓推移，广场上那震耳欲聋的欢呼声也逐渐弱了下来。在经过这般高度兴奋之后，观众方才意犹未尽地将目光投向了那些还在广场上忙碌的炼药师。

夭月和柳翎面前的绿光率先亮了起来，两人将丹药丢进玉瓶，对视了一眼，皆松了一口气。之后，陆陆续续开始有绿光闪烁，不过更多的依然是红芒。

受到萧炎提点的，仅仅局限于他周围一些运气好的炼药师而已，而那些远处的参赛者，依然茫然地望着石台上的材料，只要是加入了厚土芝的，没有丝毫意外地全部以失败告终。同时，这风行丹属于三品丹药，等级在二品左右的炼药师只有寥寥两三人侥幸通过，一些初入三品的参赛者同样因为大意而失败。

在这样有些苛刻的条件之下，当墙壁上悬挂的沙漏中的沙粒完全漏撒而下时，宽敞的广场上，竟然只有一百多人还留在其中。

接下来便是例行的测验。因为有异火相助，所以这次的丹药效果最佳者自然非萧炎莫属。其次便是那灰袍少年，再往后是夭月、柳翎等实力不弱的三品炼药师。此时天色已经逐渐暗了下来，一弯月牙从天边缓缓显露，照耀着灯火通明的帝都。

"各位，今日的大会便到此为止吧，请诸位好生休息，明日，将开始我们大会的最后一轮考核，也是决定冠军的重要一局，所以，各位可千万不要因为其他事情而缺席，不然的话，那可是会终生遗憾的。"法犸朗声笑道。

听得法犸宣布今日的考核结束，广场上的众人包括萧炎，顿时长长地松了一口气。这两轮考核下来，实在让人有些疲惫。

将药鼎收回纳戒,萧炎忽然抬头瞟了瞟,见那灰袍少年已经收拾好东西向广场之外行去,临走时还不忘向萧炎丢去一个冰冷的眼神。

萧炎揉了揉额头,将东西收拾完毕后,也随着参赛人群挤出了广场。他深吸了一口清爽的空气,紧绷的精神舒缓了一些,刚欲抬脚走人,悦耳的柔声忽然从身后传来:"岩先生,恭喜了。"

转过头来,萧炎望着那拥出来的一大群人,走在前面的便是纳兰嫣然、雅妃和夭夜,在她们身后,纳兰桀等人也正谈笑着走过来。

瞥了一眼笑靥如花的纳兰嫣然,萧炎摇了摇头,道:"运气好罢了。"

对于萧炎的谦虚,这段时间纳兰嫣然已经见怪不怪。她微微笑了笑,拉着雅妃与夭夜,冲着萧炎笑吟吟地道:"大公主说了,今夜替你与柳翎、小公主摆酒庆贺,不知……"

闻言,萧炎一愣,旋即苦笑着摇了摇头,带着歉意说道:"抱歉了,大公主殿下,今日实在是太累了,明日还有最后的考核,所以恐怕分不出时间前去赴宴了。公主的心意,在下心领了,告辞。"

说完,萧炎对着夭夜拱了拱手,不待她回话,便转身大步走开,在三个女子错愕的目光中,挤进人群,消失不见。

顺着街道,萧炎一路朝着旅馆走去,沿途那些崇拜的目光让他有些头疼,他不得不加快脚步,转过几条街,最后蹿进了旅馆,直奔自己的房间。

他将房门关好,背靠着房门,这才长长地吐了一口气,揉了揉额头。两轮考核,虽然看似简单,但是暗藏的玄机让萧炎大为伤神,加上最后与那灰袍少年比拼速度,更是让他疲惫不堪,控制异火本来就是一件极为耗神的精细工作。

甩了甩头,萧炎走进屋子,在脸上扑了一些冷水,感觉清醒了许多,然后快步进入内厅,在床榻上盘腿坐下,强忍着一头倒下就睡的冲动,眼睛微闭,双手结出修炼的印结,深吸了几口气,努力使自己的气息平稳下来,最后缓缓进入修炼状态。

经过这些年的历练，萧炎早已清楚，在精神疲惫之时修炼，能取得事半功倍之效。不管天赋如何超凡，想要成为强者，都需要日积月累。药老曾经说过，只有厚积才能薄发，这才是强者正统之道，萧炎也深以为然。

随着萧炎逐渐进入修炼状态，略微起伏的胸膛也悄悄变得平稳，好一会儿之后，方才有细小的起伏。而此时，周围天地微微波动，一缕缕肉眼可见的能量气流，顺着萧炎的呼吸灌注进身体，最后炼化为精纯的能量，浸润着身体内的经脉、骨骼、细胞……萧炎能够清晰地察觉到，精神上的疲惫正如潮水般退却。

当修炼持续了将近两个小时之后，犹如木桩一般坐在床榻之上的萧炎，手指忽然轻轻颤了颤，眸子缓缓睁开，漆黑的眸间，精芒闪逝。

嘴巴微张，一口有些偏黑的浊气被喷吐了出来，含着淡淡的刺鼻味道。

萧炎扭了扭脖子，低头望着右手那隐隐发黑的中指，眉头微微皱了皱，低声道："该死的东西，简直如同附骨之疽一般，这次的祛毒，不知道究竟是赚了还是赔了。"

虽然萧炎有异火护体，但是任谁知道自己体内存在这种能够让人瞬间毙命的剧毒，想必也不可能真正做到无视它吧？

"唉，或许只能等到老师苏醒后，才有办法解决这东西。"苦笑着摇了摇头，萧炎一头倒在温暖的床榻上，喃喃道，"等明日的大会一结束，再给纳兰桀祛最后一次毒，想必他便能痊愈了，而到时候……三年之约便到期了。"

微抿着嘴唇，萧炎忽然轻叹了一口气。

三年时间，当初那个娇蛮无理的少女，如今也已经成熟了许多。以前，萧炎以为自己再次见到纳兰嫣然时，定然会愤怒得难以掩饰自己的情绪，然而这一次的见面，或许是由于使用了岩枭的身份吧，他发现自己竟然冷静得几乎与从未见过她一般。这段时间，他犹如陌路人，冷眼旁观着她的举止谈吐。

三年时间，当初那个稚嫩的少年同样也变得成熟稳重了起来。当年萧家退婚的那场闹剧，在现在的他看来的确很滑稽，可偏偏并未再有多少当年的愤怒。当初会有那般激烈的反应，或许是因为正处于废物之名下，在家族中饱受嘲讽与白眼，而纳兰嫣然的强势退婚，正好在那颗脆弱敏感的心上狠狠地砍了一刀。

至少在萧炎现在想来，如果当初他一直保持着自己的天赋，没有经历变成废物的挫折，那恐怕当日纳兰嫣然前来退婚，他也不会感到多愤怒。不过，他也同样能够肯定一点：若是没有那几年的废物经历以及纳兰嫣然的退婚之举，他萧炎，也绝对不可能以二十不到的年龄，走到今天这令无数人刮目相看的一步。

想着那些几乎能够改变日后走向的事情，萧炎有些失神，旋即苦笑着摇了摇头。假设始终只是假设，所以不管如今他对纳兰嫣然是何种心态，那云岚宗，却是必须要上的。虽然现在的他，对于纳兰嫣然已经没有太多的愤怒，但是当初她的强势退婚，却让萧家颜面荡然无存。

虽然自从退婚后，因为害怕刺激到萧炎，萧战一直没有提起这件事，但萧炎清楚，无论如何，父亲心中始终都有芥蒂。萧家这么多年来，萧战是第一个被人强行上门退掉自己父亲当年所订下婚约的族长。而当年在萧家大厅，背负着废物之名的萧炎，也倔强地向自己的父亲许下了定要讨还耻辱的承诺。为了这个承诺，少年开始苦修，乃至最后离开家族，犹如苦行者一般，游历帝国。

离家的近两年中，萧炎走了大半个加玛帝国，然后，兜兜转转地终于来到了这座城市，为的就是那所谓的三年之约。他现在对报复纳兰嫣然的兴趣并不怎么大，当然，如果能胜了她，他也并不介意自己随意地对曾经在他面前高高在上、满脸不屑的她说一句："你眼光挺差的。"而这，便权当他对她最后的报复吧。之后，他只想带着这个消息，将父亲心中的芥蒂除去，然后笑着道："这次，是我真正地休她，没有人能怀疑我的能力。"

第十六章
夜　探

呼……长长地出了一口气，萧炎双臂枕在脑后，目光迷离。失神间，一个清雅如幽莲的少女身影忽然在脑海中浮现，那一颦一笑，让萧炎冷漠的脸不由自主地浮现些许柔和笑意。

明明是家族最耀眼的明珠，却偏偏喜欢躲在自己身边，装作可怜没人爱的楚楚动人模样。明明背景极为强大神秘，却依然对着废物般的自己恬静微笑，百依百顺……这个温柔得犹如一汪秋水的少女，在萧炎自己都未曾察觉之时，已然悄悄地渗透进了他的心。虽然年少，但是聪明的她十分清楚，想要捕获那颗不安分的心，唯有文火慢炖，在某一天，蓦然回首，他会明白的。

"薰儿，等着我，等这里事了，我便能去找你了。"想起那张清雅动人的小脸，萧炎心中便有暖流淌过，低声喃喃道。

咔……在萧炎喃喃间，细微的声响忽然在房顶响起。

"谁?"声响虽然细微，但是在萧炎这种感知力出色的人听来，无疑是一声不小的闷响。他当下脸色一变，厉声喝道，手掌便一撑床榻，身形矫健地从窗口暴

射而出，脚尖轻点一处凸出来的石块，身体犹如大鹏一般，闪掠上了房顶，略微冰寒的目光在周围扫过。

天空之上，银月高悬，淡淡的月华倾洒而下，照耀着整座城市。借着月光，萧炎并未在屋顶上寻见一个人影。

皱着眉头，萧炎缓缓地行走在屋顶上，片刻后，忽然蹲下身来，望着那一块破碎的瓦片，眼瞳微缩。只见那瓦片断裂处，纹路清晰可见，明显是断裂不久。揭开瓦片，些许灯光从下面射出来，正好是萧炎所住的房间。

"监视？"阴寒着脸，萧炎手中的瓦片瞬间化为一堆粉末。半晌，他拍了拍手，站起身来，在心中自语：能够在这么短的时间内消失，恐怕对方实力至少也在斗王级别吧？在这加玛圣城，有斗王强者的家族，似乎也就那么寥寥可数的几家。

"给我滚出来！藏头露尾，算什么英雄？"沉吟中的萧炎霍然转头，对着一处冷喝道。喝声在屋顶之上盘旋着，片刻之后，方才缓缓消散，可周围依然没有半点动静。

瞧得诈喝失败，萧炎耸了耸肩，无奈地叹了一口气，目光再次在周围转了一圈，最后只得跃下房顶，屋顶之上再次陷入寂静。然而寂静并未持续几分钟，萧炎的身影又猛然闪掠而上，瞧得依然空无一人的房顶，苦笑了一声，终于认定那窥探之人早已离去，叹息着摇了摇头，不得不死心地闪回自己的房间。

萧炎这一次是真的离开了，房顶之上，寂静持续了近半小时后，一块背着月光，犹如墙壁倒影的漆黑阴影，忽然诡异地蠕动了起来，片刻时间，阴影便翻腾而上，最后居然凝固成了一个人形模样。

人影浑身包裹在漆黑的袍子之下，随意地瞟了一眼萧炎消失的地方，微微抬起头来，露出一张黝黑的苍老面孔。

"嘿，这小家伙倒还真是敏感。"黑袍老人轻轻笑了笑，低声道，"若不是因为忽然听见小姐的名字，我也不至于犯这种低级失误。啧啧，要是让别人知道了我竟然会被一个斗师级别的小娃子发现行迹，那岂不是丢人丢大了？"

"这小家伙似乎对小姐有那么一些意思啊。"黑袍下，老人皱了皱眉，苦恼道，"而且最让人头疼的，还是小姐对这家伙有情意，这可是不行的啊。虽然萧炎天赋不错，但还远远达不到要求，而且一直在加玛帝国这块破地方晃悠，能有多大出息？这样下去，迟早会落个黯然神伤的结局。年轻人啊，你还真当小姐是这般好追求的吗？"

叹了一声，黑袍老人嘀咕道："不过这小家伙周围的人，倒也有几个实力不弱的，上次那被称为加老的老头儿，便差点儿发现了我的气息。即将跨入斗宗级别的强者，果然不一样啊……唉，算了，好在这小家伙快要去云岚宗了，等做完这里的事，我就能回去保护小姐了。"

伸展双臂扭了扭身子，黑袍老人身体一颤，黑袍逐渐模糊，最后化为一道漆黑的影子，闪电般地射进阴暗之中，最后完全沉寂。

回到房间的萧炎，坐在桌子旁，抬头死死地盯着屋顶，直到脖子有些发酸了，这才无奈地低下头，揉着脖子。

嘎——房门忽然被推开，笑眯眯的海波东缓步走了进来，望着还未睡下的萧炎，笑着来到桌旁，一屁股坐了下去，端着茶杯猛灌了一口，说："小家伙，今天很有本事嘛，哈哈。"

萧炎也笑了笑，摩挲着下巴，略微迟疑了一下，忽然道："海老，不知道……最近你是否感觉到有什么人在监视我们？"

"监视？"闻言，海波东一愣，旋即笑着摇了摇头，"怎么可能？这加玛帝国还没人能在我眼皮底下监视我们呢！就是那老妖怪也不行。"

微皱着眉头，萧炎舔了舔嘴唇，缓缓地将刚才的事简略地说了一遍。

"真的？"望着萧炎那不似开玩笑的神色，海波东脸色也凝重了起来，干枯的手指轻轻地敲打着桌面，半响，他忽然想起了什么，低声道，"小家伙，告诉你一件事，不过这事，我也不太确定。"

瞧得海波东那神神秘秘的模样,萧炎一愣,疑惑地道:"什么?"

"还记得当初我们在盐城与那两个神秘斗皇强者战斗的时候吧?"海波东捋着胡须,皱眉轻声道,"那个时候,我曾经模糊地感应到有另外一道极为强横的气息在场。不过那时情况紧急,我也感应不准。可从那以后,我又有过好几次感应,可同样极为模糊。听你今天晚上这么一说,我猜测……似乎有个神秘人,跟在我们后面很久了……"

海波东的低语让萧炎忽然有些毛骨悚然。他咽了一口唾沫,低声问道:"连你都感应不出来?那怎么可能?难道那神秘人是斗宗强者不成?"

"呃……"海波东苦笑着摇了摇头,叹道,"我早就说了,这是我的猜测,究竟是真有其人,还是我们神经过敏,都还不清楚呢。"

闻言,萧炎也苦笑一声,皱眉想了想,实在想不出他什么时候得罪过斗宗级别的强者。

"好了,也别苦恼了,这种事顺其自然吧,若是真有人跟踪我们,那他肯定有目的,既然如此,我想他迟早都会现身。"海波东拍了拍萧炎的肩膀,劝慰道。

萧炎苦笑着点了点头,现在也只能这样想了。

"呵呵,今天晚上,有没有兴趣跟我出去干点好事?法犸那两个老家伙,可都在场呢。"海波东忽然笑道。

"你们三人一起出动,想干什么?"闻言,萧炎一愣,旋即愕然道。

"嘿嘿……"

"难道……是那灰袍少年?"萧炎微皱着眉头,片刻后,眉头一挑,道。

"就是那家伙,法犸总感觉他有些不对劲,所以想去探探底。你也知道,若是加玛帝国办的大会被出云帝国的人拿了冠军,那将会对公会造成多大打击。"海波东笑道。

"你们不会想……"萧炎手掌微横,低声道。

"看情况,不排除这种可能。这次帮了法犸那老家伙,他可就欠我人情了,哈哈。"海波东笑眯眯地道。

"你们还真狠。"萧炎扯了扯嘴角。

"别废话了,想看看那家伙的底细,就跟我来吧。"

海波东站起身来,晃悠悠地向房间之外走去。萧炎迟疑了一下,便咬牙跟了上去。他也很想瞧瞧,那个家伙是真的这般年轻便有如此本事,还是有其他原因。

夜空之下,两道影子敏捷地在房屋顶上穿行着。

紧紧地跟在海波东身后,萧炎体内的斗气缓缓地涌动着,为身体肌肉制造出一股股仿佛用之不竭的能量,脚尖轻点屋顶,身形便暴掠而出。

"到了。"前面的海波东忽然出声提醒道。

萧炎点点头,前倾的身体微微弯下,脚掌落地间,双掌也轻贴在了瓦片上。他拍了拍手,站起身来,对自己的落地感到有些不满。他刚才发出了一些细微的声响,如果下方是一个斗灵强者,恐怕就会因为那点轻响而发现他。

抬起头来,萧炎望见对面巨大的屋顶上惬意地坐着法犸与加刑天两人,此时他们也正笑吟吟地望着自己这边。

"我就知道你也会跟来。"四人会合,法犸笑眯眯地对萧炎道。

"我对那家伙也挺感兴趣的。这般年纪,实力便如此恐怖。"萧炎叹息着道。如果那家伙真的只是表面上那点年纪,那可实在有些打击人。看他炼药那么干脆利落,恐怕真实等级应该在四品左右吧?一个十七岁的四品炼药师……啧啧,想当年古河达到四品的时候,也将近三十岁了,而这人却比他小了十几岁。

即使是现在的萧炎,也不过才进入三品炼药师的等级,而且这还得依靠青莲地心火。两相比较,这之间的差距之大,简直让人目瞪口呆。

"应该不可能。"望着萧炎那惊叹的神色,法犸摇了摇头,沉吟道,"出云帝国如果出了这种天才,我想恐怕早就闹得沸沸扬扬,不可能我们半点风声都收不

到。毕竟,十七岁的四品炼药师,这消息实在是太过震撼了……"

"嘿,在这儿瞎猜什么,还是赶紧动身去探查一番吧,你若实在放心不下,那就——"一旁的加刑天淡淡地笑了笑,手掌做横切之势。

在这种强者眼中,杀人几乎没有丝毫的情感波动,当真是杀人如杀鸡,境界高深得让萧炎哭笑不得。

"呵呵,走吧。"笑着点了点头,法犸并未反对,明显是默许了这种并非不可能的举动,对着海波东与萧炎笑了笑,率先展动身形,对着城市偏南处的一座豪华旅馆闪掠而去。萧炎略一踌躇,便紧跟了上去。

仅仅几分钟,众人便在前面法犸挥动的手势中停了下来。

"那家伙就住在这里。"法犸落在房顶之上,瞧着萧炎掠来,忽然一拂袖,一股柔软的劲气便覆盖在了萧炎落脚之处,让他这次不再发出任何声响。

对法犸感激地点了点头,萧炎安静地站在海波东身侧。他知道,这种场合,他只需要当个观众就好。

"嗯,这家伙原来还有所戒备啊。"加刑天忽然冷笑道。低头望去,他脚掌前方些许距离,一根极为纤细的黑线延伸而出,在那黑线的两头,竟然挂着两枚细小的黑色铃铛。

"雕虫小技。"加刑天手掌一挥,一股凶悍劲气悄无声息地掠过空气,两枚黑色小铃铛连半点声音都未发出,便被震成了一片虚无。

"让我来吧。"海波东笑了笑,如枯木般的手掌缓缓探出衣袖,掌心之间缭绕着淡淡的白色雾气,让周围的温度瞬间降低了许多。

双掌轻轻压下,白色雾气覆盖在瓦片上,然后迅速扩散开来,眨眼间便将屋顶完全笼罩。

"冰镜!"望着那些白色雾气,海波东一声轻喝,雾气迅速凝结,最后化为薄冰,将屋顶覆盖。

"现!"海波东再度轻喝。萧炎惊异地发现,那一片白茫茫的薄冰层竟然变得透明，一刹那，一间宽敞的屋子被映射在了薄冰之上，犹如放电影一般，将其中的所有物体都清晰地映在冰层上。

做完这一切，海波东拍了拍手，望着萧炎那满脸惊异的神色，不由得笑着解释道："一点儿小把戏。用寒气侵入屋中，然后凝结成不易被发现的碎冰，再由碎冰的反射，将屋内情形投射而出。"

"好高明的控冰手法。"萧炎赞叹道。

"小把戏而已，也就这点效果，不值一提。"海波东笑着摆了摆手。虽然嘴上这样说，但他脸上的得意，却并未多加掩饰。

笑了笑，萧炎将目光投向脚下的冰层。此时房间内空无一人，想必那灰袍少年应该还未回来吧。

"等等吧。"说完这话，法玛便盘坐在冰层上闭目养神。

萧炎也只得坐了下来，摸着冰层，却并未感觉到一丝寒气，想来上面的低温已经被海波东压制了下去，当下心中对他的控冰之术又高看了许多。

随着萧炎几人渐渐沉默，屋顶之上重归寂静。当寂静持续了将近半小时之后，冰镜中的房门忽然动了动，紧闭双眸的海波东率先有所感应地睁开眼，对着一旁同样有所察觉的法玛两人压了压手掌，然后低头盯着冰镜。

房门在动了动之后，一道灰袍身影缓缓走进，正是今日大会上令人震撼的那匹黑马。萧炎不由自主地压低了呼吸声，身体不敢有丝毫动弹，眼睛死死地盯着对方的一举一动。

灰袍少年进屋之后，并未有什么怪异的举动，将房门关好后，随意地洗漱了一下，便上床盘坐调息。

微皱着眉头望着他的正常举动，萧炎舔了舔嘴唇，转头望了望依然安静等待的海波东三人，只得继续耐心地等待着。

一个小时之后，已是夜深人静，调息中的灰袍少年忽然睁开了眼，阴冷的目光在房间中缓缓扫视着，然后下床，轻轻地将房间的窗户全部关闭，最后双手负

于身后，抬着头，目光在房梁各处仔细地察看。

站在屋顶之上，萧炎望着那抬头察看房梁的灰袍少年，忍不住咽了一口唾沫。因为从冰镜中能够瞧见里面的情形，所以这般看着灰袍少年，就好像他正在阴冷地盯着他们这几人一般。

不过这只是萧炎的错觉，海波东所布置的那些碎冰位置极为隐蔽，所以在扫视了一圈之后，灰袍少年方才松了一口气。

"哼，等我这次取得冠军，看你加玛帝国的炼药师公会会不会名誉扫地。一个公会失去了炼药师的信任，那也就该关门了！"扭了扭脖子，灰袍少年忽然冷笑道。他手掌摸着脸，眉头皱了皱，低声嘀咕了几声，手掌一翻，一枚淡红色的丹药出现在掌心。

"该死的复容丹，虽然能够让人恢复少年时的面容，却仅仅是表面。唉，若不是想让加玛炼药师公会名望大减，我们也不至于花费这般大的精力，来炼制这种吃力不讨好的东西。而且想要恢复以前的容貌，还必须吃特定的丹药，这消耗太大了。"低声嘀咕着，灰袍少年将手中的淡红色丹药塞进嘴中，微微嚼动，最后吞进肚内。不久之后，灰袍少年那稚嫩的脸忽然恐怖地颤抖了起来，身形也拔高不少，片刻间，年仅十七岁的稚嫩少年竟然变成了一个脸色阴冷的中年大汉。

这家伙果然有鬼！望着房间中所发生的这一幕，萧炎盯着冰镜的眼睛，猛然睁大了起来。

"啧啧，原来是他！"望着房间中的大汉，法玛忽然低声冷笑道。

"法老认识他？"闻言，萧炎轻声询问道。

"嘿嘿，认识。出云帝国炼药师公会的副会长，名字似乎叫作炎利吧。当年我与他见过一面，这家伙在出云帝国拥有不低的声望。另外，由于这家伙主张炼药师与毒师相结合，故而颇受出云帝国中毒师们的信任，因此，他是出云帝国炼药师公会下一任会长的有力竞争者。"法玛道，"只是没想到，这个家伙竟然敢单枪匹马来到加玛帝国，当真是艺高人胆大啊。"

"接下来怎么办?"海波东随口问道。

"先看看……"略一沉吟,法犸示意几人少安毋躁。

微微点了点头,萧炎不再开口,低头将目光紧紧投注在房间中的大汉身上。此时,萧炎心中也悄悄松了一口气:还好,这家伙并非只有十七岁,看他的模样,恐怕三十七岁都不止。这种天赋虽然也能够算得上优秀,但是与先前相比,潜力值却是下降了很多。

房间中,一股雄浑的气息从炎利体内溢出,竟然有着些许斗王强者的威势,想来这炎利的等级应在七八星斗灵之间。

"呼……还是变回容貌要舒畅一些,至少能够百分之百地发挥自己的实力。"感受着体内流转的澎湃力量,炎利满意地一笑,淡淡地道。

手掌摸了摸脸,炎利似是想起了什么,忽然快步来到床榻旁,从床帘之后寻出了一根黑线,然后轻轻拉动。

屋顶上,萧炎脸色微变,猛然移动视线,目光死死地盯着先前被加刑天震成粉末的铃铛。那里,黑线微微动了动,铃铛声不仅未响起,而且黑线直接被扯了下去……房间中安静了一瞬间,一声厉喝猛然响起:"谁在上面?!"

"动手!"听得喝声,加刑天冷笑了一声,手掌一挥,身体便骤然消失,那恐怖的速度,让萧炎眼瞳微缩。

继加刑天之后,海波东两人的身体也在瞬间化为一阵清风,消失在屋顶。

房间内,炎利望着那空无一物的黑线尽头,先是一愣,紧接着厉喝一声,同时脚掌猛地一蹬地面,身体便化为一阵狂风,向着窗外闪掠而去。

在离窗户仅有几米距离时,炎利脸色忽然一变,前冲的身形骤然止住,一掌狠狠地拍在一旁的房柱之上,借助反推力,他的身体瞬间横移了几米。

嘭!窗户在此刻爆裂,蕴含着霸道的劲气从窗外射进来,砸在房柱上,顿时,一道道裂缝犹如蜘蛛网一般,在柱子上蔓延。

"谁?"望着那布满裂缝的柱子,炎利眼瞳微缩,暴喝道。

　　没有理会他的喝声，影子从窗户之外闪掠而进，袍袖挥动间，狂猛的劲气夹杂着音爆之声，犹如闷雷一般席卷了整个房间。在这闷雷之下，房间内的玻璃等物皆轰然爆裂。

　　脸色阴沉地望着那奔袭而来的模糊人影，炎利右手微竖，深黄色的火焰从掌心中升腾而出，右手微斜，呈手刀状，狠狠对着来人劈砍而去。

　　"哼！"瞧见炎利竟然不自量力地想要硬扛，人影不由得讥讽地冷笑了一声，如鹰爪般的手掌猛然探出。空气之中，一圈圈极为霸道的劲气涟漪，从那手掌附近扩散而出，音爆之声将炎利震得双耳轰鸣。

　　鹰爪与手刀只接触了一瞬便分开，而在分开之时，炎利脸上忽然涌上一股潮红，一口鲜血忍不住喷了出来，脚掌擦过地面，留下了一道深深的划痕。

　　"法玛，我知道是你们！我炎利既然敢来加玛帝都，就不怕你们杀了我。不过杀了我之后，你们炼药师公会也得玩儿完！"抹去嘴角的血迹，炎利望着那又欲猛攻而来的人影，脸色狰狞地喝道。这厉喝让人影攻势略缓，不过紧接着，杀气阴冷地冒出，鹰爪翻腾间，明显是要取炎利性命。

　　"加老头儿，等等！"法玛的沉喝声忽然响了起来，人影一愣，旋即无奈地抽身而退，身形闪动间便出现在了桌旁，阴冷地瞥着瘫坐在地上的炎利。

　　"好狠！"屋顶之上，萧炎惊愕地望着那出手没有丝毫留情的加刑天。若非那叫作炎利的家伙反应同样不弱，恐怕在刚一交手时，这位即将进入斗王级别的斗灵强者就得殒命在此了。

　　"法玛，果然是你们！"吐了一口夹杂着鲜血的唾沫，炎利阴狠地说道。

　　轻风微荡，海波东与法玛终于现身，目光冰寒地望着炎利。

　　"法老头儿，直接把他给杀了不就好了，何必给他喘息的机会？"加刑天皱眉道。别看他一身麻袍，笑容和善，可动起手来，却丝毫不管自己与对方身份等级的差距，一出手，就直取对方性命。

　　法玛摇了摇头。如炎利所说，作为出云帝国炼药师公会的副会长，他敢只身来到加玛帝国强者云集的帝都，那便早有被揭穿的打算，故而，他不可能没有准备，若是真的在此处杀了他，恐怕会落入某些圈套。

"嘿嘿，还是法玛会长看得远哪。只要你们动手将我杀了，明日加玛炼药师公会为了内定大会冠军，肆意杀害参赛者的消息，就会飞快地在周边几个帝国之内扩散，到时候，我看你这公会还能维持多久。"摇摇晃晃地站起身来，炎利冷笑道，"我所说的话，你信也好，不信也罢，若是愿意拿加玛炼药师公会的名誉做赌注，大可试试。"

"炎利，你伪装身份参加我加玛帝国的炼药师大会，违反了大会的规定，我们公会有权处置你。"法玛淡淡地道。

"伪装？哈哈，你说伪装就伪装了？"炎利忽然仰头一阵大笑，手掌一翻，三枚红色丹药便出现在指尖，深黄色火焰翻腾而出，转瞬间便将丹药焚烧成虚无。

"法玛，以你的见识，想必也听说过复容丹的名头。没错，将我变成少年模样的，正是那东西。"炎利得意地笑道，"这可是我们公会特地炼制的，能够让我在十分钟内变回正常的容貌。现在仅剩的三枚已经被我摧毁，你认为，以我的那副年轻模样，谁会相信我是出云帝国炼药师公会的副会长？人们只会说，是你法玛害怕我一个出云帝国的人得到冠军而使你们公会丢脸，方才暗中下杀手！"

法玛脸色阴沉，混浊的眼瞳中，寒光闪掠。

冷笑着望着脸色阴晴不定的法玛，炎利心中也忐忑不安。对方三名斗皇级别的强者，这种阵容，若要击杀他，简直是易如反掌。虽然也的确如他所说，只要他一死，他们的人就会开始制造大量谣言，以达到击垮加玛炼药师公会的目的。但是人哪有不怕死的，他炎利又不是什么热血分子，若非出云帝国炼药师公会会长的位置即将空缺，而且有几个强力的争夺对手，他也犯不着冒这么大的险来干这种九死一生的事，以提高自己在国内炼药界的声望。只要这次能够成功回去，公会会长的位置就非他莫属。没有付出，哪儿有回报？更何况，法玛实力虽然强横，但是太过在乎公会，一定不会冒这般大的险。

在来之前,炎利便将法犸的性子分析得一清二楚。可分析归分析,万一出现什么变故,那他可就真的玩儿完了。

呼——在气氛压抑的房间中,脸色阴晴不定的法犸忽然呼了一口气,寒声道:"好,现在不杀你。不过凭你想要夺得大会冠军,恐怕还没那么容易!"

"嘿嘿,这就不用你操心了。这次的大会,除了那个叫作岩枭的年轻人之外,其余的,倒并未有什么出奇的地方,若是连这些小辈都争不过,我还如何去争夺公会会长?"悄悄松了一口气,炎利冷笑道。

"那便等着吧!"法犸嘴角微动,声音冰冷得没有丝毫温度,"另外,希望你最后能够顺利回到出云帝国争夺会长的位置。"

"走!"袍袖轻挥,法犸一声低喝,身体化为一道黑影,闪出了房间,其后,海波东与加刑天只得无奈跟上。

"老家伙,竟然敢威胁我!只要我取得了冠军,那曝光度自然不会低,我就不信到时候你敢对我出手。"咬了咬牙,炎利阴声道,端过茶杯狠狠灌了一口,却发现自己的手臂难以掩饰地颤抖起来,那是恐惧的缘故。

如果拿不到冠军,三名斗皇强者的追杀,将让他上天无路,入地无门。

第十七章
应对之法

夜空之下,四道影子安静地闪掠着,沉默气氛在几人之间萦绕着。

"嘿,法老头儿,我们浪费了一晚上时间,就这样空手回去?"脚尖轻点在房顶之上,海波东终于忍不住开口问道。一旁的加刑天也点了点头,以他的性子,从不会干这种空手而回的事。

"怎么会是空手?我们不是已经知道那家伙的真实身份了吗?现在至少心中有了一些底。"清楚海波东两人有些不爽的情绪,法犸无奈地道。

"光知道有什么用,他明天不照样参加大赛?以他那般实力,再加上多年的炼丹经验,取得冠军并不会太难。"加刑天皱眉道。

"呵呵,我们不是还有岩枭他们三个小家伙吗?他们三人,谁没有底牌?说不定明天会出意外呢。"法犸看了一眼后面的萧炎,笑道。

"你少装糊涂了,虽然岩枭三个小家伙天赋不弱,但那家伙毕竟是出云帝国炼药师公会的副会长,而且这次还是有备而来,他们三个取胜的概率很小。"加刑天沉声道,"一旦那家伙夺得了冠军,不仅你们公会声望大跌,连带着加玛帝

国也会被别国嘲笑。"

"最重要的是一旦成为冠军，那家伙就会越来越受人瞩目，到时候你就算想要中途截杀他，也会投鼠忌器。"海波东补充道。

萧炎落在最后，安静地听着前面三人的争辩，清楚这种时候还是不插嘴为好。

"月儿那妮子的实力如何，我还不清楚？虽然取得前三名不是很难，但想要夺冠，就算没有那突然出现的家伙，也很有难度。至于柳翎，古河的确教了他很多东西，可他吃亏在年轻，经验远远比不上炎利。"加刑天皱眉分析道，"在他们三人中，也就岩枭能与那家伙抗衡一下。不过我能肯定，今日，炎利应该也隐藏了实力，明天最后一轮比赛，岩枭恐怕也会落下风。"

法犸沉默，脸上阴晴不定，眼瞳之中不断闪烁着犹疑之色。

"唉，法老头儿啊，你也该想点办法了啊。那家伙参赛，本来就已经违反了规定，所以你也不用再守着那些死东西，该干点啥就干点啥，只要别让那家伙得到冠军就好。"海波东叹道。

长长地吸了一口夜空中有些凉意的空气，法犸闪掠的速度忽然变缓，微微点头，轻声道："是啊，是要干点什么啊，加玛帝国炼药师公会传承了这么多年，可不能在我手中名誉扫地啊。"

"嘿嘿，你知道就好。"海波东与加刑天同时松了一口气，笑道。

法犸皱眉沉吟了片刻，忽然转过头来，望向萧炎，微笑道："小家伙，想必你今天展现的实力，并非全部吧？"

闻言，萧炎一愣，抬头望着那笑眯眯的法犸，迟疑地道："法老为何这样问？那个……的确是隐藏了一点儿。"

"哈哈，我就知道……现在的年轻人啊，怎么都好这一手？"大笑了两声，法犸落后些许，拍着萧炎的肩膀笑道，"这一次大会，与炎利争夺冠军，恐怕就得靠你了。"

"法老说笑了，虽然我并不想长别人的威风，但是您也知道，那家伙可是炼药师公会的副会长，我这初出茅庐的小子想要争过他，难啊。"萧炎摇了摇头，叹道。

"自然不可能全部依靠你。既然那家伙破坏规矩在先，那也就不能怪我了。"法玛淡淡地笑道，旋即将目光投向海波东两人："你们两人先回去吧，我带岩枭小友回一趟公会，有些事情得与他谈谈。"

听得法玛的话，海波东与加刑天一愣，旋即对视一眼，点了点头，对着法玛拱了拱手，两人便一东一西地闪掠而去，眨眼间便消失在萧炎的视线之中。

萧炎将目光转向法玛，疑惑地道："法老，您这是……"

"呵呵，跟我来吧。"笑了笑，法玛展动身形，向着炼药师公会闪掠而去。萧炎略微踌躇了一下，紧跟了上去。

两人一前一后，快速地在城市上空飞掠着，十几分钟后，没有惊动任何人地停在了炼药师公会之外。

"走。"对萧炎说了一声，法玛便带头向公会内走去。

虽然此时已是深夜，但是炼药师公会依然灯火通明，亮如白昼。在公会门口，脸色冷漠的守卫正不知疲倦地监视着门口路过的所有人。当他们的目光忽然扫到那大步朝着公会行来的老者时，先是一怔，旋即身体猛然绷紧，眼露尊崇与敬畏地盯着急步行来的法玛。

对门口的守卫随意地笑了笑，法玛转头对萧炎催促了一声，然后便抬脚走进公会。萧炎无奈地摇了摇头，旋即在守卫诧异的目光中紧跟了上去。这些守卫诧异的是，自从他们在这里当守卫以来，可从未见过法玛如此对待一名年轻人。

走进公会，一路跟着法玛快速地穿过几个庞大的区域，其间不少炼药师见到法玛，都面露敬畏地躬身退到一旁。

在两人走上楼后，大厅中的那些炼药师顿时窃窃私语起来。

"那个年轻人，好像就是今天大会上的那个岩枭吧?"

"看来他很受会长的重视啊。"

"废话,他可是为数不多能够和那个出云帝国的灰袍少年一较高下的人了,能不重视吗?"

"如果这次他夺得冠军,就会成为我们公会最年轻的长老了吧?"

"唉,真是英雄出少年啊,我这老家伙在公会混了一辈子,也才仅仅到执事的级别……"

跟着法玛一路走上公会的最高层,然后在一间房间外停步。法玛推门而入,萧炎也走了进去,目光一扫,有些诧异:房间倒是极为宽敞,可显得有些古朴。几排书架靠着墙壁,一张显得古旧的桌子孤独地立于房间之中。

"坐吧。"在桌后坐下,法玛对着萧炎笑道。

"嗯。"点了点头,萧炎抽出椅子坐下,安静地盯着微笑的法玛,半晌,方才轻笑道,"法老,有事便说吧,若是在能力范围之内,岩枭不会拒绝。"

"呵呵,想必你也能猜到,让你跟我来,主要是想说让你夺得冠军的事。"法玛笑道。

"我也很想拿到冠军,可……"萧炎苦笑着摊了摊手。

"我知道。"点了点头,法玛捋着胡须,沉吟道,"明日那轮比赛,考题并没有太大的玄机,需要靠各自的真本事以及底牌。"

"明日比赛,全凭自由发挥。所有东西,包括材料,都得自备……也就是说,明日的考核,公会不会再给出任何药方,得看你们自己是否有在能力极限范围内的合适药方。同时,在具备药方的前提下,你自己的包里还必须有炼制这种丹药的足够材料,如果没有,那就只能算你倒霉。"法玛摊了摊手,戏谑地笑道。

"什么?"嘴巴缓缓张开,半晌,萧炎忍不住嘀咕了一声。如果今天法玛没有给自己提前透露,那明天的考核,他所能炼制的最高级别的药方,也就是药老偶尔传授的一些三品药方。可这种等级的药方,明显很难胜过炎利、夭月、柳翎这些收藏无比丰富的家伙。

"虽然这种考核有点偏向运气的成分,但是运气也是实力的一种。"法犸笑了笑,道,"按照我的猜测,那炎利应该收藏有四品药方,再以他副会长的身份,材料应该也很齐全。"

"四品?以他的实力,应该能够炼制五品丹药吧?"萧炎皱眉道。

"能是能,不过失败率太高,明显不适合这种比赛。"

"可就算是四品,我貌似也没办法。不怕您笑我寒碜,现在我身上,能够在我实力范围内炼制的药方,最高也就三品,而且很多还材料不全。"萧炎叹息道。

"呵呵,这我能猜到。"法犸笑着点了点头,望着萧炎,"叫你来,自然需要你准备齐全,以胜过炎利。所以药方以及材料的问题,我可以帮你解决,但前提是你必须要有把握炼制它!"

"那我需要大致看一下药方是什么等级以及它的要求。"闻言,萧炎心中略微有些窃喜。以炼药师公会的财力,拿出来的药方定不会是那些普通东西,能够免费学到手,自然是天上掉馅饼的好事。

"药方绝对不会让你失望。这卷药方虽然只有四品,但是论起价值,绝对不会比五品药方低,甚至还有过之。"法犸淡淡地笑了笑,起身走进书架间,半晌后手持一卷漆黑如墨的卷轴缓缓走出。

"喏,看看吧,我想你应该会喜欢。"抚摸着卷轴古朴的表面,法犸笑着将之递了过去。

双手接过卷轴,萧炎小心翼翼地将之摊开,半晌,轻吸了一口凉气。

"三纹青灵丹,四品丹药,分三种品阶,每一种品阶,都会在丹药上形成一圈丹纹。

"普通的三纹青灵丹能够助斗师强者突破晋入大斗师的界限,若是大斗师强者服用,则能有少许概率提升一星等级,并无药效反噬。

"最高品阶的三纹青灵丹,大斗师级别之下者慎用!大斗师服用此丹,则有概率在短时间内提升三星实力。同时,也有一定的概率造成药效反噬,受反噬

者，实力或许会降低一星至两星，不过并无生命之危。"

"欲将三纹青灵丹提升到最高品阶，则需要三种各不相同的火焰，并且三种火焰转化之间，必须达到炉火纯青之境。否则，失败率极高，未达条件者，谨慎而为！

"大斗师强者，在此阶之中，只有服用一次三纹青灵丹的机会，若再服用，将会因为药体的抗性，白白浪费。而若是日后再晋阶斗灵强者，则还能再服用一次。不过，此次就算成功，也顶多提升两星实力，并且失败率也成倍提高。

"炼制三纹青灵丹所需材料：青焰草，黑天麻……"

目光缓缓地扫过卷轴之上所记录的资料，萧炎忍不住咽了一口唾沫。众所周知，丹药之中，最贵重者，自然当数那些能够直接使服用之人提升等级实力之类的。想当初，仅仅是那能够使人渡过凝聚气旋这关的聚气散，便让萧家几位长老垂涎不已，由此可见这类丹药贵重到了何种程度。

聚气散还只属于这类丹药中的低档品，这三纹青灵丹方才是真正能让无数大斗师、斗灵级别的强者眼红得发疯的贵重丹药。

一枚最高品阶的三纹青灵丹，便有概率提升一名大斗师三星左右的实力。想想看，一名修炼天赋不错的大斗师，若光靠自己修炼，没有什么奇遇的话，想要提升三星实力，没有个一两年时间，恐怕极难办到。

而现在，仅仅服用那么一枚小小的丹药，便能够将问题彻底解决，可以想象这小东西，会让那些大斗师级别的强者陷入何等疯狂。

双手紧紧地握着漆黑的卷轴，萧炎强忍住立刻使用灵魂力量扫描里面所蕴含的炼制信息的冲动，抬头望着微笑的法玛，漆黑的眸子中，掩饰不住自己对这东西的垂涎与喜爱。

"喜欢吧？"瞧见萧炎的表情，法玛不由得笑道。

"嗯！"萧炎连连点头。

"这卷药方，若是放在市面上，我想，恐怕会有不少人甘愿用玄阶高级功法，甚至地阶斗技来换取。"法玛笑道。

"嗯。"萧炎点着头,这三纹青灵丹药方绝对值这个价。

"这三纹青灵丹药方,是我们炼药师公会珍藏已久的宝贝。你手上拿的这一份,只是拷贝卷,不过这就消耗了我五年的时间。在公会内部,除了那卷被珍藏的原版药方外,便只有你手上这一份了。"法玛道,"由于是拷贝卷,所以它只供阅读一次,等阅读完毕,上面所残余的灵魂力量就会消失。"

"哦。"闻言,萧炎略微释然。这种贵重的东西,若说是唯一一份的话,想必法玛也还真舍不得拿出来。

"这三纹青灵丹,即使放在所有四品丹药药方中,也算是出类拔萃,明天你若是能够将它成功炼制出来,我想一定能够技压群雄。"法玛笑了笑,道,"炎利虽然实力不错,但是吃亏在并不知道我们明日的考题是什么。因此,只要你能成功炼制出来,获胜的机会将会很大。"

"对了……"微微一顿,法玛面色凝重地望着萧炎,沉声道,"你有信心炼制成功吗?这三纹青灵丹对火焰的操控要求,达到近乎苛刻的地步,稍有不慎,便会失败!"

抿着嘴,萧炎手掌缓缓抚摸着漆黑卷轴,那舒适的手感,让他有些舍不得移开。半晌,沉吟中的萧炎抬起头来,认真地道:"如果我说一定能够炼制成功,恐怕您只会当作笑话听。炼制丹药,从没有什么绝对成功的说法,所以我只能说,若是在您所能选择的几个人当中,让我来炼制它,成功率应该是最高的!"

"多高?"法玛轻声道。

"不到五成。"萧炎摊了摊手,坦白地道。以他如今的实力,炼制四品丹药是极为勉强的,若不是法玛说这丹药极其考验控火术,萧炎还真不敢答应。毕竟他别的或许不行,可对于青莲地心火的操控能力,他却有绝对的信心。

"唉。果然不是很高。"法玛叹了一口气,揉了揉太阳穴,叹息道,"的确,在我所能够寻找的人中,也就你、柳翎、月儿有着或许能与炎利抗衡的实力,而

在你们三人中,我最看好你,所以方才打算暗中助你。"

萧炎默默地点了点头,将漆黑卷轴轻轻地放在桌上,盯着法玛道:"我所说的成功率便是我的底线,究竟最后如何抉择,还是得看法老的意思。"

"你舍得放下?"瞥了一眼萧炎,法玛淡笑道。

"当然舍不得……可如果法老不给,难道我还能硬抢不成?"萧炎戏谑道。

法玛沉默,干枯的手指轻点在桌面之上,细微的笃笃声,在安静的宽敞房间中极有节奏地响起。

"唉——"沉默持续了良久,法玛忽然轻叹了一口气,伸出手来,在萧炎那略有些失望的目光中,将黑色卷轴缓缓拿了回去。

黑色卷轴在法玛手掌上旋转着,法玛混浊的眸子虚眯着。半响,旋转骤然停止,他猛然间站起身来,一手握着卷轴一端,然后送到萧炎面前。瞧见萧炎诧异的目光,他苦笑道:"到了这个时候,我已经没有太多的时间去寻找比你更优秀的人了。你是个好运的家伙。所以它归你了。"

愣了愣,萧炎脸上浮现笑意,伸出双手接过卷轴,爱不释手地抚摸了一阵,方才对法玛郑重地道:"我会尽力!"

笑了笑,法玛揉了揉眼睛,叹道:"小家伙啊,这次,我可是把希望全部放在你身上了,千万不要让我失望啊。"

"您就别给我增加压力了,我会全力以赴的。可至于结果如何,谁能现在下定论?"这么大个担子压下来,顿时让萧炎布满笑容的脸变得凝重了许多。

"呵呵,好。"笑着点了点头,法玛提醒道,"你先在这里使用灵魂力量把它解读了吧,这东西太过贵重,万一在你回去的路上出点小差错……"

"嗯。"点了点头,萧炎再度缓缓摊开卷轴,微闭着眸子,灵魂力量从眉心处扩散而出,最后侵入卷轴内,飞快地记忆着那一条条极为复杂的资料。

法玛站起身来,走出房间,叫来一名侍卫,吩咐他去仓库将那些炼制三纹青灵丹的药材取来。

当萧炎从卷轴中收回灵魂力量时，脑子兀自有些昏沉。首次接触四品丹药的药方，大量的资料实在复杂得有些出乎他的意料，难怪以法玛的实力，想要拷贝它，都用了好几年的时间。

睁开眼来，双手之上的漆黑卷轴，此刻已经悄然化为一堆黑色粉末。拍了拍手，萧炎抬起头来，却发现原本空空的桌面上此时已摆满了一堆堆的药材。这些药材被保存得极为完美，有一些甚至还沾有新鲜的露珠。

"这里是三份炼制三纹青灵丹的药材。别说我不多给，那种比赛，你若是炼制三次都失败了，那么时间也应该快要到了。那种情况，自动投降认输，还干脆点。"法玛指着桌面上的材料，笑道。

微微点了点头，萧炎小心翼翼地将桌面上的药材收进纳戒。

"我能做的，也只有这么多了，明天便要看你的了。"拍了拍萧炎的肩膀，法玛微笑道。

萧炎笑了笑，重重地点着头，对着法玛重复道："放心，我会全力以赴的！"

"那便希望你能取得好成绩吧。另外，如果日后有机会，可否让我看看你的真面貌？"法玛轻笑道。

笑容微僵，萧炎微微点头："会有机会的。"

"好了，时间不早了，法老，我先告辞了，明日大会上见！"不在这个话题上继续纠缠，萧炎对法玛拱了拱手，便转身向大门之外走去。

望着萧炎那逐渐消失的背影，法玛轻叹了一声，低声道："小家伙，希望你能胜利，不然的话，我可就亏血本了啊……"

翌日，当天色蒙蒙亮时，这座繁华的城市便犹如一台上紧了发条的庞大机器，有条不紊地运作了起来，而那穿行在城市街道上的人流，则为这台庞大机器注入了动力。

城市之中，今日最拥挤与热闹的场所，毫无疑问便是那巨大的皇家广场。昨

　　天的比赛,经过观众席上的人们互相传播之后,已经有越来越多的人被那惊心动魄的炼丹较量吸引了心神。因此,虽然现在天色尚早,但皇家广场之外早已是人山人海,黑压压的人头,一直蔓延到视线的尽头。

　　随着时间的推移,天边一缕晨晖突破云层的束缚,照耀在巨大的城市之上。当太阳升起之时,那紧闭的皇家广场也缓缓打开了大门,顿时,外面那黑压压的人群犹如潮水一般一拥而入。

　　当萧炎与海波东来到广场之外时,望着门口长长的人龙,皆是一愣,旋即无奈摇头,没想到今天的观众比昨天还要疯狂。

　　"跟我来吧。"海波东扫视了一圈,对萧炎说了一声,然后便掉头朝着广场的另外一边走去。

　　跟在海波东身后走了一段距离,喧闹的声音逐渐消减了许多。转过一个弯,萧炎这才发现,原来在广场的后面还有一个偏门,只不过有重兵把守。

　　没有理会这些士兵,海波东领着萧炎旁若无人地从门口走了进去,而那些士兵似乎也清楚他们两人的身份,倒也无人出来阻拦。

　　进了门,往前走了一段距离,视野忽然开阔了起来。萧炎抬眼望了望,却发现柳翎以及夭月等人竟然早已到来,在他们身旁,还有不少通过了昨天两轮考核的参赛者。此时,这群年轻人正谈笑着。

　　当萧炎两人进来之后,正在低声谈论着什么的众人,声调不由得降低了许多。虽然现在萧炎依然穿着二品炼药师的袍服,但是在场的人已经再没有任何一人蠢到还以为这便是他的真实实力。现在的他,在这群参赛者之中,无疑处于领先者的地位。毕竟,昨天炎利的那番嘲讽,几乎对每名加玛帝国的参赛者都进行了打击,而萧炎,是唯一一个将他的嘲讽用实力反驳了回去的人。

　　"呵呵,岩先生,来得挺早啊。"夭月迎了上来,笑吟吟地道。

　　"小公主也不晚啊。"萧炎随口说着客套话。

　　"今天的考核,可是最后一轮了,岩先生,我们可不能输给那个家伙呀。"并未在意萧炎敷衍性的回答，夭月轻笑道。

"尽力而为吧，那家伙也不简单。"萧炎点了点头道。

"岩先生，在这种关头，你可不能出什么差错啊，我可还等着与你一较高下呢。"柳翎走过来，淡淡地笑道。昨天的两轮考核，他虽然也坚持了下来，但比较起来的话，明显是萧炎更胜一筹，这让向来性子高傲的他实在大受打击。

随意地点了点头，萧炎忽然抬起头来。在二楼楼梯口，法玛等一干公会高层正缓缓行出。瞧见萧炎望来，法玛对他和善地笑了笑，然后带着身后一众人走了下来，与萧炎等人打着招呼。萧炎这才发现，那加老竟然也慢吞吞地跟在后面，此时他正与身边的几位公会长老淡淡地笑谈着。

与法玛、加刑天微笑着聊了几句，萧炎突然有所感应地回过头去，只见先前进来之处，一身灰袍的少年正缓缓走来。原本热闹的大厅顿时变得安静了一些，一道道各不相同的目光停留在他的身上。

这家伙昨夜所说果然不假，今日又恢复了那般容貌……萧炎不由得想，那所谓的复容丹真的有这般神奇效果吗？竟然连斗皇强者都分不出真假。

冷眼望着进来的炎利，法玛与加刑天两人对视了一眼，淡淡一笑，笑容中皆蕴含着些许冰冷杀意。身为加玛帝国的巅峰强者，炎利这种在他们面前耀武扬威的举动，无疑有些嫌命长了，如果不是这种场合实在不能动手，以及担心公会声望的缘故，恐怕三位斗皇强者当场就会让他瞬间毙命。

此时炎利那稚嫩的脸上正噙着些许笑意，目光毫不在乎地在法玛三人脸上扫过，最后大摇大摆地向着大厅通往广场的门口走去，在路过萧炎时，脚步方才顿了顿，笑道："你们三人中，也就你还有点本事。不过，你的好运，今天也该到此为止了，这最后一轮，我可不会再有丝毫留手，哈哈！"

对此，萧炎只是平静地耸了耸肩，夭月俏脸略微有些阴沉，而柳翎则是一脸铁青。身为丹王的弟子，他还是第一次被人这般看扁。

"算了，也别生气了，考场上一较高低吧。"缓缓地吐了一口气，萧炎粗略地

算了一下时间,也转身向广场中行去。夭月无奈地跟了上去,柳翎在原地咬牙切齿地狠狠诅咒了炎利一番后,方才离开大厅。

望着那三三两两走出大厅的参赛者,加刑天眉头皱了皱,望向法犸,低声道:"看来你应该把希望放在了岩枭身上吧?不过他能胜过炎利那家伙吗?"

"唉,我也不太清楚,反正我能做的,已经全都做了,接下来,便只能看岩枭自己的了。"法犸摇了摇头,叹道。说实在的,他也没有太大的把握,虽然岩枭天赋不弱,但是毕竟吃亏在年轻啊。

第十八章
各显神通

　　缓缓走出一条走廊，刺眼的阳光忽然倾洒而下，眼前视野骤然开阔，惊天动地的欢呼声犹如潮水一般，一波波地涌来。萧炎手掌遮在眼睛上方将阳光遮挡，抬头望着那观众席上的人山人海，不由得暗暗咋舌。他偏头向站在身旁的夭月笑了笑，便朝着广场中央处自己的位置走去。

　　观众席上，一些眼尖之人瞧见萧炎出场之后，顿时喧闹了起来。

　　"嘿，看——那就是昨天成绩最佳者，也很年轻呢！"

　　"听说他叫岩枭，看模样也不过二十岁吧？真是让人羡慕啊。"

　　"这一次的考核，似乎就他能和那出云帝国的灰袍少年抗衡了呢。昨天若非他出手，成绩最佳者，恐怕就要落到那出云帝国的人身上去了。"

　　"今天才是最关键的比试，希望他能打败那个出云帝国的家伙吧，不然的话，炼药师公会这次可就有些丢脸了啊！"

　　"是啊！"

　　无视那些从观众席上传来的谈话声，萧炎安静地来到自己的位置，然后盘坐

在石台后的大石座之上，看似闭目养神，实则是不断来回翻看脑海中三纹青灵丹的各种炼制手法以及特别需要注意的地方。

随着时间缓缓流逝，越来越多的参赛者拥进了广场。凡是进入广场的参赛者，都如同萧炎一般，盘坐着调整自己的状态。

能够坚持到这一轮的，实力与定力都不弱，谁也不想在这最后一轮考核中，因为一点儿小失误而黯然离场。

当炽日缓缓攀上天空时，广场两边的席位早已经被黑压压的人群占据。

咚！清脆的钟吟声，悠长嘹亮地在广场上空响起。

在钟声响起的一刹那，紧闭双眸的萧炎缓缓睁开双眼，轻吐了一口盘旋在胸口的浊气，站起身来，抬起头，望向贵宾席前台法玛所在的位置。

高台之上，法玛轻轻咳嗽了一声，淡然的目光扫视着全场。半响，场中喧闹的声音缓缓安静，苍老而平缓的语调响彻每一个人耳边："各位，今天的考核，将会是大会最关键的一轮，最后的胜者，便是这一届大会的冠军。所以，为了你们的荣誉，今日，全力以赴吧！"

法玛的话音刚落，观众席上等待许久的人群，顿时激动得齐声高吼，震耳欲聋的吼声直冲云霄。

揉了揉被吼声震得有些发麻的耳朵，萧炎偏过头，望向不远处那嘴角噙着些许冷笑的炎利，轻声喃喃道："终于要开始了，接下来，准备拼命吧。"

目光缓缓扫过全场，法玛虚压双手，震耳欲聋的喧哗声随之逐渐降低，雄浑的声音在广场上空经久不息。

"这第三轮考核，公会不会再给予参赛者任何帮助，一切都需要依靠自己，包括药方、药材等。也就是说，在规定的时间之内，你们必须成功地炼制出自己能力范围之内的一种丹药，而最后的胜利者，自然要看他所炼制出来的丹药的等级以及实用价值！"

听得那响彻耳边的声音，广场之中的参赛者，大多被这突如其来的考核题目震得愣住了。半晌，一些参赛者脸色变得惨白。很明显，这些人并没有准备合适的药方或者足够的药材。在这种考题下，要是满足不了这两种条件，那么结果很明显，落败的概率将会变得极大。

虽然早就知道考核的题目，但是萧炎依然佯装变了变脸色。毕竟在这种极其出人意料的考题下依然保持着安然神色，难免会让人有所怀疑。

在控制着自己神色变化之时，萧炎的目光也向四处飞快地扫了扫。他发现，虽然夭月和柳翎在初听见这考题后有些愣神，但是他们紧接着快速地回过了神，脸上的表情并不算太难看。

果然底蕴丰厚！看他们的脸色，这种考题虽然让人感到有些意外，但是似乎并不妨碍发挥……心中轻声喃喃着，萧炎再度将目光扫向不远处的炎利。

炎利此时也紧皱着眉头，片刻后，冷笑了一声，低声道："不管你们出什么稀奇古怪的考题，这次的冠军，非我莫属！"

"既然大家都已经熟悉了考核规则，那么……"高台上，法犸手掌缓缓举起，然后挥下，淡淡的声音响彻广场，"第三轮考核，现在开始！"

随着法犸话音落下，原本有些窃窃私语的广场瞬间便安静了下来。观众席上，无数道目光紧紧地盯着下方巨大广场上的一百多名参赛者，等待着他们今日的精彩表演。然而所有的参赛者都并未有所动作，不约而同地保持着沉默，各自皱眉沉吟着，思考着应付这次考核的方法。

当沉默持续了将近十分钟之后，夭月与柳翎缓步走近石台，手掌一招，略显古朴却蕴含着淡淡深沉气势的青红两座鼎炉，出现在了石台之上。

听得鼎炉落在石台上的声音，萧炎偏头望了望，眉头微皱。这两人所使用的鼎炉，明显已经不再是昨天的那座，看鼎炉所散发出来的那股深沉气势，品质远远超出了萧炎所使用的那座暗红鼎炉。

"啧啧，加老头儿，你们皇室果然大手笔，竟然把青炎鼎都拿出来了。这可是五阶药鼎啊，我记得当年可是有好几位四品炼药师为了它大打出手呢，

没想到最后落在了你们手中。"望着夭月召出来的青色鼎炉，法犸有些诧异地笑道。

"呵呵，我也不太清楚，多半是那妮子找她父皇软磨硬泡方才要到的吧。"加刑天摇了摇头，淡笑道，"古河出手也不凡啊，柳翎那座红色药鼎，似乎便是当年古河赖以成名的宝贝火山焰鼎吧？也是一个五阶药鼎呢。"

在炼药界，一个好的药鼎对炼药师有极大的帮助，在炼制丹药时，也能显著提高成功率。而一些品质低的药鼎，承受热度的能力不会很高，则会导致在炼丹之时忽然间爆炉。因此，药鼎也有颇为精细的等级之分，一阶到八阶，由低到高，而八阶之上，便是当初药老所说过的天鼎榜。这种等级的药鼎，存在于世的似乎仅有十三座，由此可知究竟有多珍贵。而萧炎经常使用的那暗红鼎炉，也不过才刚刚达到二阶而已，基本没什么效果。

当然，药鼎再有帮助，也只是外物辅助，最重要的还是本身实力，故而虽然以前药老粗略提过天鼎榜，但是并未太过详细地告诉萧炎各种药鼎的等级。

真正的炼药大师可掌心成鼎，炼丹间随心所欲，没有任何限制，那种风采方才真正显出大师风范。

"嗯，的确是那火山焰鼎。"法犸点了点头，笑道，"当年古河便是使用它一举夺得了那届大会的冠军。他能把这药鼎给柳翎来参加大会，看来对徒弟还真是有着不小的期待啊。"

"不过可惜，如果这一届没有那个家伙和岩枭，柳翎取得冠军倒也不是没可能，可现在……难度不小啊。"海波东摇了摇头，有些幸灾乐祸地笑道。

法犸笑了笑，没有回答，将目光投向广场。

广场上，萧炎虽然对柳翎两人那明显品质不低的药鼎有些诧异，但是却并无羡慕表情。接受了药老理念的他，始终认为那只不过是外物而已，所以当下收回目光，手掌一扬，那和柳翎两人的五阶药鼎相比有些寒碜的暗红鼎炉，便被他随意地召唤了出来。

暗红鼎炉一出，便惹来周围愕然的目光。很多人都以为萧炎也和夭月等人一样，将好东西留在最后，却没想到还是这个破鼎。

并未太过理会周围的目光，萧炎闭目沉思了一会儿，屈指轻弹，一份炼制三纹青灵丹的材料便出现在了石台之上，林林总总，看上去恐怕有二十多种。炼制这么多材料所构成的丹药，还是萧炎学会炼药术这么多年来的首次。

"唉，四品丹药啊，难度不小呢。"低声叹了一口气，萧炎抬头四处扫了扫，发现不少参赛者都已经开始生火，准备提炼药材了。

这三纹青灵丹虽然名列四品丹药，但若是想技压群雄，我想，至少也要形成两圈丹纹方才有可能吧，若只是普通的一纹青灵丹，想取得冠军，应该还是有些困难……萧炎微皱着眉头，心中低声喃喃道。

"哇，竟然是蓝色火焰！"就在萧炎即将开始生火之时，观众席上忽然响起一阵惊异的喧哗声。有些疑惑地转过头，萧炎顿时一愣。只见一旁的夭月，此时纤手之上正升腾着一股蔚蓝的火焰，火焰周围竟然奇异地泛起阵阵宛如波浪一般的涟漪，看上去极为神奇。

似乎看起来挺眼熟……萧炎抿着嘴沉思了一会儿，眉尖猛地一挑，终于想了起来，这蔚蓝火焰，好像跟当日小公主所乘坐的马车上的那皇室图案一样。

皇室的徽章是一头仰天长啸的庞大异兽，而那异兽身体之上，便缭绕着这种同样能够使火焰周围泛起波浪的奇异火焰。

据民间传说，在加玛帝国开国之初，加玛皇室拥有一头实力极为强劲的神兽，它曾几次挽救加玛皇室。不过很多民间小道消息都是以讹传讹，当不得真，因此也没有太多人相信这件事。当然，除了某些知道内幕之人。

"这难道是惊涛龙兽的乾蓝火焰？"高台上，望着夭月召唤而出的蓝色火焰，法犸与海波东皆一愣，半晌后，似是想起了什么，转头惊诧地问道。

"呵呵。"加刑天笑了笑，却并未开口说任何关于惊涛龙兽的消息。

"真是个好运的丫头。不过没想到，那不知道沉睡了多少年的家伙，竟然还

活着。"望着加刑天的模样，法犸与海波东无奈地摇了摇头，对视了一眼，皆瞧出了对方眼中所含的意思。乾蓝火焰虽然比不上异火那种天地奇物，但是在那些所谓的兽火之中，却绝对能够名列前茅。

在夭月召唤出乾蓝火焰之后不久，观众席上又接连发出两拨惊叹之声——原来柳翎居然也在此时出人意料地召唤出了一种淡褐色火焰。而另外一拨惊叹，则是为炎利所发出，因为他召唤出来的火焰并非正常的黄色，而是一种漆黑的颜色。

望着广场上五颜六色的火焰，观众席上，众人情绪皆有些激动。看这模样，明显很多人都在昨天的考核中留了一手，这无疑会使今日的考核更具观赏性。

"果然都有留手啊！"望着那些颜色不同的火焰，萧炎忽然轻笑了一声，手掌缓缓竖起，屈指轻弹，飘逸的青色火焰猛然暴闪而起，广场之上的温度骤然提升。而此时，夭月等人手中那原本欢呼跳跃的各种火焰，却不知为何萎靡了许多……一阵微风忽然刮过，那些颜色稀奇古怪的火焰忽然略有些倾斜摇摆。而更让人惊奇的是，这些火焰倾斜的位置竟然全部指向了位于广场中心的萧炎，准确地说，应该是指向了他手掌之上飘逸出尘的青色火焰。

这奇异的景观，犹如朝拜君王的臣子一般。

"异火现，万火臣服，此话当真不假！"高台上，法犸轻叹了一声。这种壮观的场景，他在年轻之时曾经见过一次，没想到还能再见。

广场之上忽然出现的这奇异一幕，也让萧炎感到十分意外。望着那一道道对着自己射来的愕然目光，他只得无奈地耸了耸肩，手掌一晃，青色火焰便被丢进了药鼎之中，至此，那些参赛者手上的火焰方才恢复了正常。

"这家伙……"低声嘟囔了一声，夭月有些郁闷。她并未亲眼见识过异火的强横，所以一直以为自己的乾蓝火焰并不会比之弱多少。可刚才自己火焰的那番灵异表现，明眼人一看就知道，它远远比不上异火，不然也不会出现这种臣服的模样。

相较于夭月的郁闷，柳翎的脸色则有些难看。这淡褐色火焰，是他的老师请了不少强者，方才从一头堪比人类斗王级别强者的五阶魔兽体内取得，没想到今天刚刚施展出来，还未出什么风头，便朝着别人的火焰拜了过去，这实在让他无语。

"哼，光火焰好又有何用？若不能操纵它，最终只会落个玩火自焚的下场。"将手中的黑色火焰灌进药鼎之中，炎利低声冷笑道。

广场上，随着奇异场景的消失，参赛者们也逐渐将心神拉回到自己面临的考题之上，将手中火焰灌进药鼎，然后各自从纳戒中取出药材，开始了炼制丹药的第一步：提炼！

萧炎紧紧地盯着药鼎，偶尔手掌挥动，将石台之上的一两株药材丢进药鼎，然后控制着火焰的温度，按照药方上所记载的资料，缓缓地提炼着炼制丹药时所需要的精华。

虽然脑子里有着极为精细的药方，但是萧炎丝毫不敢马虎大意。此次所备的材料只有三份，不管因为失误而少了哪一份药材，都会让炼制的失败率增加，这对于萧炎来说，是绝对不能忍受的事情。所以，即使以他操控青莲地心火的能力，也不敢一下子将药材全部投入，而是选择每次提炼两株药材这种保险的方式。

与萧炎抱有同样想法的人并不少，包括夭月、柳翎，甚至那一直嚣张狂妄的炎利，此刻也脸色凝重，小心翼翼地控制着火候，谨慎地提炼每一株药材。所有人都清楚，在这种时刻，损失一株药材将会多么让人心疼。

巨大的广场之上，所有参赛者都保持着安静，唯有火焰提炼药材时发出的噼里啪啦轻响声，在广场中回荡着。

在这种安静氛围的感染下，原本显得有些喧闹的两边席位上的观众，声音也逐渐小了下来，所有目光都徘徊在下方广场中的炼药师身上。

"果然都留着一手啊，现在这些年轻人……"贵宾席上，纳兰桀望着下方广

场之上升腾而起的火焰，忍不住笑道，"不过看刚才那种奇异场景，还是岩枭小友的异火更胜一筹。"

"异火可是连古长老都不曾拥有的奇物，能量自然远非小公主他们那种从魔兽身上取得的火焰可比。"一旁的纳兰嫣然微笑道。

"呵呵，是啊。"点了点头，纳兰桀忽然转向纳兰嫣然，皱眉道，"今天上午那从云岚宗来的人，是催你回去的吗？"

"嗯。"纳兰嫣然微微点头。

"唉！"轻叹了一口气，纳兰桀声音有些低沉，"是因为三年之约到了吧？"

闻言，纳兰嫣然那刚欲拂开额前青丝的素手微微一僵，抿着红唇，轻声道："应该是这缘故吧。"

"萧炎已经消失了将近两年时间，我也与你说过，他离开乌坦城的时候，便已经凝聚了气旋，成为一名斗者，而这，只在一年不到的时间内完成。你也应该清楚，斗者之前的那段时间，斗气的提升是何等艰难，而他却在不到一年的时间便闪电般地再度崛起。也就是说，当年他诡异消失的修炼天赋，已经恢复。"纳兰桀长长地吐了一口气，沉声道，"这两年时间，没有他的任何情报，不过我想，按照他的修炼天赋，恐怕至少也在斗师级别了。"

纳兰嫣然点了点头。

"唉，我也不想多说什么了，说了你也不会听。不过我希望，不管这次三年之约你们谁胜谁败，你都能开口向他道个歉。"纳兰桀揉着额头，有些疲倦地说道。

"道歉？"闻言，纳兰嫣然黛眉微蹙，有些倔强地盯着纳兰桀，"我没错！为什么要道歉？"

"你明明可以私下前去萧家，好言与萧战商议能否退掉婚约，或许就不会惹出这些事来，可你却偏偏要借助云岚宗的势力，强迫萧家退婚。你其实也清楚，这对萧家的名声造成了多大的伤害，只是这些年，因为你身份愈加显赫，所以不愿，也不想开口道歉……"纳兰桀淡淡地望着自己的孙女，道，"可你要知道，这样持续下去，只会加深萧炎与你之间的嫌隙。"

"就算嫌隙不深，我与他也不可能在一起。既然不可能，那嫌隙再深也无所谓。"纳兰嫣然微蹙着眉头，挥手将纳兰桀后面的话拦了下来，轻声道，"爷爷，我的事，您就别管了。反正等这次三年之约之后，我与他就永远不会再有什么交集。您孙女又不是没人要，何必总是念着他？好了，您也别说了，安心看比赛吧！"

说完，纳兰嫣然便转头将目光投向广场之上，淡淡的斗气覆于双耳，明显是不想再听纳兰桀唠叨。

瞧着她这模样，纳兰桀虽然有些生气，但又无可奈何。加上此地是公共场合，所以他也只能狠狠瞪了她一眼，便无奈地望向了广场中。

此时，距离考核开始已经过去了半个多小时，广场上，一些提炼材料较少的炼药师已经将药材提炼完毕，开始着手准备下一步了。

萧炎目不转睛地望着药鼎，左手偶尔投入一株药材，右手却赶紧将药鼎中提炼好的材料吸取出来，装进玉瓶之中。

随着这番忙碌，萧炎额头之上也逐渐出现了些许汗水，他顾不得抹去，抓紧将石台上最后一株药材也投入了药鼎之中。十来分钟后，他小心翼翼地将最后一份提炼出来的材料吸取而出，装进玉瓶。

瞧见提炼过程这般顺利，萧炎终于长长地松了一口气，转头望了望，有些错愕地发现，夭月、柳翎以及那炎利三人竟然还未提炼完毕。

啧啧，看来他们这次想要炼制的丹药品阶也不低啊。虽说提炼药材的数量并不能显示丹药的品阶，可一般来说，需要提炼的材料越多越复杂的，品阶就会越高……萧炎略微歇息了一会儿，便脸色凝重地开始下一个融丹步骤。

青色火焰缓缓地在药鼎中升腾着，萧炎的眸子紧紧地盯着蹿腾的火苗，片刻后，双手猛然舞动了起来，一瓶瓶先前提炼好的精华材料，被他有条不紊地倾倒进药鼎之中，火苗顿时扑涌而上，将那些材料瞬间包裹。

眼睛微闭，汹涌的灵魂力量从萧炎眉心处扩散而出。此刻，他的灵魂力量几乎是全部出动，药鼎之中每一处材料融合的细微反应，都在瞬间返送到他的脑海之中，然后快速地与药方上所记载的反应相比较，以此来判断炼丹的走向是否正确。

在萧炎开始融丹之时，夭月以及柳翎、炎利三人也先后结束了材料的提炼，紧接着便将提炼好的材料放进药鼎之中，同样开始了融丹的步骤。

巨大的广场之上，时不时有轻微的闷声响起。炼药师很熟悉这些声音，因为每一次炼制丹药失败时，便会出现这种让人极为恼怒的声音。而随着这些声音的响起，时不时地有脸色颓丧的参赛者黯然离开场地，因此，广场上的那一百多名参赛者，正在逐渐减少……

这大会就犹如筛子一般，将那些实力弱的选手淘汰，能够经历几轮筛选而留下来的人，自然都是年轻一辈中的佼佼者。

时间缓缓过去，一些脸色本来平静的参赛者也开始有些气喘。这般高负荷的消耗，实在极容易让人疲惫。

"能看出谁炼制的丹药品阶更高一些吗？"海波东缓步走到法玛身后，望着广场中，低声问道。

"现在还不行。"摇了摇头，法玛沉吟道，"不过在丹药即将成形之时，倒也能看出一些端倪。四品的丹药在成形之前，会产生各不相同的丹香，丹香气味越浓者，说明他所炼制的丹药品阶越高。而五品丹药在成形时，则会因为蕴含能量过大，而凭空产生实质的能量涟漪。"

海波东微微点了点头，不再问话，双手负于身后，安静地等待着比赛的结束。

当时间再度在无数人期盼之中走过半小时后，高台上的法玛神色忽然一动，苍老的脸上浮现一抹欣喜，目光望向萧炎所在的方向。那里，暗红色的鼎炉中，一股淡淡的丹香正缓缓弥漫而出。

"这小家伙，这么快便要成丹了？异火果然非同凡响！"

萧炎药鼎中所飘溢而出的淡淡药香，同样被他身边不远处的夭月、柳翎以及炎利察觉。前面两人略感惊异，可炎利在嗅了几口丹香之后，却不屑地冷笑了一声：这种浓度，根本比不上自己这次所炼制的丹药，如果这就是那家伙的底牌的话，那么这一次的冠军，就非他炎利莫属了。

目光死死地盯着药鼎中那翻滚不休的青色丹药，萧炎也嗅了一口飘溢而出的丹香，微微摇了摇头：这是普通的三纹青灵丹，想要获胜，挺难！

"只能拼了！"低低叹息了一声，萧炎忽然深吸了一口带着些许丹香的空气，右手快速从纳戒中取出一枚紫色药丸塞进嘴中，微微嚼动着。与此同时，那操纵着青色火焰的灵魂力量猛然回缩，那原本汹涌的青色火焰也噗的一声悄然变小。就在青色火焰即将消失的一刹那，萧炎嘴巴一张，一团紫色火焰飞射而出，涌进了药鼎之中。

"这小家伙……竟然想炼制二纹吗？"望着萧炎的举动，刚松了一口气的法犸心脏再度缩紧。他也知道，萧炎想要取胜，光凭普通的三纹青灵丹是绝对不可能的事情，可炼制三纹青灵丹，每一次火焰转换的时候，将会是最难把握的时候。要知道，即使是当初他炼制之时，也曾经失败了两三次方才成功，而萧炎才仅仅拿到药方一个晚上，即使他再有天赋，也不可能在这么短暂的时间里，将四品药方研习透啊。

"小家伙，自己注意啊，机会不多啦。"法犸低声呢喃着，在下一刻，脸色却猛然一变。他忽然察觉到，萧炎的药鼎之中，原本平和的火焰忽然紊乱了起来，这是火焰转换之时最容易出现的失误。

目光紧紧地盯着广场中央，那里，药鼎之中的紫色火焰几乎要冲出顶盖的束缚，石台周围的空气都被熏烤得有些虚幻了起来。

弄出这么大的动静，观众席上立刻有无数道目光射了过来，当他们瞧见萧炎那大汗淋漓有些通红的脸后，都低声惊叫了起来。

"唉！失败了！"感受着那越加狂暴的波动，半晌，法玛轻叹了一口气，苍老的面庞上，略微有些苦涩。

在法玛声音落下之后不久，一道闷响猛然刺耳地从萧炎面前的药鼎之中传出，紫色火焰悄然熄灭，黑色灰烬从药鼎内倾撒了出来。

"唉！"听得那声闷响，观众席两旁皆响起了连片的惋惜之声。

第十九章
再度崛起

听到那道刺耳的闷响,一直沉浸在融丹步骤中的夭月、柳翎以及炎利三人也略微一愣,旋即偏过头将目光投向了萧炎所在的方向。望着那从药鼎中散落而出的黑色灰烬,三人脸上的表情各有不同。

"唉!"夭月低低叹息了一声,萧炎本来是这次大会中能与那出云帝国的灰袍少年匹敌的最有力的竞争者,可看如今这出人意料的状况,似乎……

"既然你败了,那么接下来还是看我的吧,我会代表加玛帝国炼药界赢了那家伙的,我要让所有人都知道,即使没有你,那家伙也拿不走冠军!"柳翎紧紧地抿着嘴,拳头紧握着,心中虽然有些遗憾,可更多的却是窃喜。自从萧炎上台之后,他与那神秘灰袍少年,无疑便成了此次大会最受瞩目的参赛者,这对性子向来高傲的柳翎来说,的确感到有些愤愤不平。

"嘿,虎头蛇尾的小子,既然你已败,那这大会,再无人能阻我!这冠军,归我了!"嘴角挑起一抹得意冷笑,炎利手掌一挥,药鼎之中的黑色火焰再度汹涌而上,各种材料在火焰的熏烤下,逐渐完美地融合在了一起。

"失败了?"高台之上,海波东脸色也微微变了变,转头望着法犸,低声道。

"嗯。"点了点头,法犸轻叹了一口气,旋即又强作镇定地笑道,"不过没关系,他还有机会。"

虽然嘴上这般说着,法犸的心情却是一阵低沉与苦涩。身为经验极其丰富的炼药大师,他非常明白,在这种场景下,萧炎如果想要取胜,将会有多大的难度。从他刚才转换火焰的手法来看,明显对两种火焰的转换使用极为陌生,如果这便是他的极限,那么后面仅剩的两次机会,恐怕结果也并不会好到哪里去。

再者,因为只有三次机会,萧炎所承受的压力本来就已经不小了,如今再加上这一次的失败,他的压力无疑将会倍增。在这种高压之下,就算是拥有丰富炼药经验的高级炼药师,也难以在短时间内恢复自己的状态。

然而,这是比赛,并非寻常炼药,时间极为宝贵,根本难以容下任何的奢侈浪费。所以,若是萧炎沉浸在这次失败之中太久,那么时间不够的他,将会失去角逐冠军的机会。因此,现在的法犸也只能在心中祈祷,这个一直表现得不错的青年,能够有让人刮目相看的抗打击能力,能够快速地从失败中恢复自己的巅峰状态,那么他的机会才不会完全丧失。至少,如果上天保佑的话,说不定会有一些奇迹发生,虽然这个概率极小,但至少犹如黑夜中的一缕微弱火光一般,给人一种期盼与希望。

"唉,小家伙,现在可真的是要全部靠你自己了啊。而且,这也是你在炼丹之路上的一次障壁。突破它,对你日后的好处难以估量;若是突破不了,以后的岁月,说不定你将会永远止步于现在的境界……"望着广场中央那低着头、目光涣散地盯着石台上的漆黑灰烬的青年,法犸低声喃喃道。

"是突破蜕变,还是沉沦深渊,天堂地狱,全在你一念之间啊。"

全场的目光在此刻都集中在了场中那不再有所动作的青年身上,许久后,却发现他依然没有丝毫动静。似乎这位在众人心中最有希望与出云帝国的神秘炼药师相抗衡的人,此刻陷入了自己失败的泥淖中。因此,观众席上响起了连片的遗憾叹息声。

"看来这次的失败对他打击不轻啊。唉，不过也难怪，年轻人嘛……"听得周围响起的嘘声，纳兰桀摇了摇头，低声叹道。

纳兰嫣然微蹙着柳眉，片刻后，轻声道："从他平日表现来看，不像是心浮气躁之人，他或许是有别的什么打算吧。"

纳兰嫣然这话，明显连她自己都不太确定。

"如果是真的，我倒也希望，可……"

纳兰桀轻捋着胡须，苦笑了一声，却没有将话说完。

萧炎身体僵硬地站在石台前面，漆黑的眸子盯着那些黑色灰烬，原本灵动平静的眼中，此时略微噙着些许茫然。自从失去了药老的保护，这是他首次遇见让人措手不及的难题。他没想到，原来火焰转换间的那种平衡度，居然这般难以掌握，以前他太高估自己的能力了。

"这次真的麻烦了……老师，现在我该怎么做？"嘴唇颤抖了一下，低不可闻的声音带着茫然，从萧炎口中响起。

可惜此时的药老正陷入沉睡，他并不知道萧炎所遇到的难题。所以一切都如同法玛所说，必须完全依靠萧炎自己了。是蜕变，还是沉沦？

虽然萧炎沉默了下来，但是比赛的时间，并未因为他的茫然而有所停滞。在不远处，炎利、夭月、柳翎三人的争夺也逐渐白热化。那从药鼎中散发出来的丹香，也将观众席上那些原本投注到萧炎身上的目光吸引了过去。

当比赛时间走完一半之时，夭月三人的药鼎之中，丹药的雏形已经逐步显现。又过半晌，一股浓郁的药香率先从夭月的药鼎中散发而出。闻着这股丹香的浓郁程度，广场上那些还留在石台后的炼药师顿时发出一阵惊呼："四品丹药？"

听得周围响起的连片惊呼声，夭月俏脸之上忍不住浮现些许得意之色。鼎炉中的丹药，是她唯一有把握炼成的四品丹药，好在她今天运气不错，竟然一次便成功。论起运气，她似乎比萧炎好上不少。

然而惊呼声并未持续多久,另外一边柳翎的药鼎之中,便紧接着传出了一股更加浓郁的诱人丹香。两股丹香从各自药鼎中升腾而出,最后在广场之上互相交融,难分彼此。

一些感知力不弱的炼药师立马便能从两种丹香中分辨出,柳翎所炼制的丹药,在品阶上要比夭月所炼制的高上一些。

"这家伙!"拥有不错感知力的夭月,同样分辨出了两种丹药的优劣,当下柳眉一竖,狠狠地瞥了正冲着她微笑的柳翎一眼。

"呵呵,小公主,抱歉了,今日就让我领先一步吧。"柳翎对着夭月拱了拱手,笑眯眯地道。

"两种四品丹药……这两个小家伙也不错!"高台上,感受着夭月与柳翎药鼎中所升腾而出的丹香,心情沉重的法玛这才略微好了一点儿,微微点头道。

"嘎嘎,两个乳臭未干的孩子,这个时候便开始准备庆功了吗?是不是太早了点?"怪笑声忽然在一旁响起,迅速将夭月与柳翎那微怒的目光拉了过去。只见炎利的鼎炉中,火焰正熊熊燃烧着,又过了半晌,一股带着淡紫色的丹香犹如烟雾一般,悄然升腾。

"有色丹香?"所有知道这代表着什么意思的炼药师都失声叫了出来。

"竟然能够炼制出具有有色丹香的丹药……这个家伙,果然是有备而来!"法玛脸上那刚刚浮现不久的点点笑意,在淡紫色的丹香升起以后,瞬间再度隐去。

"什么是有色丹香?"高台上,海波东瞧着那脸色忽然间变得极为难看的法玛,急忙问道。

"具有颜色的丹香,一般只有五品丹药才会产生,当然,一些位列四品巅峰的丹药也能产生。看这丹香的浓度,我想,他所炼制的丹药应该属于后者。"法玛阴沉着脸,缓缓地道,"与他的比起来,月儿和柳翎所炼制的四品丹药,无疑要逊色一筹。"

"这次,恐怕输定了……"广场之上,夭月与柳翎的脸色瞬间变得苍白,苦笑着道。在绝对优势面前，任何辩解都显得极为无力。

"那也未必！"青年的清朗笑声忽然响起。

突如其来的淡笑声，让夭月与柳翎一愣，旋即霍然转头。只见那本来犹如木桩一般站在石台前的萧炎，不知何时已经抬起了头，那张平日显得颇为冷漠的脸，此刻却极为罕见地现出一抹柔和的笑意。

不知为何，夭月和柳翎有些恍惚地发现，现在的萧炎，似乎比先前多出了一点儿什么，某种气质与自信的转变……

"抱歉了，法老。"转过身来，萧炎对着高台之上的法玛微微躬身，嘴唇嚅动着。他知道，以法玛的实力，定然知道他在说什么。

"呵呵，能恢复过来就好啊！"望着下方青年脸上的柔和笑意，法玛略微一愣，旋即欣慰地点了点头。

轻笑着回转过身，萧炎偏头望着那正阴冷地瞥着自己的炎利，微微一笑，对着他竖起大拇指，然后在众目睽睽之下，拇指翻下！

"冠军，我要了！"

"嘿，恢复了又能怎样？这仅剩的一半时间，难道你还想炼制出超过我鼎中有色丹香的丹药？哈哈，做事可得量力而为啊，否则，徒惹人笑话罢了！哈哈……"冷笑着望着萧炎，炎利讥讽道。

笑了笑，萧炎并未理会他的嘲讽话语，袍袖轻挥，一股劲气将面前石台上的漆黑灰烬吹开，手指轻弹纳戒，顿时，一大堆药材再度摆满了石台。

身体笔直地站在石台之前，萧炎双手缓缓探出，略微沉寂之后，一丝青色火苗从他身体之上冒腾出来，黏附在衣服表面。当第一缕青色火苗出现之后不久，一团团火焰开始接连不断地从萧炎体内涌出，到最后，青色火焰居然完全将萧炎包裹起来，熊熊的青色火焰升腾燃烧，将之渲染成了一个青色火人。

"这些全部都是异火吗？操纵这么多的异火，那需要多庞大的灵魂力量？"

广场之上，一众炼药师目瞪口呆地望着那几乎变成一个火人的萧炎，忍不住

吸了一口凉气。正准备收丹的天月与柳翎也愣住了，另外一旁的炎利虽然脸色控制得极好，但是他的眼皮在此刻猛跳起来。他想不明白，在经历了这种打击之后，这个年轻人为什么还能够发挥出这般让人瞠目结舌的实力。

"这个小家伙，灵魂力量似乎比先前强大了很多啊！"高台上，法犸惊诧地望着全身被包裹在火焰中的萧炎，欣慰的声音中带着些许艳羡，"他选择了正确的道路，在压力中获得突破。这种雄浑的灵魂力量，即使是公会中的一些长老，也难以与之相比，他这次收获不小！"

众所周知，炼药师的灵魂力量并不能主动修炼，它只能随着时间的增加而变得雄浑。当然，万事无绝对，凡事都有例外。在庞大的斗气大陆之上，并不乏一些机缘不错之人，能够因为好运而身处各种奇异状态中，在那种玄之又玄的状态之下，灵魂力量便能大增。现在萧炎所表现出来的这种状态，便与那情况极为相似。故而，就连法犸这种炼丹大师，也忍不住有些羡慕。

"现在他还有胜利的机会吗？"海波东捋着胡须，笑着问道。

"不知道。"微微摇了摇头，法犸轻叹道，"还是那句话，一切都得看岩枭的表现。虽然他如今状态奇佳，但对方也不是省油的灯。这一次，恐怕又是一场凶险的龙争虎斗。"

"他要开始炼制了。"海波东微微点了点头，望着场中的眼睛忽然一亮。

广场之上，全身被包裹在火焰之中的萧炎，手掌缓缓抬起，一股澎湃的青色火焰从指间暴涌而出，旋即灌进药鼎之中，眨眼间，汹涌的火焰便在鼎内翻腾着燃烧了起来。

凝望着药鼎中的火焰，萧炎手指轻弹，石台之上，几株药材被他同时扇进了药鼎。顿时，青火涌上，将之包裹，开始了焚烧与提炼。

此次萧炎的提炼速度明显比刚才快了许多，而且出手间再也没有了那种畏首畏尾的谨慎，操控异火时，也再无半点迟疑，举手投足间，隐隐有些许从容不迫的气质。而这种气质，一般只会出现在那些经验极为丰富的炼丹大师身上。

一株株药材被萧炎丢进药鼎，另外一只手则控制着将鼎中所提炼出的精华材料盛进玉瓶之中。在这般双手齐用，灵魂力量升至巅峰的情况下，石台之上所摆放的药材正在以喜人的速度，迅速转换成炼制三纹青灵丹的精华材料。

萧炎再次振作精神炼丹，无疑掀起了广场上的一波高潮。先前因为他的失败而借机成为无数人希望所在的夭月与柳翎，已经因为实力不济而逊于炎利一筹，所以在这种眼睁睁看着对方欲夺得冠军的关头，原本众望所归的萧炎能再度崛起，无疑让无数观众大松了一口气。因此，广场两边席位之上的无数道目光，此时几乎全部射向了广场中被包裹在青色火焰中的人影，震耳欲聋的欢呼声响彻广场。

"哼！"听着那些喧闹的欢呼声，炎利阴冷的眸子瞟向萧炎所在的方向，眼中终于掠过一抹惊异与凝重。从对方忽然变得强大的灵魂力量以及从容的气度上来看，炎利心中清楚，这个年轻人不仅未被这次的失败打击得一蹶不振，反而在绝地中取得了突破。这种心性与定力实在是可怕。

这个家伙果然还是有些底子，就是不知道究竟是哪个老家伙方才能够调教出这种学生。看他的表现，明显比那古河的弟子要优秀许多。嘿，丹王古河之名，也不尽属实啊，至少在教导学生这一项上，便远远不如别人……心中冷笑了一声，炎利将目光转回了自己那火焰熊熊的药鼎之中。透过药鼎的透明镜面，他能够清楚地瞧见那一枚在火焰中滴溜溜旋转的丹药雏形。

快了，快要成功了！望着那即将成丹的雏形，炎利精神为之一振，稚嫩的面庞上隐隐浮现一抹得意。他对自己所炼制的丹药，有着绝对的信心！

被包裹在火焰中的修长双手，不住地在石台上闪移着，石台上的药材正在迅速减少，而一旁装盛精华材料的玉瓶却越来越多了。

此时，夭月与柳翎所炼制的丹药皆已成形，手掌一招间，便将药鼎中飞射而出的丹药装进了玉瓶。望着那不断从炎利药鼎中溢出的有色丹香，两人都有些郁闷地低叹了一口气，旋即抬头，将目光投向了萧炎所在的位置。现在，萧炎又成

为那唯一有机会超过炎利的人了。加玛帝国炼药师大会的这次冠军之位，究竟花落谁家，便要看萧炎的发挥了……

然而，若是此刻有人能够看见在青色火焰之下的萧炎，定然会感到目瞪口呆。因为那外界看上去似乎处于巅峰状态的萧炎，此时却紧闭着双眼，微蹙着眉头，看上去犹如进入了一种似睡似醒的奇异状态之中。

虽然眼睛的确是闭上了，但是在萧炎的感知中，外界的一举一动几乎比用肉眼看还要清晰。药鼎之中，澎湃的灵魂力量，让他极为明了地看见药材被火焰焚烧后逐渐支离破碎，最后在高温中，留下了他所需要的精华材料。

心中缓缓舒了一口气，萧炎能够感觉到，这一次的炼丹，是他迄今为止，在未曾依靠药老半点能力的前提下，发挥得最为完美的一次。在这种状态之下，萧炎甚至有着敢与五品炼药师一争高低的豪情。

药鼎中那些被包裹在青色火焰中的药材，随着萧炎的心意翻转着，异火的温度，在此刻被他控制得与药方所记载的火候分毫不差。

"提炼完毕。"石台上的材料终于被完全提炼，萧炎那紧闭的眼睛这才缓缓睁开。他的身体略微沉寂，袍袖猛然挥动，一股劲气将面前的二十多个玉瓶震得轰然爆裂，无形的劲气将里面的精华材料吸起，全部投进药鼎之内，火焰立刻再度汹涌……这一次，萧炎的提炼时间比上次缩短了将近一半。

药鼎之中，青火翻腾，二十几种精华材料在萧炎灵魂力量的寸寸包裹之下，缓缓地融合着。

此时距离比赛结束只有不到一个小时的时间，另外一边的炎利，药鼎中飘溢而出的有色丹香也越来越浓，显然，他所炼制的丹药即将成形了！

"三纹青灵丹，要成功了。"

紧盯着场中的萧炎，法犸忽然低声说了一句。不过他的脸上并未有轻松的表情，因为他知道，仅仅依靠普通三纹青灵丹，根本不可能胜过炎利！

广场中，青火翻涌的药鼎忽然猛地一静，一股淡淡丹香飘散而出，一枚犹如翡翠的青色浑圆丹药，在鼎内不断地旋转着。那包裹在萧炎身体表面的青色火焰忽然开始急速收缩，眨眼之间，便如潮水一般退回了萧炎体内。当鼎内青火即将完全消退之时，萧炎微微嚼动的嘴巴猛地一张，一口紫色火焰再度狂喷而出，灌注进了药鼎之内。法玛的心在这一刻骤然提了起来，眼睛死死地盯着萧炎所在的方向。这一次，若是再失败，萧炎将与冠军之位彻底无缘！而届时，炼药师公会的名声，也将大损！

紫色火焰猛然间涌进药鼎之中，萧炎的脸色也在此刻变得极为凝重，双手迅速贴在药鼎火口处，灵魂力量几乎丝毫不留地汹涌而出。他现在必须得完美地控制两种火焰间的转换，不然的话，类似上一次的失败将会再次出现！而在这一小时内，若是再失败的话，那么炎利夺得冠军就没有悬念了！

额头之上，密集的冷汗层层渗出，然后滑落而下，滴进那大睁的漆黑眼睛之中，有种酸涩的感觉，萧炎却不敢有丝毫眨动。

毫无保留的灵魂力量犹如拉起了闸门，奔腾而出的河流夹杂着怒吼之声涌进药鼎。先前的青色火焰，在萧炎灵魂力量的压制引导下，没有与紫色火焰发生一丝一毫的接触，并且就连火焰彼此所携带的高温，也被萧炎的灵魂力量包裹着隔离开去。

那药鼎中，两种火焰宛如隔河而立，青紫火焰各持一边。而在灵魂力量形成的河道中央，便是那依然缓缓旋转的青色丹药。此时，如果火焰的温度溢出了灵魂力量的压制，而导致相互碰撞，即使所产生的气劲并不强大，毁灭这还未成形的脆弱丹药却绰绰有余。上一次，萧炎便是败在这个环节……

第二十章

变故陡生

吸取了上次的深刻教训,萧炎此刻心分三用:一面使劲地压制着紫火,一面赶紧引导着青色火焰从另外一边的通火口退出。而最重要的,他还必须在两种火焰对立间调试出一种适宜的温度,以此来保持丹药所需要的热量,否则炼制同样会以失败告终。

对峙在药鼎中持续了将近十秒,萧炎手掌猛地反震在药鼎表面。随着一阵清脆的声响,药鼎内的青色火焰,终于完全顺着火口呼啸而出。同一时间,等待许久的紫色火焰立刻犹如下山猛虎一般,对着丹药疯狂地扑了上去。

压制!压制!压制!死死地盯着向丹药涌去的紫色火焰,萧炎的眼睛此时甚至泛起了些许血丝,心中歇斯底里地不断低吼着,而他的灵魂力量也在这一刻疯狂地压制着紫火的温度。

在火焰转换后的初步阶段,必须将紫火的温度维持在与青火离开时相同的水平,否则,忽然提高或者降低温度只有一个下场,那便是失败!这是一种极为考验炼丹者掌控火焰的能力的方式,稍有误差,结局便会是一个悲剧。

在灵魂力量一波接一波的压制之下，虽然紫火与丹药的距离只有二十几厘米，但是就是这点距离，紫火的温度却一降再降，继续降，疯狂地降！

当紫火刚刚降到萧炎所需要的温度的一霎，火焰终于包裹住了翻滚不休的青色丹药……

"他这是在干什么？"全场无数道目光，茫然疑惑地望着那满头大汗、不住喘着粗气的萧炎——不是说丹药已经炼制成功了吗？

"这家伙，究竟是在炼制什么，居然需要转换火焰？这可是连老师都没有绝对把握的事情啊！"夭月纤手在胸口处拍了拍，萧炎先前那眼红脸青的疯狂模样，可实在是有些骇人。不过看现在的情况，那最危险的时刻，已经成功地度过了。

"不知道。不过想必丹药品阶不会比我们的低便是了。"柳翎脸通红，等恢复过来时，他才发现，刚才自己在观看萧炎那惊心动魄的火焰转换时，竟然忘记了呼吸。

"呼……成功了！"高台上，一直将心提到嗓子眼的法犸，终于在此刻长长地吐了一口气。在他的感知中，萧炎面前的药鼎内，火焰已经彻底稳定了下来，再没有出现像上一次那样的暴动。按照这种情况，萧炎距离二纹青灵丹的成功炼制，已经不远了。

"他的潜力真的很可怕，虽然现在是因为状态奇佳，但是在失败过一次后，便能够快速掌握火焰转换间的诀窍，这般天赋，实在令人惊艳！"法犸凝望着场中那单手扶着石台，一边控制着火焰，一边剧烈喘气的青年，忽然转过头，盯着海波东，轻笑道，"这个家伙，若是给他足够的时间，我想，他的成就将会远远超过我们这些老东西。加玛帝国很久没出过这种惊艳大陆的传说级强者了。"

"我从没怀疑过。"海波东笑着摊了摊手，他对于萧炎的认识远远超过法犸。这个家伙，连那种几乎可以重伤斗皇强者的佛怒火莲都能够创造出来，还有什么办不到的事？而且，海波东永远都不会忘记，在这张看似普通的青年面庞的伪装之下，其实是一名真正年龄不到二十岁的少年……

"接下来，便安静地等待吧。"法玛目光瞟向广场上那闷头炼丹的炎利，眉宇间却依然有着一分忧虑。即使萧炎炼制出了二纹青灵丹，可若想胜过炎利那暂时还不知道底细的丹药，还是有着几分危险的。但他也知道，萧炎真的已经全力以赴，所以现在只能尽人事听天命了。

"在这般挫折下，不仅未就此沉沦，反而在绝境中寻求突破……唉，可怕的心性啊，假以时日，此子必将大放异彩。"纳兰桀轻捋着胡须，望着场中那变得更强的萧炎，轻声惊叹道。原本每次都以为到了他的极限，可每一次，他都会让人大吃一惊。

"的确很强。"纳兰嫣然微微点了点头。这么多年来，这是她第一次对某个同龄人产生佩服情绪。她曾经想过，若是将自己置于那种场景，或许不会颓废，可想要在那种浑身乃至心灵都散发着无力感的状态下，破釜沉舟地取得突破，一个字——难！她将目光扫向那虽然气喘吁吁，但是腰杆却依然笔直犹如压不垮的柱子一般的青年，淡如秋水的眸中忽然悄悄地多了点什么……

广场之上，炎利脸色凝重地立在石台之前，目光紧盯着药鼎。先前萧炎那边的动静，并未逃过他的观察，虽然他也为萧炎的那手火焰转换之法感到惊艳，但也仅此而已。他的确不知道萧炎转换火焰究竟是想要炼制何种丹药，不过，他对自己炼制的这枚丹药，有着绝对的信心！

"不管你如何挣扎，冠军是我的！你不容许失败，我也同样不能败！"拳头猛然紧握，炎利在心中低声吼道。这一次冒着生命危险独自来到加玛帝国，只要他能夺得冠军，给予加玛炼药师公会以重大打击，那么回去之后，本国公会的会长之位，就将会向他敞开怀抱，届时，他在出云帝国的地位就会直线上升！

"一切为了权力！出来吧，我的杰作！"

猛然抬头发出一声低吼，炎利的手掌猛地拍在药鼎之上，鼎盖飞射，大片的漆黑火焰，铺天盖地地从药鼎内蜂拥而出。在那漆黑火焰的中心，紫色的光芒暴射，霎时间便将漆黑火焰射得千疮百孔。

一股浓郁的紫色丹香缓缓升腾，最后犹如一团具有灵性的雾气一般，在炎利头顶上空形成一片紫色的雾气云彩。

"好浓郁的有色丹香！"望着那片足以将石台掩盖的紫色丹香，广场上的炼药师皆嘴角抽搐着喃喃道。

脸色阴沉地望着那团紫色丹香，夭月与柳翎对视了一眼，眼中皆有些不安。看这种丹香的浓度，想必灰袍少年所炼制的丹药，绝对是四品丹药的巅峰了，现在岩枭想要赢过他，似乎极为困难啊。

半空中，漆黑火焰缓缓熄灭，一枚龙眼大小的紫色丹药，滴溜溜旋转着出现在了无数道目光的注视下。炎利手一招，紫色丹药便飞射进入掌心中。握着丹药，他终于忍不住放声狂笑："哈哈，紫心破障丹，终于炼成了！这可是足以和五品丹药相媲美的丹药，你们还如何与我争？哈哈。"

广场上空，炎利的狂笑声让两边的贵宾席上出现了短暂的安静，一道道迅速变得炽热起来的视线，死死地盯住了炎利手中的那枚紫色丹药。

"紫心破障丹，四品巅峰丹药，与三纹青灵丹相同，也属于那种能够直接使人提升实力的丹药。只不过它只能作用于大斗师级别，服用后可提升一星实力。最重要的是，一个人在同一级别能够接连服用两枚这种丹药，而不至于产生太大的抗性。也就是说，只要你能搜罗到两枚紫心破障丹，那么就能够稳步地提升两星实力。"高台上，法玛微眯着眸子，低声缓缓地介绍着这种在炼药界名气不小的丹药。

"没想到啊，没想到……没想到这个炎利竟然还有这种魄力。炼制紫心破障丹的失败率不会比三纹青灵丹低多少，可他却真的敢在这种场合炼制。他应该知道，他若失败了，那么将绝对走不出加玛帝国……"法玛摇着头，轻声叹道。到了这一步，他几乎心如死灰，因为现在，就算萧炎成功地炼制出二纹青灵丹，也难以与炎利的紫心破障丹相比。

虽然二纹青灵丹也能够提升服用者两星实力，但是有一些反噬效果，这一点

足以将很多人吓退。因此，在两种丹药之间，若是有选择的话，很多人都会选紫心破障丹，而不会选二纹青灵丹。

"除非……"想到那个可能，法犸却忽然自嘲地摇了摇头。

瞧得他这模样，一旁的海波东微微皱眉询问道："除非什么？"

长长地叹了一口气，法犸瞥了一眼海波东："除非……岩枭能够炼制出最高品阶的三纹青灵丹，也就是说，他必须……拿出第三种火焰！"

可一人拥有三种火焰，这可能吗？法犸在心中苦涩地喃喃道。

"三种火焰吗？"低声呢喃着，海波东抬头吐了一口气，脑海之中，逐渐现出当初萧炎所使用的那种忽冷忽热的森白火焰。他清楚地记得，当初的佛怒火莲，便是由青色异火与森白异火融合着创造出来的。也就是说，萧炎体内其实还隐藏着一种并未展现出的，并且比那青色火焰更加恐怖的异火。

"或许，也不是完全没有希望……"海波东微微耸了耸肩，望着广场中的青年，轻声道。

法犸苦涩地摇了摇头，只把海波东的话当作对他的安慰了。

广场上，萧炎盯着药鼎中那枚圆润丹药。现在，丹身之上已经出现了一青一紫两色丹纹，这也就是说，二纹青灵丹已经被他炼制成功了。

"紫心破障丹吗？"缓缓地偏过头，望着狂笑中的炎利，萧炎能够察觉到夭月等人射过来的目光，想来他们认为他已经没有机会了吧。

"唉，这大会真是折腾人啊！"轻叹了一口气，萧炎盯着鼎中的紫色火焰，忽然有些愣神，半晌，手指方才轻轻地抚着左手上那枚漆黑古朴的戒指，这里面，有着药老沉睡之前所储放的骨灵冷火。

"老师，打扰了。"缓缓躬身，然后挺直腰杆，萧炎那戴着黑色戒指的手指，轻放在了药鼎的通火口处，眼睛微闭，轻声呢喃，"出来吧，骨灵冷火！"

随着萧炎的轻声呢喃，手指上的黑色戒指安静了半晌，片刻后忽然轻轻地颤抖了起来，淡淡的冰冷感觉开始萦绕在萧炎指尖，让他的指节都有些发白。

似乎察觉到了什么，药鼎之中的紫色火焰竟然有些不安地跳动了起来。不过好在有着萧炎灵魂力量的绝对压制，因此它们的不安跳动，并未造成什么事故。

当炎利的狂笑声逐渐停止时，那些投注在紫心破障丹上的视线，再度移到了萧炎所在的方向。现在全场也只有他还在炼制，其他的炼药师都选择了认输或者退场。毕竟，有炎利所炼制出来的这枚四品巅峰丹药在前，他们还没有那种逆天实力，能取得令所有人震惊的翻盘成绩。

停止了对掌心那枚紫心破障丹的抛动，炎利双臂抱在胸前，冷笑着望着不远处垂死挣扎的萧炎。

高台之上，原本脸色有些灰暗的法犸，眉头忽然一皱，抬起头来，望向萧炎所在的方向。作为广场中等级最高的炼药师，他自然能够极为快速地察觉到萧炎那片区域中火焰的变化。

"发生什么事了？怎么炉中的火焰开始躁动不安了？"茫然地喃喃了一声，在下一刻，法犸脸色猛然大变，紧盯着萧炎面前药鼎的眼瞳，骤然紧缩。在那里，他似乎模糊地看见了些许白色的东西，而且，有一股寒气竟然从药鼎处缓缓渗透了出来。

"好浓重的寒气，竟然能够影响到这里，难道是冰老头儿做的？"加刑天不知何时也来到了法犸身旁，怪异地看了一眼海波东，说道。

"我若是能够在你们都没察觉的情况下将寒气扩散到整个广场，那恐怕早就成为斗宗强者了。"海波东翻了翻白眼。他心中自然知道，这股寒气，应该便是萧炎在启动那种森白色的异火了。当初他与这种火焰交过手，非常清楚这东西的恐怖，极冷中含着极热，让人应付起来极为头疼。

"不是，那寒气，似乎是从岩枭药鼎中传出来的。"法犸摇了摇头，沉声道。

"他在做什么？炼丹的时候制造寒气，不怕把炉火给灭了？难道是打算破罐子破摔了？"加刑天皱眉道。

"不会，以他的心性，不可能做这种无聊的事情，想必是有自己的打算吧。"

法玛摇了摇头。以他对萧炎的认识，这小家伙不可能自暴自弃。

"小家伙，你究竟想干什么呢？"轻叹了一口气，法玛盯着场中央的青年，低声道。

漆黑戒指的颤抖越来越剧烈，萧炎的灵魂力量随时准备控制着紫火从药鼎中撤退。当然，由于两种火焰都并非真正属于自己，所以这一次的转换，难度将会比先前更高。不过有了上一次的成功经验，以及现在登峰造极的奇佳状态，萧炎对自己还是有着不小信心的。

"老师，替我祈祷吧！"缓缓地吐了一口气，萧炎那微屈在通火口处的手指猛然伸直，漆黑戒指再度一颤，森白色的火焰猛然间暴涌而出。这一霎，萧炎周围的温度再度骤降。

撤！心中一声低喝，在森白火焰涌进药鼎之中时，紫色火焰迅速被引导着，有条不紊地从另外一边的火口喷射而出，然后缓缓消散。

灵魂力量闪电般包裹着涌进药鼎的森白火焰，萧炎双脚猛地狠狠一跺地，几道裂缝从脚掌处蔓延而出。额头之上，冷汗如同下雨一般，不断地淌落，长袍转瞬间便被打湿了。不过好在这袍服做工极为精良，内置的吸汗功能将衣服以及皮肤表面的汗水完全吸收，这才使萧炎没有显得太过狼狈。

在全部涌出的灵魂力量的疯狂操控之下，森白火焰的温度开始迅速提升，下一刻，在萧炎如释重负的眼神中，终于将那枚丹药包裹了进去……

虽然萧炎努力地提升那层包裹着丹药的骨灵冷火的温度，但是另外一些未受压制的火焰，依然在不断地散发着冰冷的寒气。不过好在萧炎早就使用升温的火焰将丹药包裹住，因此，翻腾的冷火并未给萧炎带来多大的麻烦。不过，这似乎也仅仅是暂时的。随着骨灵冷火在药鼎中翻腾着，一丝丝白色的寒气逐渐从药鼎之内渗透而出，最后使药鼎变得有些模糊。

"他这是在干什么？"望着那扩散的寒气，夭月与柳翎等人面面相觑，皆满脸茫然。由于萧炎在使用骨灵冷火时，将手指伸进了火口内，再加上后来寒气的涌出,所以即使夭月等人与萧炎距离不远,也依然不知道,那普通的暗红鼎炉中,已经转换成第三种火焰了。

"好古怪的寒气,明明是冰冷的,可为什么灵魂感知的探测却犹如火焰般炽热?"握着紫心破障丹,炎利望着那些寒气,皱眉低声道。不知为何,他的心中此刻有些不安起来。

"不用担心,我就不信,那个家伙能在最后半小时翻出什么花来。"炎利轻抚了抚紫心破障丹。现在,也只有这个小东西,方才能给他一些踏实的感觉。

嗡——萧炎目光紧紧地锁定在药鼎之内那团森白火焰中的浑圆丹药上,一阵奇异的声响却让他略微愣了愣。他的视线在石台之上扫了扫,最后停留在了暗红的药鼎之上,那嗡嗡的声音,原来是从鼎上传出来的。

就在萧炎有些茫然之时,一声咔嚓的细微声响,让他脸色猛然沉了下来,眼瞳骤然缩成了针尖大小。只见在那光滑的鼎身处,一道细小的裂缝竟然悄悄地蔓延开来!

"要炸炉了!"萧炎喉咙滚动了一下,嘴巴忽然感到有些干涩。经过三种火焰的转换,这鼎炉终于达到了承受的极限,即将爆裂。而一向不屑于寻找好鼎炉的萧炎,也终于第一次察觉到,一个好的药鼎对炼药师来说,也并非他想象中的那般无足轻重。

"麻烦了……"脸上的冷汗再度缓缓滑下,萧炎没想到在这最后的关头,竟然会出现这戏剧性的一幕。

当第一声咔嚓声响之后不久,第二声也紧跟而来,然后,第三声、第四声……仅仅片刻时间,原本好好的药鼎,竟然便布满了细微的裂缝,透过裂缝,萧炎还能看见其中跳跃的森白火焰。

"天哪!"由于与萧炎距离并不远,所以当那刺耳的咔嚓声响起之后不久,夭月等人便有所察觉。望着萧炎那冷汗密布的脸,所有人都惊呼了起来,谁能想到这家伙竟然会炸炉!

高台上,法玛嘴角一阵抽搐。他想象过萧炎落败的很多种可能,却从未想过还有炸炉这种让人无语的方式。半晌,他方才苦涩地摇了摇头,低沉地道:"唉,结束了……这小家伙最后这段时间究竟是在干什么啊?先前药鼎承受了那般高温,现在忽然再来如此多的寒气,加上药鼎品质又极差,若是不炸炉,那才怪了。"

海波东眉头也微微皱了皱。他倒是比法玛清楚一些事情的始末,想必萧炎是想使用那森白火焰来将青灵丹炼制成三纹品阶吧,可是不小心忽略了这个小问题,然而就是这个小问题,却在这种决定大会冠军归属的时候出现!

"哈哈,药鼎都要炸了,我看你还炼什么!"错愕地望着布满裂缝的药鼎,炎利在愣了一会儿之后,忍不住拍着石台失声狂笑道。看他这失态模样,明显是被先前萧炎古怪的举动惊得不轻。

没有闲情理会外界的声音以及目光,萧炎满头大汗地努力想要维持着破裂的药鼎不炸,可惜他是炼药师,并不是铸造师,所以在费尽工夫后,依然只能无奈地看着那裂缝越来越大。当裂缝扩大到极限时,沉寂了瞬间之后,汹涌的白色寒气猛然自药鼎裂缝中涌出,将整个石台完全包裹。

在寒气出现之后的瞬间,药鼎开始膨胀。在它即将爆炸的一霎,萧炎忽然眼睛赤红地狠狠一巴掌拍在药鼎底部——嘭!本来已经达到极限的药鼎,在萧炎的这一拍之下,终于轰然一声爆炸开来!剧烈的爆炸声在广场之中回荡着,无数药鼎碎片四下飞射,将周围的炼药师吓得急忙闪避。

"哈哈哈哈,我说了,冠军是我的!"望着那被白色寒气包裹的石台,炎利终于完全放松了下来,狂笑道。

整个广场,此刻只剩下那爆炸声的余音以及炎利的狂笑声,其他人都沉默了。现在,失败已成定局!